1672

Das Buch

Im Jahr 1901 lädt der Dramatiker Max Halbe einige seiner Schwabinger Freunde ein, die Sommerfrische am Starnberger See zu verbringen. Keyserling, arriviert beim Publikum und unter den Kollegen beliebt, sitzt dort in jenen Tagen dem Maler Lovis Corinth Modell. Das legendäre Porträt wird den von der Syphilis gezeichneten Autor in geradezu faszinierender Hässlichkeit zeigen. Während ihrer Sitzungen erkundigt sich Corinth wiederholt nach der Vergangenheit des baltischen Grafen, nach seiner Jugend und Studentenzeit, um die sich Gerüchte ranken, bekommt jedoch nur ausweichende Antworten. Bei einem Konzertbesuch mit Frank Wedekind begegnet Keyserling einer Sängerin, die ihm trotz des unbekannten Namens merkwürdig vertraut erscheint. Handelt es sich womöglich um jene Frau, die ihn vor mehr als zwanzig Jahren in den Skandal verwickelte, der ihn zur Flucht nach Wien zwang und in Adelskreisen zur Persona non grata werden ließ?
Nach seinem Bestseller »Konzert ohne Dichter« gelingt Klaus Modick erneut ein unvergesslicher Künstlerroman. Ironisch, atmosphärisch, klug und spannend.

Der Autor

Klaus Modick, geboren 1951, studierte in Hamburg Germanistik, Geschichte und Pädagogik, promovierte mit einer Arbeit über Lion Feuchtwanger und arbeitete danach u. a. als Lehrbeauftragter und Werbetexter. Seit 1984 ist er freier Schriftsteller und Übersetzer und lebt nach diversen Auslandsaufenthalten und Dozenturen wieder in seiner Geburtsstadt Oldenburg. Für sein umfangreiches Werk wurde er mit zahlreichen Preisen ausgezeichnet, u.a. mit dem Nicolas-Born-Preis, dem Bettina-von-Arnim-Preis und dem Rheingau Literatur Preis. Zudem war er Stipendiat der Villa Massimo sowie der Villa Aurora. Zu seinen erfolgreichsten Romanen zählen »Der kretische Gast« (2003), »Sunset« (2011), »Konzert ohne Dichter« (2015) und »Keyserlings Geheimnis« (2018).

KLAUS MODICK

Keyserlings Geheimnis

Roman

Kiepenheuer
& Witsch

Die Arbeit des Autors am vorliegenden Buch wurde
vom Deutschen Literaturfonds e. V. gefördert.

2. Auflage 2023

Umschlaggestaltung: Barbara Thoben, Köln
Umschlagmotiv: © Nadejda Tchijova / 123RF (Lotusblume);
© Alex Belomlinsky / istockimages (Lilie)
Vorsatz: © akg-images
Gesetzt aus der Minion und der Gotham
Satz: Buch-Werkstatt GmbH, Bad Aibling
Druck und Bindung: CPI books GmbH, Leck
ISBN 978-3-462-05335-7

»Wenn es so Korrekturbogen
– nicht wahr, so nennt man das? –
Korrekturbogen des Lebens gäbe ––– «

Eduard von Keyserling

1

Indem er die lindgrüne Seidenschleife über dem blütenweißen Stehkragen bindet und die silberne Krawatten-
nadel mit dem Saphirkopf einsteckt, lässt sich ein Blick in
den Spiegel nicht vermeiden. Unter rau gewelltem rötlich-
brünettem Haar und klarer Stirn stehen wässrig blaue Augen leicht vor, als müssten sie dem, was sie wahrnehmen,
entgegenkommen, doch wegen ihrer milchigen Trübung
scheinen sie zugleich nach innen gerichtet. Tiefe Höhlungen im bleichen Gesicht, die Wangenknochen kantig. Auf
der darübergespannten gelben, faltigen Pergamenthaut
zeigen sich scharf umgrenzte rostrote Flecken, durch Tal-
kumpuder eher betont als kaschiert. Ein strohblonder, an
den Spitzen aufgezwirbelter Schnurrbart und ein Kinn-
bärtchen rahmen schmollend geschürzte Lippen, deren
Rot sich von der Blässe der Haut befremdlich abhebt, sodass sie wie geschminkt wirken.

Manchmal fragt er sich, wer eigentlich dieser Untote ist,
der ihm da im Spiegel ins Auge blickt und hinter dem seine
wahre Person immer unsichtbarer zu werden scheint. Zugegeben – das, was Frauen einen schönen Mann nennen,
ist er nie gewesen, doch kam er sich so lange einigermaßen passabel vor, bis die Symptome zu wüten begannen.
Im Gegensatz zur Tuberkulose, die als mondän und geradezu vornehm gilt, nur Aussterben könnte noch vorneh-
mer sein, ist seine Krankheit eine Peinlichkeit, der grobe
Nachweis moralischen Fehlverhaltens, das man taktvoll
mit Schweigen ignoriert. Ihm aber ist seine Krankheit wie

aufdringliche, schlechte Gesellschaft, ein ungebetener, gespenstischer Gast, der sich Macht über das Dasein seines Opfers, dessen Fühlen und Denken erschleicht. Weil dies Gespenst Lebensgefährte des Ichs werden will, flüchtet sich das Ich in Fantasien und Träume. Doch das Gespenst will auch dort eindringen, um alles hässlich, schmutzig und schmerzhaft zu machen. Und das Ich zieht sich immer weiter zurück in Kammern und Winkel, Gärten und Parks vergangener Tage, wo die Träume friedlich und klar und die Bilder der Erinnerung jung, hell und gesund sind. Aber vielleicht muss er den Spiegel bald nicht mehr fürchten, weil die Krankheit inzwischen auch seine Sehkraft schwächt, *zusehends* schwächt, denkt er und blinzelt dem schlottrigen Don Quixote im Spiegel melancholisch zu.

Vor einem Monat ist er sechsundvierzig Jahre alt geworden. Der vorzeitige Verfall macht ihn zu einer pittoresken Ruine, zur Inkarnation des zerfallenden Adels in den baufälligen Schlössern und Herrenhäusern seiner baltischen Heimat. Sowenig er seiner Krankheit entfliehen kann, sowenig kann er seiner Epoche entkommen, doch lässt sich immerhin mit ein wenig nachlässiger Eleganz und kultiviertem Geschmack den gröbsten Anmaßungen ihres Banausentums ausweichen. Er streicht die zerknitterten Schöße des chamoisfarbenen Leinenanzugs glatt und rückt das farblich mit der Krawattenschleife abgestimmte Einstecktuch zurecht. So mag es gehen: Kein Adonis, aber ein Graf, Dandy und Dichter, der sich seiner eigenen Unzeitgemäßheit bewusst und deshalb auch seiner Wirkung auf andere gewiss ist, der seinen Habitus verinnerlicht hat, *par cœur,* wie der Franzose sagt. Und niemand weiß besser als er, dass solches Selbstbewusstsein rein äußerlich ist. Intelligente Menschen hegen stets Zweifel an sich. Stil zu haben bedeutet eben auch, Skepsis gegenüber seiner Herkunft und seiner Person zu pflegen, mit der eigenen Wenigkeit ironisch umzugehen. Nur Idioten sind von sich selbst überzeugt.

»Edchen?« Zwischen Geschirrgeklapper ein halblauter Ruf durch die angelehnte Küchentür. Die Stimme seiner Schwester Henriette.

»Mhh ---?«

»Gehst du aus?« Die Stimme seiner Schwester Elise.

»Mhh, mhh.«

»Denk an das, was der Doktor gesagt hat.« Henriette jetzt.

»Ja, ja.« Der Arzt, denkt er, hat gesagt, dass die Nebenwirkungen der Quecksilbertherapie leider unvermeidlich seien. Aber das meinen seine Schwestern natürlich nicht.

Und wieder Elise: »Dass du dich mit dem Wermut zurückhalten sollst.«

»Ja doch.« Wenn nicht Wermut, sondern Portwein sein Lieblingsgetränk wäre, hätte der Doktor natürlich vom Portwein abgeraten.

Er zieht den Spazierstock aus dem Schirmständer neben dem Garderobenspiegel. Den Stock hat sein Vater ihm damals zum Abitur geschenkt. Auf dem Ebenholzschaft sitzt ein geschwungener massiver Silbergriff, auf dem sich, umgeben von Lotosblüten, eine unbekleidete Jugendstil-Nymphe rekelt.

Das sei der Handharem des Flaneurs, hat sein Vater lächelnd gesagt und dabei ein Auge zugekniffen.

Er klemmt sich den Spazierstock unter den linken Arm. »Mein Anzugchen ist verkrubbelt«, ruft er in Richtung Küchentür. »Müsste mal wieder geplättet werden.«

»Wie sollen wir ihn denn plätten, Edchen?«, ruft Henriette zurück.

»Solange du ihn anhast«, ergänzt Elise.

Er öffnet die Wohnungstür, murmelt »Ah so, nu ja, mh mh ———«, und lässt sie hinter sich ins Schloss fallen.

Durchs Treppenhausfenster fällt Sonne, glänzt auf dem Messing des Namenschilds. **Reglerling**. Die verschnörkelte Fraktur missfällt ihm. So alt ist er doch noch gar nicht.

2

Der Sonnendunst eines Juninachmittags schimmert über der Stadt. Ein Himmel von blauer Seide, durch den weiße Schäfchenwolken flanieren und sich in den Atelierfenstern der Dachgeschosse spiegeln. Lässiges, hastloses Schlendern auf den Trottoirs, vorbei an Kunst- und Buchhandlungen, Damen- und Herrenausstattern, Antiquitätenläden, Cafés und Wirtshäusern. Eile, Erwerbsgier gar, spielen hier keine Rolle. Maler in von Farbklecksen dekorativ gesprenkelten Samtkitteln, die ihre Mieten schon mal mit Aquarellen begleichen. Erbschaften verzehrende, dem Schlendrian huldigende Lebenskünstler. Modelle der Kunstakademie und andere Mädchen mit unbedenklichen Sitten, die das Leben und die Liebe unbefangen nehmen und geben. Spinnerte Stifter schräger Religionen. Feuilletonisten mit lyrischen Ambitionen und Verbalanarchisten mit christlichem Sendungsbewusstsein. Genialische Musiker. Eifernde Lebensreformer, hagere Vegetarier und braun gebrannte Sonnenanbeter. Kosmogonische Erotiker und entlaufene, von Bildhauern, Dichtern oder verführerisch philosophierenden Sexualethikern umschwärmte höhere Töchter. Wild Gelockte, adrett Gescheitelte. Männer mit langen, zu Zöpfen gebundenen Haaren, Frauen mit männlichen Kurzhaarfrisuren. Samtkappen und breitkrempige Strohhüte, Schotten- und Baskenmützen, Jägerhüte mit Gamsbartschmuck, Hüte mit Blüten und Spitzen, mit Federn von Paradiesvögeln und afrikanischen Straußen. Einig ist man sich nur darin, dass jeder seine Aufmachung selbst bestimmt, geleitet von Eitelkeit, von Bequemlichkeit und manchmal sogar von Stilgefühl. Jede ist sich selbst die Schönste, jeder ist sich selbst der Größte. Ihren Auftritt, ihren Habitus und ihre Kleidung abweichend von der Norm so zu ziselieren, dass etwas Eigenes zu erkennen ist, lassen sich einige so viel Nachdenken kosten, dass darüber schon mancher Roman scheiterte, manch ein Bild ungemalt und die eine oder andere Symphonie unvollendet geblieben ist.

Keyserlings bedächtige, leicht schlurfende Schritte, synkopiert vom Takt des Spazierstocks auf dem Pflaster, harmonieren mit dem gelassenen Rhythmus, der das Schwabinger Lebensgefühl bestimmt. Er nickt vergnügt vor sich hin, fühlt sich wieder einmal in seiner Entscheidung bestätigt, hier seinen Wohnsitz genommen zu haben. Während der Italienreise vor zwei Jahren kamen ihm auch Florenz, Venedig oder Rom verlockend vor. Aber in Venedig müffelten die Kanäle allzu sehr nach Verfall, und Verfall kennt er schon zur Genüge. In Rom war es ihm zu heiß, und nachts zerstachen ihn Millionen Mücken. Und in Florenz hat ihm ein Dieb die Börse aus der Tasche gezogen. Bella Italia, schön und gut, aber München ist ihm gemäßer. Er schreibt ja Deutsch. Seine Romane und Geschichten brauchen deutsche Leser, seine Stücke deutsches Theater und Publikum.

Und Schwabing, diese Hauptstadt des Schlawinertums, passt ihm wie ein maßgeschneiderter Anzug. Schnell hat er Anschluss gefunden. Ein waschechter baltischer Graf und russischer Staatsbürger, der eines Tages wie aus dem Nichts auftaucht! Dazu ein veritabler Poet, dessen Drama *Ein Frühlingsopfer* im vergangenen Jahr auch in München für einiges Aufsehen gesorgt hat. Dass er lieber ein Leben im Geistesadel der Bohemiens und Schlawiner führt, statt seine Güter und Schlösser in Kurland zu verwalten, setzt allem die Krone auf und macht ihn zu einer stillen Attraktion. Märchenhaft reich ist er zwar nicht, aber lieber bescheiden und vornehm als einer der eitlen Parvenüs, die sich in den Cafés der Boheme anbiedern, indem sie sich noch karnevalesker kostümieren als die Maler und Dichter. Er hat es nicht nötig, sich als Künstler zu verkleiden – er inszeniert sich nicht. Ihm reicht es, ein höflicher, stilbewusster, geistreicher Mensch zu sein. Man sucht seine Nähe. Wem er das Du anbietet, fühlt sich geadelt.

Zwei seiner Schwestern führen ihm den Haushalt und engagieren sich ansonsten für die Missionierung der Heiden in den Kolonien. Doch über seine Vergangenheit weiß man wenig. In der *Bodega* hat er einmal eine allzu neugierige Schauspielerin mit den Worten abblitzen lassen, ein anständiger Mensch behalte neun Zehntel von dem, was er erlebt habe, was ihm durch den Kopf gehe oder ins Herz greife, für sich. Weil man ja schließlich niemanden langweilen oder verletzen wolle. Diese elegante Diskretion ist auch eine Diskretion in eigener Sache. Könnte sie nicht auf Abgründe hindeuten, auf Fehltritte, auf Peinlichkeiten, auf Verschwiegenes und Skandalöses? Es kursieren allerlei Gerüchte.

Seine Contenance ist mit Witz gewürzt. Im *Café Stefanie* hat ihn erst neulich der junge Sezessionsmaler Albert Weisgerber angesprochen: »Ach, Herr Graf, ich würde Sie zu gern porträtieren. Sie haben solch eine blödsinnig noble Haut, ganz wie zerknittertes Papier.«

»Nu, nu, Jungchen«, hat er da schmunzelnd geantwortet, »dann malen Sie doch lieber gleich die *Münchner Neuesten Nachrichten* von vorgestern.«

Er öffnet die Schwingtür zum *Salon Georg Loibl – Herrenfriseur und Barbier,* und die Türschelle begrüßt ihn, ta-ta-

ta-taaa, mit den ersten vier Tönen von Beethovens Fünfter. Es riecht nach Eau de Cologne, nach frisch gewaschenen Leinenmänteln und Handtüchern, durchzogen von zartem Zigarettenrauch *Sultan flor – Cigarettes des Princesses égyptiennes.*

Herr Georg Loibl, Träger einer künstlerisch wallenden, dezent auftoupierten Haarkreation, die manche für eine Perücke halten, wieselt höchstpersönlich auf ihn zu, vollführt einen etwas zu tiefen Bückling. »Grüß Gott, der Herr Graf. Das Übliche?«

»Natürlich. Und lassen Sie doch endlich mal den Graf beiseite.«

»Sehr wohl, Herr Graf.«

Loibl komplimentiert ihn zum Frisiersessel vor einem Kristallspiegel, bindet ihm eine Krepppapierkrause um den Hals, wirft mit genialischer Geste den blütenweißen Umhang um seinen Oberkörper. Nun, denkt Keyserling, sieht er endgültig aus wie eine aufgewärmte Leiche. Loibl schlägt mit dem Pinsel in einer Porzellanschale Seifenschaum und sieht ihn dabei im Spiegel fragend an, als wartete er auf sein Stichwort.

Keyserling weiß, was Loibl hören will, und nickt. »Nur zu, Maestro, walten Sie Ihres Amtes.«

Loibl liebt es nämlich, als Maestro tituliert zu werden. Und solange der Herr Graf den Loibl Maestro nennt, solange wird der Loibl den Herrn nicht vom Grafen trennen.

Er legt den Kopf in den Nacken, als Loibl ihm nun die Wangen einseift, das Rasiermesser über den Riemen streicht und mit sicherer, fast zärtlicher Hand über die Haut zieht. Im Spiegel schielt er zum Kassentresen mit den Parfüms, Kämmen, Tinkturen, Bürsten, Pomaden, Wässerchen. Hier sitzt sonst immer dies entzückend junge, blond gelockte Mädchen, aber heute ist ihr Stuhl leer. Manchmal hat er sie heimlich und entsagungsvoll im Spiegel gemustert und dabei albern-kitschige Dinge gedacht wie etwa: »Dich wird wohl bald ein schneidiger Leutnant verführen, du Wunderschöne. Oder ein Fürst.« Einmal hat sie seinen Blick aufgefangen, hat ihn ertappt und den Blick so erwidert, als wollte sie sagen: »Sieh mich nicht so an, du armer hässlicher Alter. Vor mir liegt das Leben, das Leben und die Liebe. Weil ich schön bin. Weil ich jung bin. Weißt du das nicht?«

Er weiß es. Sein Freund Max Halbe, mit dem er sich nachher treffen wird, hat vor einigen Jahren ein Stück geschrieben, das ihm viel Ruhm und noch mehr Geld einbrachte. Ein Geniestreich mit dem unverschämt schlauen Titel *Jugend*. Warum Jugend so ein großes Thema ist? Weil jeder sie kennt. Und weil sie vergeht. Weil es nicht von Dauer ist, könnte auch Glück so ein Thema sein – nur dass, leider, nicht jeder das Glück kennt.

Loibl tupft ihm die Schaumreste aus dem Gesicht, klopft ihm sanft Rasierwasser auf Wangen und Hals.

»Sagen Sie mal, Maestro, wo ist denn die süße Mamsell abgeblieben, die da hinterm Tresen residierte? War ja 'ne wahre Zierde des Hauses.«

»Die Resi? Die hat geheiratet.«

»Ach was?«

»Ja, den Schorsch, den Sohn vom Huber, vom Metzgermeister –––«

Wie schade, denkt er, sagt aber nur: »Ach!«

Und so dreht Maestro Loibl heute höchstpersönlich die Kassenkurbel, bedankt sich tief dienernd fürs großzügig aufgerundete Entgelt. »Servus, Herr Graf!«

Ta-ta-ta-taaa –––

Wenige Schritte weiter hält er vor dem Schaufenster der Buchhandlung Goltz, zieht das *Pince-nez* aus der Anzugtasche, klemmt es sich auf die Nase und betrachtet die Auslage. Wenn das so weitergeht, wird er bald eine Lupe brauchen. Der Augenarzt spricht zwar, dezent, wie er ist, nicht von schleichender Erblindung, vermeidet jedoch auch jede optimistische Prognose. Bedauerlicherweise sei das Nachlassen der Sehschärfe ein typisches Symptom der Krankheit, des Grundübels sozusagen, vielleicht auch eine Nebenwirkung des Quecksilbers.

Wem also gönnt der kluge Herr Goltz derzeit einen Platz in der Ehrenloge seines Schaufensters?

Götzen-Dämmerung, Jenseits von Gut und Böse. Kein Buchladen, der etwas auf sich hält, kann heutzutage auf Nietzsche verzichten. Vor einem Jahr ist der Philosoph gestorben, geistig umnachtet, wie man das so nennt. War ja ein Leidensgenosse. Hoffentlich endet er nicht selbst in solch radikaler Finsternis, erblindet und umnachtet.

Sigmund Freud, *Die Traumdeutung,* sieh an. Davon hat sein Freund Peter Altenberg erzählt, als er neulich in München vorbeischaute. Er verstehe ja nichts von Psychologie, weil er nur ein kleiner Schreiberling sei, aber dieser Freud sei unbedingt beachtenswert.

Effi Briest. Das hätte er gern selbst geschrieben. Schade, dass er diesem Fontane nie persönlich begegnet ist. Mit dem hätte er sich verstanden. Daneben Paul Bourget. Oscar Wildes *Bildnis des Dorian Gray,* das Lieblingsbuch aller Ästheten und Urninge. *Niels Lyhne* von Jens Peter Jacobsen, das Lieblingsbuch aller Feinsinnig-Dekadenten – zum Leben zu schwach und zu wach zum Sterben.

Stapelweise Ibsen.

Der Teppich des Lebens, Gott, ja, Stefan George, der es mit der Dichterselbstdarstellung auf die Spitze treibt.

Im Fasching ist er als Dante aufgetreten, darunter tut er es nicht. Wie Dante sieht er aber gar nicht aus, sondern nur wie eine alte Tante, die wie Dante aussieht. Seine Berufsbekleidung besteht aus schwarzer hochgeschlossener Weste mit schwarzem Krawattentuch und dünner Halskette aus Silber, die in einer Westentasche endet. Das gehört zu Georges Weihe und Selbstfeier.

»Weihenstefan« hat ihn Franziska zu Reventlow deshalb genannt. Die spitzzüngige Gräfin, weder verwandt noch verschwägert mit den Keyserlings, gehört unter all den Betriebsnudeln, Wichtigtuern und Möchtegernkünstlern zu den Umtriebigsten. Geschrieben hat sie so gut wie nichts, scheint aber über bemerkenswerte Talente anderer Natur zu verfügen, ist sie doch in ständig wechselnder Herrenbegleitung überall dabei und immer mittendrin. Keyserlings bescheidener Meinung nach gibt es gar nicht zu viele Künstler, sondern nur zu viele, die sich dafür halten, nicht zu viele Schriftsteller, nicht einmal in Schwabing, sondern nur zu viele Leute, die schreiben.

Im Schaufenster prangt natürlich auch *Das Schweigen im Walde,* zwei stattliche Leinenbände. Ludwig Ganghofer ist hierzulande der literarische Platzhirsch. Eigentlich ist dieser urbayerische Heimatdichter sehr sympathisch, ein ehrlicher, rechtschaffener Mensch und solider Erzähler, der jedoch zu oft in den Schmalztopf langt und zu tief ins Kitschglas schaut. Wenn man schon seine Herkunft und seine Heimat zum Thema macht, muss man die Sache kälter anpacken, distanzierter, ironischer. Keyserling hegt da durchaus ein paar Ideen. Je ferner ihm Kurland rückt, desto klarer prägen Motive, Stoffe und Themen sich aus, wie ja auch die Farben der Erinnerung umso heller zu leuchten scheinen, je trüber sein Augenlicht wird.

Er öffnet die Ladentür. Vor den Regalen und Verkaufstischen blättern ein paar Herren in Zeitschriften, einige Damen in Büchern. Wenn man sieht, was die Verlage heutzutage alles publizieren, muss einem angesichts dessen, was sie ablehnen, übel werden.

Herr Goltz, der Buchhändler, ein asketisch wirkender, schmaler Mensch mit hoher Denkerstirn, der Bücher nicht nur verkauft, sondern auch liest und dabei einen höchst kultivierten Geschmack beweist, eilt auf Keyserling zu und begrüßt ihn per Handschlag. Poeten, Romanciers, Dramatiker sind seine liebsten Kunden, auch wenn manche auf ihrem Eilmarsch in die Unsterblichkeit den Laden lediglich aufsuchen, um zu kontrollieren, ob die eigenen Werke sichtbar ausliegen. Und wenn sie feststellen, dass ihr jüngster Geniestreich nur als schmaler Rücken ins Regal gezwängt ist, ziehen sie, wenn niemand hinschaut, das Buch heraus und legen es neben die Stapel der Erfolgreichen. Goltz lässt sie schmunzelnd gewähren, weil die Anwesenheit armer Poeten zahlungskräftige Kundschaft anlockt.

Keyserling gehört allerdings zur seltenen Sorte von Dichtern, die sich Werke der Kollegen nicht nur von den Kollegen schenken lassen, sondern auch Bücher kaufen. Denn bei den geschenkten und höchstpersönlich zugeeigneten Werken handelt es sich leider nicht immer um solche, die man gern lesen würde. Bestellt hat er diesmal Herman Bangs Roman *Hoffnungslose Geschlechter*, weil ihn der Titel ansprach.

»Übrigens«, sagt Goltz, »hat sich vor einigen Tagen eine Dame nach einem Roman von Ihnen erkundigt. Wie Sie wissen, habe ich stets ein paar Exemplare von *Die dritte Stiege* auf Lager.« Das magere Gesicht des Herrn Goltz zieht sich kummervoll in die Länge. »Ein so schönes Buch, und kaum wird es nachgefragt. Leider, leider.«

»Nun wurde es ja offenbar doch einmal nachgefragt«, sagt Keyserling lächelnd.

»Ja, beziehungsweise nein«, stottert Goltz. »Die Kundin meinte nicht *Die dritte Stiege,* sondern einen anderen Roman, den Sie angeblich verfasst haben sollen. Den genauen Titel wusste sie nicht. *Rosarote Herzen* oder so ähnlich. Aber da habe ich natürlich gleich gesagt, das klinge doch sehr nach Dienstmädchenroman und Gartenlaube, und derlei Trivialitäten kämen dem Grafen Keyserling nie aus der Feder.«

Keyserling zögert einen Moment. Wenn sogar Goltz nichts von dem Buch weiß, dann muss es tatsächlich restlos vergessen sein. Eigentlich schade. So übel war es dann doch nicht.

»Der Roman heißt *Fräulein Rosa Herz*«, sagt er schließlich so leise zu Goltz, als vertraue er ihm ein Geheimnis an. »Eine Jugendsünde, wenn Sie so wollen. Habe ich zu meiner Wiener Zeit geschrieben. Erschienen 1887 bei Heinrich Minden in Dresden und Leipzig. Ist inzwischen aber derart gründlich vergriffen, wie's gründlicher gar nicht geht.«

»Da schau her«, staunt Goltz.

Und Keyserling lässt es damit bewenden. Dichtung, denkt er, ist eine schöne Sache, aber die Wahrheit, die schnöde Wirklichkeit, die den Roman damals anregte und an der er schließlich wieder zerschellte, erwies sich als weniger schön.

»Und was empfehlen Sie mir heute, lieber Herr Goltz?«

Der Buchhändler greift zu einem Band der Collection Fischer. Auf dem Umschlag ist eine lesende Dame abgebildet. Und der Preis von zwei Mark. *Der kleine Herr Friedemann.*

Keyserling zuckt mit den Schultern. »Thomas Mann? Sagt mir nichts.«

»Es handelt sich um den jüngeren Bruder von Heinrich Mann«, erklärt Goltz. »Sie wissen schon, *Im Schlaraffenland*.«

»Richtig, ja, köstlich. Ätzende Satire. Hat mich schärfstens amüsiert. Die Literaturkritik war natürlich eher negativ.«

Goltz winkt ab. »Die üble Laune«, sagt er, »ist die Mutter der Literaturkritik, das Lob ein Stiefkind.«

»Sehr wahr, lieber Goltz, leider, leider.« Keyserling nickt nachdenklich. »Manche Kritiker nehmen Bücher doch nur zur Hand, um sich zu ärgern. Da könnte man manchmal fast den Eindruck gewinnen, Kritik sei Besserwisserei derjenigen, denen es an Talent fehlt, über die Leistung derer, die Talent haben.«

»Auch das ist nur allzu wahr«, seufzt Goltz. »Doch sei dem, wie dem wolle, der kleine Bruder, dieser Thomas Mann, meine ich, hat durchaus Talent.«

»Na, wenn Sie's sagen, lieber Herr Goltz, riskier ich das mal. Die Debütrakete von heute erweist sich aber oft als der Rohrkrepierer von morgen, der neue helle Stern am Firmament der Literatur als bloße Schnuppe. Deswegen schrumpfen in den Literaturgeschichten ja auch nicht die ersten Kapitel, sondern immer die letzten. Aber für zwei Mark ———«

3

Dank des sensationellen Erfolgs seines Stücks *Jugend* ist Max Halbe aus den Niederungen mäßiger Bekanntheit schlagartig in den Olymp der Hochprominenz aufgestiegen. Unter den zahllosen Schwabinger Cliquen und Zirkeln ist sein Stammtisch im *Café Leopold* zur allerersten Adresse avanciert. Künstler und Künstlerdarsteller, Schauspielerinnen und junge Damen, die gern welche wären oder so aussehen, als wären sie es, Musiker und Verleger – alle Welt inklusive Halbwelt sucht Anschluss an den Halbe-Kreis, den diejenigen, denen der Zutritt verwehrt bleibt, neidvoll als Kreis der Halbgaren bezeichnen.

Man tagt oft bis in die Morgenstunden in Tabakwolken und Bierdunst, schwelgt in Würsten, Haxen und Sauerkraut, redet, diskutiert, mit jedem Glas selbstvergessener und zugleich von sich selbst begeisterter. Der eine erzählt, was ihm wieder alles gelungen ist, von seinen Triumphen, der andere, warum es ihm wieder mal nicht gelungen ist, von seinen Krisen, der Dritte, wie er es gern gehabt hätte, von seinen Wünschen, der Vierte fantasiert von seinen sexuellen Sehnsüchten, der Fünfte prahlt mit seinen erotischen Eroberungen, der Sechste bejammert die x-te Enttäuschung seines Lebens. So reden sie miteinander und aneinander vorbei, fallen sich gegenseitig ins Wort, als wäre endlich der Moment gekommen, da genau dieses Wort ausgesprochen werden müsste.

Halbe ist von seiner Bedeutung so überzeugt und in seinen Erfolg so verliebt, dass er immer langweiliger wird. Er zitiert sich am liebsten selbst, suhlt sich in seinen eigenen Worten wie in einem Dampfbad. Keyserling findet zwar Skeptiker und Zweifler grundsätzlich anregender, hält seinem Freund Halbe aber zugute, dass er sich zumindest nicht am Mummenschanz des Schlawinertums beteiligt. Im dreiteiligen Anzug, die massive Uhrkette über der Weste, auf der Nase den Kneifer und unter der Nase den gepflegten Schnauzbart, sieht Halbe eher wie ein Gymnasialprofessor aus, und zwar umso mehr, als er stets seine neuesten Manuskripte in einer korrekten Aktentasche mit sich herumträgt, um, gefragt oder ungefragt, jederzeit daraus vortragen zu können. Halbe ist ein Gemütsmensch, ein Vermittler, ist generös und jovial und ein wenig hölzern, versprüht keinen Humor, hat aber Sinn für den Humor anderer Leute und weiß deren Witz zu schätzen. Eigentlich, hat Keyserling sich einmal notiert, würde das Mäxchen ein besseres Publikum abgeben als einen Dichter.

Dennoch, vielleicht auch gerade deshalb, sind sie Freunde, und außerdem ist Keyserling in Halbes Frau Louise verliebt, ein ganz kleines bisschen natürlich nur, streng platonisch und ganz im Geheimen. Denn Louise ist nicht nur hübsch, jung und gesund, sondern auch erfreulich unkompliziert, nicht durch Tradition, Konvention und starres Reglement verzogen wie die adligen Fräuleins und Damen, deren Kreisen Keyserling entlaufen ist. Er glaubt zudem, dass gescheite, mutterwitzige Frauen wie Louise gut schreiben könnten, wenn sie einfach mutig drauflosschreiben würden, weshalb er ihr einmal einen in Leder gebundenen Blindband mit der goldgeprägten Titel-Inschrift *Tagebuch einer Realistin* geschenkt hat.

An diesem Abend hat Halbe nur seinen engsten Freundeskreis einbestellt, ausdrücklich nicht ins *Café Leopold*, sondern in die *Dichtelei,* um dort, quasi als geheime Kommandosache, eine gemeinsame Sommerfrische zu verkünden. Zu Halbes besten Freunden zählen außer Keyserling der Verleger Korfiz Holm nebst Gattin Annie und der Maler Lovis Corinth, im Schlepptau seine neueste Errungenschaft: Charlotte Berend, Malschülerin und Muse, aktuelles Lieblingsmodell und künftige Ehefrau in Personalunion. Er nennt sie, merkwürdig genug, »das Petermannchen«.

Halbe und Holm, Keyserling und Corinth fühlen sich von ihrer gesellschaftlichen und regionalen Herkunft her verwandt, kommen sie doch alle aus östlichen Regionen. Halbes Familie besitzt ein Landgut bei Danzig, Corinth stammt von einem Gutshof in Ostpreußen und Holm, wie Keyserling Baltendeutscher, aus dem Rigaer Großbürgertum. Diese vier Männer verstehen sich nicht zuletzt deshalb so prächtig, weil sie eine gemeinsame Mundart sprechen. Wenn sie als Landsleute im freiwilligen bayerischen Exil zusammensitzen, werden Kinder zu Bambusen oder Ruscheldupsen, die Mädchen zu Marjellchen; aus dem Schwätzer wird das Blubbermaul, aus dem Geizhals der Gniefke. Nach der zweiten Flasche Wein werden noch die grandiosesten Begriffe niedlich, Masurens endlose Wälder schrumpfen zu Wäldchen, und sogar der Herrgott wird zu Gottchen diminuiert. Stets gibt es viel Gejuchze und Gejacher, wenn Mäxchen und Edchen, Korfizchen und Lovischen bis in die Morgendämmerung, die sie Uhlenflucht nennen, zechen und vertellcherken.

Die Runde sitzt bereits beisammen, als Keyserling in der *Dichtelei* eintrifft, die Freunde begrüßt, die Damen mit charmantem Handkuss, eine Geste, die er aus seinen Wiener Jahren mitgebracht hat. Er nimmt Platz und bestellt Whisky Soda, trinkt ihn schnell, schüttelt sich wie angeekelt und bestellt gleich einen zweiten, was nicht nur gegen seine Gewohnheit, sondern fast schon gegen seine Natur ist, hält er sich doch üblicherweise an Wermut oder Rotwein. Er erntet entsprechend fragende Blicke und hochgezogene Augenbrauen.

»Mein Arzt behauptet«, sagt er fast entschuldigend, »dass ich Wermut und Wein nicht vertrage. Einen kleinen Whisky hat er mir aber gestattet.«

Holm schmunzelt. »Wenigstens ist dein Arzt kein Antialkoholiker.«

»Im Gegenteil. Der säuft ja selbst! Unbegreiflich, der Mensch. Nee, nee, nee, ausgerechnet Whisky. Da komm ich einfach nicht auf den Genuss. Schmeckt wie Odol! Nach dieser Selbstgeißelung hab ich mir was Besseres verdient.« Er winkt der Wirtin zu. »Kathi, bring mir einen Wermut! Kann ruhig schnell gehen.«

Gelächter in der Runde.

Nach dem ersten Schluck Wermut nickt er anerkennend. »Ja doch, da schmeckt man Italien! Wer will schon Schottland schmecken? Der Doktor mit seinem ewigen ungesund, ungesund. Lachhaft. Wer alles Ungesunde meiden will, kann das nur im Grab. Leben ist überhaupt ungesund, eine Krankheit zum Tode. Zum Wohl, ihr Lieben.«

Gelächter. So witzig, findet Keyserling, ist das gar nicht. Man stößt mit den Gläsern an, trinkt.

Charlotte Berend kichert vor sich hin und sieht Keyserling aus wunderbar großen dunklen Augen an. Augen, die ihn an eine andere erinnern. An Vroni. Damals, gleich am ersten Tag, als er in Wien ankam ---

»Drollig.« Charlotte Berend unterbricht die Erinnerung, bevor das Damals zu Bildern gerinnt. »Nichts für ungut, Herr Graf«, sie kichert immer noch, »aber ---«

»Sag einfach Eduard zu mir, Kindchen. Die Freunde

von Lovischen sind auch meine Freunde. Was ist denn so drollig?«

»Na ja, wie Sie ———«, gluckst sie, »ich meine den Dialekt. Wie das klingt. Wie Sie, also wie du das gesagt hast: ›Wer alles Unjesunde mäiden will, kann das nur im Jrabe. Läben is' ieberhaupt unjesund‹.«

So klingt er also?

»Den Dialekt«, sagt er, »musst du doch auch von Lovischen kennen.«

Sie schüttelt den Kopf. »So redet er nur, wenn er mit seinen Landsleuten zusammensitzt. Oder zu viel getrunken hat. Mit mir spricht er Hochdeutsch. Leider.«

Klingt er denn wirklich so? Keyserling wundert sich. Eine Opernsängerin hat ihm irgendwann erzählt, sie habe sich furchtbar erschrocken, als sie zum ersten Mal ihre Stimme auf einer Grammofonplatte gehört habe. Drollig? So hört er sich an? Fremd wie der Blick in den Spiegel, in dem er sich nicht wiedererkennt.

Man plaudert, kichert, lästert und lacht, bestellt noch eine Runde, tauscht den neuesten Klatsch aus, wer mit wem und warum die nicht mit dem und wie viel unverdienten Vorschuss dieser Dichter bekommt und welche horrenden Preise jetzt jener Maler erzielt.

»Was ist denn nun mit dem Haus am See?«, fragt zu bereits vorgerückter Stunde Lovis Corinth. »Soll das heute nicht verabredet werden?«

»Doch, doch«, nickt Max Halbe. »Aber ich warte noch auf Frank.«

»Ach was?« Keyserling staunt. »Der will mit dir zusammen Urlaub machen? Letzte Woche wollte er dich doch noch erschießen.«

Halbe zuckt mit den Schultern. »Ich glaube, er hat sich's anders überlegt.«

Frank Wedekind ist weder Balte noch Ostpreuße oder Masure, gehört jedoch zu Max Halbes engstem Kreis. Vielleicht ist er sogar sein bester Freund, weil er sich manchmal einbildet, zugleich sein ärgster Feind zu sein. Ihre Hassliebe besteht aus einem wild bewegten Hin und Her. Haben sie sich eben erst gegenseitig hemmungslos als Genies bewundert, bekämpfen sie sich am nächsten Tag umso erbitterter als Banausen und Scharlatane; haben sie sich neulich noch gemeinsam betrunken und innig vertragen, sind sie heute wild entschlossen, sich zu prügeln oder zu duellieren, und die Verehrung von gestern wird schon morgen in Verachtung umschlagen – und zur Erheiterung ganz Schwabings immer so weiter und immer so fort *ad infinitum*.

Da sich Wedekind als überzeugter Nachtmensch erst aus dem Bett zu erheben pflegt, wenn der Durchschnittsbohemien bereits überlegt, wo er den Aperitif einnehmen soll, wundert sich niemand über sein spätes Eintreffen, das stets einem Auftritt gleichkommt. Zur gelb karierten Pepitahose trägt er einen taillierten taubenblauen Biedermeierfrack, die Hände stecken in gelben Glacéhandschuhen. Ein Künstler? Auf dem Kopf balanciert er einen nagelneu glänzenden Zylinder, den er, als er an den Tisch herantritt, mit prunkvoller Geste zieht, schwenkt und dabei eine übertrieben tiefe Verbeugung vollführt. Ein Magier? Ein Mann der Manege. Vor nicht allzu langer Zeit ist er mit einem Zirkus durchs Land getingelt, und selbst seine Barttracht ist immer noch zirkusreif, besteht sie doch aus zwei üppig wuchernden, wiederum in je zwei Spitzen zulaufenden Koteletten, einem Schnurrbart und einem fast bis auf die Brust hängenden Ziegenbart.

Keyserling schmunzelt, wie sehr Wedekind sich wieder einmal selber gleicht. Wer sich derart pompös mit der Kunst einlässt, trägt keine Kleider mehr, sondern Gewänder – im Falle Wedekinds sind es Kostüme. Die Spezies des Schlawiners hat sich in dieser Gestalt zu höchster Vollkommenheit entwickelt.

Wedekind nimmt Platz, wird mit einer Flasche Bordeaux als Zungenlöser versorgt und beginnt sogleich mit einer Variation seines Lieblingsthemas. Es lautet, bekannt zur Genüge: das Genie des Frank Wedekind. »Meiner Dichterarbeit«, rühmt er, »ist es ungemein zuträglich, wenn ich mich, auf der Chaiselongue liegend, schwelgerischen Tagträumen hingebe. Zum Beispiel habe ich mir vorhin vorgestellt – – –«

»Frank, einen Moment bitte«, unterbricht ihn Louise Halbe, »wir wollten euch nämlich mitteilen, dass wir auch in diesem Sommer Karl Taneras Haus in Bernried gemietet haben. Und wir würden uns freuen, wenn ihr uns dort besuchen kommt.«

Keyserling, Corinth und die Holms danken erfreut, wenn auch nicht sonderlich überrascht für die Einladung. Ein paar Sommertage mit Freunden am Starnberger See wird man sich keinesfalls entgehen lassen. Darauf noch das eine oder andere Gläschen! Nur Wedekind stiert finster schweigend in den Zigarren- und Zigarettenrauch, der als dichter werdende Wolke wie ein aufziehendes Gewitter über dem Tisch dräut.

»Was ist mit dir, Frank?«, hakt Halbe vorsichtig nach. »Bist du etwa nicht dabei?«

Wedekind scheint nachzudenken oder in tiefer Meditation, wenn nicht gar Inspiration versunken zu sein.

»Ich mag es vielleicht in Erwägung ziehen«, sagt er schließlich resignierend wie von weit her, aus Sphären, die nur seinem Genie zugänglich sind, »aber nur, wenn man mir verspricht, mich dort in meinen Ausführungen nicht so permanent unterbrechen zu wollen wie hier.«

»Na also«, sagt Louise Halbe energisch.

Und Lovis Corinth, in Sachen gekränkter Eitelkeit gleichfalls ein anerkannter Experte, fragt Wedekind versöhnlich, was es denn mit dem Tagtraum auf sich habe, dem der Dichter vorhin auf seiner Chaiselongue nachgehangen hätte.

Wedekind räuspert sich bedeutungsvoll. »Eine geniale Eingebung. Stoff für ein ungeheures Drama, das davon ausgeht, dass ein Weib nur dort Weib sein kann, wo es nicht Ehefrau ist, insofern die Gattin der Dirne ebenso wenig verschwistert ist wie ---, ähm ---«

Wedekind hat offenbar den Faden verloren, greift zum Glas, trinkt.

»Hochinteressant, Frank«, sagt Keyserling gemütlich, »aber wie geht es weiter?«

»Die Handlung«, sagt Wedekind, der den Faden wiedergefunden oder vielleicht einfach einen anderen Faden aufgenommen hat, »die Handlung geht so: Eine Offizierswitwe hat drei Töchter, von denen die erste eine berühmte Künstlerin, die zweite Lehrerin, die dritte aber eine Dirne wird. Aus der Langeweile und starren Ordnung des Elternhauses flieht sie ins Freudenhaus. Sie versteht das Bordell als philanthropisches Unternehmen, das nicht nach Profit strebt, sondern eine Art sexuellen Sozialismus einführt, Dienstleistung an der Einsamkeit des Menschen.«

Des Menschen? Oder meint er: der Männer? Wedekinds sexual-revolutionärer Musenkuss trifft auf beredtes Schweigen. Keyserling steckt sich eine Zigarette an, nimmt einen Schluck Wermut, als müsse er sich für seine Frage stärken. Sie lautet: »Ist das alles?«

»Fürs Erste«, nickt Wedekind. »Den Rest denke ich mir morgen aus.«

»Wär's nicht viel fantastischer«, wirft Holm augenzwinkernd ein, »es wären sechs Töchter, die alle Lehrerinnen werden?«

»Herr Holm!« Wenn Wedekind einen seiner Duzfreunde als Herrn tituliert und ins Sie zurückfällt, liegt Stunk in der Luft. »Ich muss doch sehr bitten.«

»Na schön, meinetwegen auch sechs Huren. In Freudenhäusern kennst du dich sowieso besser aus als in Schulen.«

»Und wenn schon«, ruft Wedekind herausfordernd. »Was werfen Sie den Dirnen denn eigentlich vor, Herrrr Holm?« Wedekind schnarrt das R im Herrn nun tief im Rachen. »Meinen Sie etwa, diese Mädchen hätten einen leichten Beruf?«

Die Luft wird dicker.

»Nein. Aber für Offizierstöchter könnte ich mir durchaus andere Beschäftigungen ausmalen.«

Es klingt wie ein Korrekturvorschlag des erfahrenen Lektors Holm, den die Runde mit Gelächter quittiert.

»Wenn ihr die Prostitution so sehr verachtet, warum schafft ihr sie dann nicht ab?«, heischt Wedekind.

»Wie das?«

»Zufällig weiß ich einen Weg«, erklärt Wedekind feierlich, »wie man die Prostitution sofort beseitigen und zugleich die soziale Frage lösen kann.«

»Ach, Frank, die moderne Gesellschaft ist doch schon dabei, die Prostitution mittels Promiskuität abzuschaffen«, sagt Keyserling. »Aber deine Methode würde uns natürlich auch alle brennend interessieren.«

»Man benötigt lediglich ein Gesetz«, verkündet Wedekind seine Heilslehre und verzieht dabei das Gesicht zu einer dramatischen Grimasse, was jedoch, wie jeder weiß, keine mimische Steigerung des Vortrags darstellt, sondern seinem schlecht sitzenden Gebiss geschuldet ist. »Ein Gesetz, wonach jeder Ehemann seiner Frau für den legitimen ehelichen Verkehr einen angemessenen Betrag zu erstatten hat.«

Das Gelächter klingt nun schon etwas gezwungener. Wedekind erweist sich wieder einmal als der ewige Gymnasiast, vielleicht nicht dazu fähig, jede Dummheit zu denken, aber immer bereit, eine auszusprechen. Diese Beobachtung behält Keyserling jedoch für sich.

»Wäre in deinem Modell denn Ratenzahlung gestattet?«, erkundigt er sich stattdessen in der Hoffnung, der peinlich-abstrusen Idee eine Wendung ins Komische zu geben.

Doch der von seinem großen Plan hingerissene Sozial- und Sexualreformator hat kein Ohr für derart kleinliche Einwände, von Komik oder Ironie zu schweigen. »Wenn jeder Verkehr zu honorieren ist«, schwadroniert er unverdrossen weiter, »entfällt doch das Odium, das heutzutage arme Mädchen außerhalb der Gesellschaft stellt. Und auf die Honorare werden Steuern erhoben, mit der die soziale Not gemindert, ach was, abgeschafft wird.«

»Wie soll diese Steuer denn erfasst werden? Per Strichliste?«, erkundigt sich Corinth grinsend.

Das Gelächter klingt bereits wieder beschwingter.

»Man könnte ja auch«, schlägt Holm vor, »amtlich geeichte Taxameter, die auf Bewegung anspringen, an die Ehebetten montieren.«

Nun ist das Gelächter hemmungslos, weshalb Wedekinds Miene in Finsternis fällt. »Herrrr Holm!«, herrscht er Holm an und wirft mit kühnem Ruck das Kinn empor. »Nie wäre ein genialer Gedanke der Menschheitsgeschichte in die Tat umgesetzt worden, wenn bürokratische Bedenkenträger wie Sie das Sagen gehabt hätten.«

Wedekind ist immer nur dann witzig, wenn er seine Bonmots in Ruhe ausbrüten und theaterhaft präsentieren kann – sprungbereite Schlagfertigkeit, die eine Stichelei geistesgegenwärtig pariert oder abblitzen lässt, geht ihm völlig ab. Abrupt steht er auf und wirft giftige Blicke in die Runde. »Ich fürchte«, knurrt er und kämpft dabei mit seinem Gebiss, »dass ich in schlechte Gesellschaft geraten bin. Die Damen ---«, er deutet eine Verbeugung an, ignoriert die Herren, »empfehle mich. Adieu.«

Auch Keyserling erhebt sich. »Ich schließe mich an«, sagt er. »Frank und ich haben für eine Weile denselben Heimweg.« Dabei blinzelt er Max Halbe lächelnd zu, was so viel bedeutet wie »Ich werde ihn schon bändigen«.

Und so schwanken Wedekind und Keyserling rechtschaffen alkoholisiert die Türkenstraße entlang. Wedekind steht immer noch schwer unter Dampf.

»Der Corinth«, schnauft er, »ist kein guter Maler, hat aber immer die schönsten Weiber. Seine Neuerwerbung --- sensationell.«

Keyserling nickt. Charlotte Berend ist zweifellos eine Schönheit, apart und natürlich zugleich. Und ihre Augen erst. Wie sie ihn angeschaut hat.

»Gesagt hat sie aber wenig«, murmelt er.

»Die soll ja auch nichts sagen. Die soll sich nur vor ihm ausziehen. Dann malt er sie«, prustet Wedekind. »Und dann bringt er den eigentlichen Pinsel, seinen eigenen, ins Spiel.«

Keyserling schweigt. Ihm gilt es als Gebot der Höflichkeit, den Geschmack anderer zu tolerieren – jedenfalls dann, wenn dieser gut ist. Wedekinds Zote ist aber geschmacklos, und obwohl sie auf Corinth zielt, empfindet Keyserling diese Geschmacklosigkeit als eine Attacke auf sich, als wüsste Wedekind etwas von seinen Wiener Jahren, von den süßen Mädeln, von Vroni – – –

»Es will mir einfach nicht in den Kopf«, lamentiert Wedekind weiter, »warum ich mich so quälen muss, während euch alles immer so einfach in den Schoß fällt.«

»Wen meinst du mit ›euch‹? Wer sind denn ›wir‹?«

»Na wer schon? Ihr vier Ostlinge. Die Junkerclique. Angeführt vom Gutsherrn Halbe. Der Herrrr Holm. Casanova Corinth. Und du steckst mit denen unter einer Decke. Leider.« Ohne Rücksicht auf Logik lallt Wedekind sich weiter in Rage. »Alles, was ihr gemacht habt, habt ihr bei mir geklaut. Halbes *Jugend!* Dein *Frühlingsopfer!* Dreiste Plagiate sind das. Wenn ich euch mein *Frühlings Erwachen,* von dem ihr alle so begeistert wart, wenn ich euch das also nicht vorgelesen hätte, dann gäbe es euer dünnes Zeug doch gar nicht. Wo sich aufhört die Kultur, da beginnt sich der Masur.«

Sie haben inzwischen die Ainmillerstraße erreicht, in der Keyserlings Wohnung liegt. Wedekind hat noch ein paar Ecken vor sich. Keyserling will ihm zum Abschied die Hand reichen, aber Wedekind ignoriert das.

»Wer Halbes Freund ist, gilt mir als Feind«, poltert er. »Sie müssen sich entscheiden, Herr Graf. Ich oder diese Clique. Ich oder Halbe.«

Wenn aus Eduard ein Herr Graf wird, weht Wedekinds Wind sehr scharf, und wenn Wedekind nicht mehr weiß, wie er aus der Klemme herauskommen soll, in die er sich selbst manövriert hat, wird er grob. Keyserling weiß, dass Wedekind diese absurde Szene schon morgen abstreiten, vielleicht sogar bereuen wird, aber ohne eine Antwort auf sein albernes Entweder-oder wird Wedekind nicht vom Kampfplatz weichen.

»Ich weise nichts und niemanden zurück, außer vielleicht Whisky Soda«, sagt Keyserling deshalb diplomatisch. »Allerdings bevorzuge ich dies oder jenes, zum Beispiel Wermut.«

»Ich oder Halbe!«

Es steht zu befürchten, dass Wedekinds Geschrei die Nachbarschaft aufweckt.

»Ich schätze es nicht, wenn man mich zu solchen Entscheidungen zwingt«, seufzt Keyserling. »Und weil das Mäxchen das nicht tut, sage ich also: er! Und nun, mein lieber Frank, auf ewig lebe wohl.«

Wohl wissend, dass in Schwabing eine Ewigkeit kaum länger als vierundzwanzig Stunden dauert und schrille Töne hier schneller verhallen als anderswo, wendet Keyserling sich ab.

»Na endlich! Ist mir sehr recht!«, schleudert Wedekind ihm hinterher. »Es kostet mich nämlich Überwindung, mit Leuten zu verkehren, die so abgrundtief hässlich sind wie Sie, Herrrr Graf!«

Keyserling bleibt stehen, schaut aber nicht zurück, sondern ruft über die Schulter: »Und ich hab mir dich natürlich nur wegen deiner Schönheit ausgesucht!«

Mondlicht wirft den Schattenriss des Fensterrahmens als schwarzes Kreuz auf die Dielen. Er öffnet einen Fensterflügel, lässt den Duft der Sommernacht ins Zimmer schweben und verharrt im Mondschein wie unter einer Dusche, die Wedekinds Beleidigung wegspült. Dass er keine Schönheit ist, weiß er selbst besser als jeder andere, aber die ordinäre Brutalität, mit der Wedekind ihn verbal geohrfeigt hat, kränkt ihn dennoch. In seinen jungen Jahren haben sich die Komtessen und Schlossdamen gern den Hof von ihm machen lassen, weil er unterhaltsam war, aber geliebt haben sie andere. Und weil er heute noch klüger, unterhaltsamer und witziger als damals ist, genießen attraktive Frauen wie diese Charlotte zwar seine Gesellschaft, lassen sich dann aber von so virilen Kraftmeiern wie Corinth lieben – was noch lange nicht heißt, dass sie diese dann auch heiraten.

Zum Heiraten müssen Männer nicht schön sein.

Für einen jungen Mann, hat seine Mutter einmal gesagt, sei es gar nicht vorteilhaft, besonders gut auszusehen, weil das Äußere nur ablenke von den wahren, für eine Ehe wichtigen Werten, als da wären Herkunft und Stand, Rang und Namen, Ruhm und Reichtum. Möglichst von allem etwas, vom Reichtum auch gern etwas mehr. So dachte, so denkt man immer noch in den Kreisen, denen er längst den Rücken gekehrt hat, und dies Denken ist gar nicht so weit entfernt von Wedekinds abstruser Idee, auch den ehelichen Verkehr zahlungspflichtig zu machen. Im Übrigen, so Keyserlings Mutter, verkompliziere allzu große Schönheit das Leben nur unnötig, verleite wie eine beständige Indiskretion zu Verrat und Untreue. Und so hätte er gewiss auch eine passable Partie machen und zu einem dieser Ehemänner werden können, die sich für das unentrinnbare Schicksal ihrer Frauen halten. Hätte dann eine Baronesse oder Grafentochter geheiratet, die ihn nicht geliebt, sondern nur geehelicht und dann später mit irgendeinem schneidigen Leutnant betrogen hätte, während er sich Geliebte gehalten hätte, eine Schauspielerin vielleicht, und zwischendurch immer mal wieder eine der drallen Dorfschönheiten.

Tief atmet er die Nachtluft ein, seufzt lautlos. Hätte, hätte –––. Man kann aus seinem Leben nicht immer das machen, was man daraus machen will. Meistens macht das Leben nämlich, was es will, sozusagen ungefragt.

Es ist ja alles anders gekommen. Wegen der leidigen

Affäre in Dorpat. Aber vielleicht war die Sache gar nicht dumm, sondern ein Glücksfall, das große, unverdiente Los. Wenn es Korrekturbogen des Lebens gäbe, in denen man nach Belieben die Fehler ausmerzen könnte, die man im Leben gemacht hat, oder hinzufügen könnte, was einem im Leben fehlt, wenn es also solche Fahnenabzüge eines Lebenslaufs gäbe – würde er dann die Dorpater Dummheit streichen? Wohl kaum, denn dann wäre er jetzt nicht hier als Dichter unter Dichtern, sondern säße vermutlich unglücklich verheiratet auf seinem Schloss in Kurland. Dann wäre er auch nicht nach Wien gegangen und hätte nie in die dunklen Seen jener Augen geschaut, an die Charlottes Blicke ihn vorhin erinnert haben.

Er tritt vom Fenster weg, legt sich aufs Bett, verschränkt die Arme im Nacken. Draußen rollt eine Droschke vorbei, die letzte der Nacht. Oder die erste des neuen Tags. Der träge Hufschlag auf dem Straßenpflaster wirft Echos an die Hauswände, Echos der Vergangenheit, die ihn durch die bleiche Lakenlandschaft und die wogigen Regionen des Halbschlafs zurück nach Wien tragen.

4

Nach einer langen, strapaziösen Reise von Dorpat über Riga und Warschau verbrachte er die erste Nacht in einem Gasthaus. In dem durchgelegenen Bett schlief er schlecht, weil der Rhythmus der Schwellen und Schienen, den die Telegrafenmasten wie Taktstriche in ein ödes Gleichmaß geteilt hatten, in seinem Kopf weiterratterte und rollte. Das, vor dem er floh, lag wie ein Mehlsack auf seiner Brust, und was die Zukunft bringen würde, war ungewiss.

Wagengerassel, Stimmengewirr, muntere Drehorgelklänge, das Klingeln einer Pferdebahn weckten ihn. Sonne fingerte durch die gelben Vorhänge, Lichtflocken vibrierten über den Flor des Teppichs. Als er in die morgendliche Betriebsamkeit des Naschmarkts hinaustrat, ließ die Sonne das Straßenpflaster funkeln, den aufwirbelnden Staub glänzen, und die Kastanienbäume flimmerten wie mit Goldstaub besprüht. Die Passanten schienen alle ein Lächeln auf den Lippen zu haben. Im Schatten der Korbmarkise eines Cafés frühstückte er, und das bunte Leben und bestens gelaunte Treiben ließen die Ängste der Nacht schrumpfen wie die Haube aus Milchschaum auf der Melange.

An der Straßenecke stand ein Blumenmädchen. Wenn man Zeit und Lust hat, sich eine Blume zu kaufen und sie sich ins Knopfloch zu stecken, dachte er, dann können die Sorgen nicht allzu groß sein. Er wählte sorgsam, nahm schließlich eine weiße Rose, steckte sie ins Knopfloch, und weil das Mädchen ihn ein bisschen kokett ansah, rundete er den Preis um einen halben Kreuzer auf und zwinkerte ihr draufgängerisch zu. Ungewiss war die Zukunft immer noch, aber diese Ungewissheit erschien ihm nun hell und verlockend, eine Verheißung. Er pfiff vor sich hin, wirbelte den Spazierstock durch die Luft, die Jugendstil-Nymphe locker im Griff. Mit dreiundzwanzig Jahren, dachte er, hat man ja wohl mehr Zukunft als Vergangenheit. In Wien wusste niemand, was hinter ihm lag. Niemand kannte die Schande seiner Feigheit, vor der er weggelaufen war, niemand den Skandal. Hier war er ein unbeschriebenes Blatt, das keiner Korrektur bedurfte. Hier war die Luft rein. Er atmete Freiheit.

In einer der stillen Seitenstraßen fand er das Haus, das man ihm empfohlen hatte. Er überquerte den geräumigen Hof und gelangte ins Zwielicht eines Flurs, von dem aus eine Treppe mit verschnörkeltem gusseisernem Geländer in großzügigen Schwüngen aufwärtsstrebte. Auf dem Absatz zum zweiten Stock glitt er beinah auf einem nassen Putzlappen aus, der neben einem mit Wasser gefüllten Holzkübel lag. Erst dann sah er das Mädchen, das am Treppenpfeiler lehnte und eine Zigarette rauchte. Der graue Rock reichte kaum bis ans Knie, und aus dem Dekolleté des roten, ärmellosen, eng geschnürten Kamisols quoll es so verlockend, dass er schlucken musste, als er sie nach dem Hausmeister fragte.

Sie hob den Kopf und schaute ihn unter der schwarz gelockten, in die Stirn fallenden Mähne an. Ihre Augen waren groß, dunkel und tief, geheimnisvoll, aber nicht abweisend, ihr Blick neugierig oder fragend. Vielleicht hatte sie die baltische Mundart nicht verstanden? Er schmunzelte. Die Marjellchen nannte man hier ja Mädel.

»Was schaffen S' denn?«, fragte sie.

Er lachte. »Nein, ich bin kein Handwerker. Ich komme wegen der freien Zimmer, im dritten Stock sollen die sein.«

Das Mädchen nahm einen Zug von der Zigarette, blies mit gespitzten Lippen Rauch ins Treppenhaus und deutete mit der Hand weiter aufwärts. »Ja, dann gehn S' nur 'nauf.«

Er tippte grüßend an seine Hutkrempe und stieg weiter die Treppe hoch. Als er an der Biegung durch den Hohlraum nach unten schaute, sah er das Mädchen immer noch am Pfeiler lehnen. Sie schaute zu ihm empor, wobei ihr Busen einladend hervortrat, und so aus der Tiefe hinaufblickend erschienen ihre Augen wunderbar sehnsüchtig.

Im dritten Stock schellte er. Die Tür wurde einen Spaltbreit geöffnet. »Was wollen Sie?«, fragte eine mürrische Stimme.

»Ich komme wegen der Zimmer.«

»Ah! Ja dann ---«

Die Tür wurde nun von einer verschrumpelten Greisin ganz geöffnet. Das wachsgelbe Gesicht starrte von Runzeln und Pockennarben, die Äuglein glanzlos. Die Alte wirkte verwittert und verfallen, als hätten Staub und Rost an ihr genagt.

Die beiden Zimmer waren jedoch sauber und geräumig, mit hohen Stuckdecken, die Möbel recht neu, das Licht fiel durch die nach Süden weisenden Fenster und warf goldene Tafeln auf die gebohnerten Dielen. Er öffnete eins der Fenster. Unten lag der Hof in der satten Mittagssonne, gegenüber ein Café, aus dem Stimmen und das Klirren von Gläsern, Klappern von Porzellan, Klacken von Billardkugeln zu hören waren. Davor stand ein Brunnen, geschmückt mit einer schlichten Skulptur der Madonna mit Kind.

Am Brunnenrand lehnte das Mädchen aus dem Stiegenhaus. Sie kehrte Keyserling ihre nackten Schultern und die schwere Last der schwarzen Haarflut zu. Sie unterhielt sich lebhaft mit einem großen, breitschultrigen Burschen in blauem Arbeitskittel.

»Wollen Sie die Zimmer mieten?«, krächzte die Alte und nannte einen Preis, der ihm viel zu hoch vorkam.

In diesem Moment drehte sich das Mädchen um, als hätte sie seine Blicke in ihrem Rücken gespürt, sah hinauf und nickte ihm lächelnd zu.

»Ja«, sagte er entschlossen, »ich nehme sie«, und erwiderte das Lächeln.

Dann wandte er sich vom Fenster ab, zückte die Brieftasche und zählte der Alten eine Monatsmiete in die Hand.

»Wohnen Sie hier allein?«, erkundigte er sich.

»Ja, gewiss, was brauch ich denn jemand?«, sagte sie mürrisch. »Wer soll schon bei mir sein?«

* * *

Über Schwabings Dächer zieht ein zarter rötlicher Schimmer. Eine Amsel beginnt zu singen, eine andere antwortet. Irgendwo grölen letzte Betrunkene etwas von Suff und Gemütlichkeit. In einem Hinterhof kräht ein Hahn.

5

Über die am Abteilfenster vorbeiziehende Landschaft fallen graue Schatten, und plötzlich geht ein kurzer, heftiger Sommerregen nieder, in den zuweilen die Sonne hineinscheint wie durch ein gläsernes Gitter. Schon rauscht das Schauergewölk sacht nach Süden, spannt einen Regenbogen über das silbern glänzende Band des Flusses und die Wiesen, die nach der bleiernen Schwüle der letzten Tage aufatmend dampfen. Letzte fette Tropfen auf dem Fenster werden vom Fahrtwind zu Linien und Schlieren geformt, bis sie sich wieder in Luft auflösen.

In der frischen Klarheit kommt es ihm so vor, als ob die Wiesen und Felder mit ihren Rainen, Wegen und Zäunen, die vereinzelten Schober und Gehöfte gar nicht vorbeiziehen, sondern sich um ein fernes Zentrum drehen, von dem sich nicht sagen lässt, ob es wirklich existiert oder nur eingebildet ist. Um diese Achse kreisen die Dinge, bilden einen Strudel, in dem sich alle Konturen verflüchtigen, auflösen zu farbigen Strichen und Punkten.

Er zwinkert, wischt sich mit den Zeigefingerknöcheln durch die Augenwinkel, schüttelt den Kopf, als könnte er so seine Wahrnehmung zurechtrücken. Wenn er nach dieser kleinen Sommerreise wieder in München sein wird, muss er wohl erneut beim Augenarzt vorstellig werden, obwohl er längst ahnt, dass gegen seine schleichende Erblindung kein Kraut gewachsen und kein Brillenglas zu schleifen ist.

Kurz hinter Starnberg öffnet sich das Seepanorama. Die sinkende Sonne legt eine Glutspur aufs Wasser, gekreuzt von der Kiellinie eines weißen Raddampfers. An den Ufern wachsen grüne und blaue Schatten wie Rahmen eines Bildes, und am südlichen Horizont ragt das ungeheuerliche Relief der schneebedeckten Alpengipfel auf. Als würden die Dinge nun die Farben ausatmen, die der Tag ihnen eingehaucht hat, verschwimmen sie zu schwankenden Linien über dem tiefer werdenden Silberblau des Wassers.

Am Tutzinger Bahnhof, der wie eine toskanische Villa aussieht, muss Keyserling für die letzten paar Kilometer in die Kochelseebahn umsteigen. Am Bahnsteig sieht er zu, wie aus dem Güterwagen Gepäck und Post umgeladen werden. Sein Koffer, den er in München aufgegeben hat, ist auch dabei. Leben und reisen die Menschen nicht wie die Pakete und Koffer? Ein jeder gut verpackt und versiegelt, mit einem Ziel und einer Adresse versehen. Was drinsteckt, weiß keiner vom anderen. Wir wissen nur, dass wir eine Strecke miteinander reisen, und dann trennen sich unsere Wege wieder. So ist er auch ein Weilchen mit Vroni durch Wien gereist.

Und sind Reisetaschen nicht wie gewisse Damen? Je teurer, desto eher kommen sie einem abhanden. So wie ihm Ada von Cray abhandengekommen ist, damals in Dorpat. Gott, ja, das sind so Metaphern und Vergleiche, die er irgendwann in die Geschichten einspinnen wird, die ihm im Kopf herumspuken. Heute Abend wird er sich Notizen machen, wie sich das für einen Dichter gehört.

»Vorsicht am Bahnsteig!« Der Bahnhofsvorsteher hebt seine Kelle. »Der Zug fährt ab!«

Ein schriller Pfiff aus der Trillerpfeife. Die Lokomotive dampft, zieht zischend und fauchend an. Kaum zehn Minuten später erreicht der Zug Bernried.

Außer Keyserling steigt niemand aus, und es steigt auch niemand ein. Die Blätter der Linden um das Stationsgebäude sind blank und tropfen noch. Auch hier ist ein Schauer durchgezogen. Ein barfüßiger Junge treibt eine Gänseschar über den nassen Bahnsteig. Ein Hund schleckt Wasser aus einer Regenpfütze. Es riecht nach feuchtem Laub und süßlichen Lindenblüten. Am Zaun stehen ein paar Kinder und bestaunen die Lokomotive, ein Rauch und Feuer speiendes Fabeltier.

An der Gepäckausgabe erwartet ihn wie verabredet Louise Halbe. Für seinen Koffer hat sie einen Bollerwagen mitgebracht. Er fasst den Griff mit der rechten, sie mit der linken Hand, und so ziehen sie dann im Gerumpel der eisenbeschlagenen Holzräder durchs Dorf. Solche Wägelchen gab es auch in seiner Kindheit. Mit seinen Geschwistern und den im Sommer zu Besuch kommenden Vettern und Cousinen spielten sie Kutschfahrten, Eisenbahn, Heuwagen oder Kartoffelfuhren. Die Kinder der Landarbeiter und Bauern spielten nicht mit, weil sie bei der Ernte mitanpacken mussten.

Das Haus, das die Halbes während der Sommersaison mieten, gehört dem Schriftsteller Karl Tanera, der sich wieder einmal auf einer seiner Weltreisen befindet, über die er dann ein weiteres seiner vielen Bücher schreiben wird. Im Sommer ist hier also Max Halbe der Herr im Haus, und so steht er auch am Eingang, breitbeinig und selbstbewusst, die Hände in den Hosentaschen, mit künstlerisch offenem Hemdkragen und aufgekrempelten Hemdsärmeln. Er nimmt eine glühende Zigarre aus dem Mund und schüttelt Keyserling kräftig die Hand.

»Willkommen im Bienenstock der Boheme.«

Bereits eingetroffen, aber jetzt zur blauen Stunde auf einer Promenade am See ist Lovis Corinth mit Charlotte Berend. Keyserling bezieht in der ersten Etage das kleine

Zimmer, Wand an Wand zu Corinths Schlafraum. Das Ehepaar Holm wird erst nächste Woche erwartet, und auch der Komponist Hans Richard Weinhöppel hat sein Kommen avisiert. Sie werden dann im zweiten Stock untergebracht. Und gelegentlich wird Alfred Kerr von Seeshaupt hochrudern, und Paul Cassirer will auch vorbeischauen. Es wird also wieder mal eng werden in Taneras Haus.

»Eng ist gemütlich«, findet Louise.

»Und was ist mit Frank?«, erkundigt sich Keyserling.

»Der *Herr* Wedekind«, sagt Halbe mit ironischer Betonung, »hat seit seinem Auftritt in der *Dichtelei* nichts mehr von sich hören lassen. Wenn er sich dennoch die Ehre geben sollte, steht ihm die Dachkammer zur Verfügung.«

Vom Balkon seines Zimmers kann Keyserling den See blinken sehen, dessen Ufer zwei-, vielleicht dreihundert Schritte vom Haus entfernt ist. Er packt seinen Koffer aus und kleidet sich um, zieht einen legeren elfenbeinfarbenen Leinenanzug an, der an manchen Stellen schon leicht abgetragen ist, darunter ein kragenloses weißes Hemd. Sommergarderobe.

»Edchen!«

Er tritt auf den hölzernen Balkon hinaus. Halbe steht im Garten und winkt ihm zu. »Komm zu Tisch!«

Zum Essen haben sich auch Lovis Corinth und seine Verlobte eingefunden. Der massige, breitschultrige Mann mit dem mächtigen Schädel und herunterhängendem Tatarenschnauzbart strahlt eine bärenhafte Grazie aus, drollig und zugleich imponierend. Neben ihm wirkt die einen Kopf kleinere, aber keineswegs zierliche Charlotte Berend fast zerbrechlich – ein ungleiches Paar, das sich wohl eben deshalb zueinander hingezogen fühlt.

Bei ihrem Spaziergang am Seeufer haben sie von einem Fischer geräucherte Forellen gekauft. Die gibt es nun zu Salat und Brot, das Louise frisch gebacken hat. Halbe und Corinth trinken Weizenbier, die Damen und Keyserling halten sich an Riesling. Man nimmt am Gartentisch Platz, über den letztes blutrotes Abendlicht flutet. Eine auffrischende Seebrise zerrt am Tischtuch und an den Servietten und lässt weiter hinten im Garten die Laken auf der Wäscheleine geisterhaft flattern. Das macht die Gesellschaft für eine Weile einsilbig, als wäre man nicht ganz unter sich, als mischte sich der See mit sanfter Nachdrücklichkeit ins Gespräch ein. Als der Wind einschläft und die Dunkelheit durch den Garten schleicht, werden Kerzen und zwei Petroleumlampen entzündet, und das Geplauder erwacht wieder zu Munterkeit.

Unter dem Tisch lauern zwei Katzen auf ihren Obolus. Corinth wirft ihnen Forellenskelette hin. »Vorhin, als das Petermannchen und ich die Forellen gekauft haben«, erzählt er, »hab ich die Netze gesehen, die da zum Trocknen aufgehängt sind. Das hat mich an die Kunst und die Künstler erinnert. Versteht ihr?«

Die Runde schaut einigermaßen ratlos drein. Charlotte stößt ihn an, lacht. »Nein«, sagt sie, »das verstehen wir nicht.«

»Das Netz«, sagt Corinth bedächtig, »ist wie der Kunstmarkt. Die kleinen Fische schlüpfen durch die Maschen. Aber die bedeutenden, die dicken Fische sozusagen, die bleiben im Netz, kommen auf den Markt und erzielen gute Preise.«

»Na ja, mein Lovischen«, meint Charlotte, »dick genug bist du ja allemal.« Sie legt die Hände auf seine Wangen und gibt ihm einen Kuss.

Dann greift Max Halbe zu einem Manuskriptstapel und zieht eine der Lampen dichter zu sich heran. Was das bedeutet, weiß Keyserling genau. Alle am Tisch wissen es. Das Genie kennt weder Rast, Ruh noch Urlaub. Das

Mäxchen wird vorlesen, und wer zur Sommerfrische unter seinem Dach verweilen will, ist zwar herzlich willkommen, muss aber wohl oder übel durch diese enge Pforte. Es ist ein Drama. Was sonst? Er räuspert sich. Liest. Anfangs stockend, dann sicherer, schließlich, mit vor Ergriffenheit bebender Stimme, liest er von Heimattreue, von schollenanhänglicher, preußisch-deutscher Gutmütigkeit, die mit fremdwesiger Verschlagenheit ringt, von kerniger Gradheit im Kampf gegen slawische Heimtücke, von den unverwüstlichen Erbstücken germanischer Artung. Für das der Vollendung entgegenstrebende Werk fehlt noch ein Titel. Ob jemand am Tisch, Halbe blickt über den Rand seines Kneifers erwartungsfroh in die Runde, einen Vorschlag habe?

Keyserling kann das Lachen nur zurückhalten, indem er sich gelegentlich auf die Unterlippe beißt. Er versteht, dass Halbe mit dieser Scharteke seine Freunde zufriedenstellen und seinen Feinden, den Kritikern, ein für alle Mal das hämische Maul stopfen will. Aber dieser Schuss, fürchtet Keyserling, wird nach hinten losgehen und Max selbst treffen. Sagen muss er jetzt trotzdem etwas, irgendetwas Aufmunterndes, und so sagt er dann: »Enorm, Mäxchen, ganz enorm.«

»Dolle Sache«, meint Corinth. »Doch, doch ---«

»Kraftvoll«, findet Louise die Worte ihres Manns.

»Nenn es einfach ›Rosenhagen‹«, sagt Charlotte. »So heißt im Stück doch der Gutshof.«

»Genial«, sagt Halbe. »Einfach nur ›Rosenhagen‹. Das ist ja ganz groß. Dass ich da nicht längst drauf gekommen bin ---«

Fürs Erste wird der Geniestreich mit Bier und Wein vom Tisch gespült. Zu späterer Stunde kommt dann die Rede auf Karl Tanera, den weltreisenden Hausbesitzer.

1870/71 hat er am Krieg gegen Frankreich teilgenommen und über seine Erlebnisse ein Buch geschrieben, *Ernste und heitere Erinnerungen eines Ordonnanzoffiziers,* und damit viel, sehr viel Geld verdient.

»Daran könnt ihr armen Poeten euch mal ein Beispiel nehmen«, sagt Louise. »Geht zum Militär und erzählt den Leuten, wie schön es im Krieg ist. Preußens Gloria. Und das ganze Hauen und Stechen und Schießen. Dann könnt ihr euch auch eigene Häuser am See leisten und auf Weltreisen gehen.«

»Dann müsst ihr uns aber mitnehmen«, sagt Charlotte, »nach Amerika, nach Afrika und China. Ach ja, schön wär's.«

»Mit dem Militär hab ich's leider nicht so, werte Lotte.« Keyserling trinkt einen Schluck Riesling, nimmt eine Zigarette aus der Silberdose, lässt sich von Halbe Feuer geben, bläst Rauch in den Lichtkegel einer Petroleumlampe. »Ich habe mir manchmal vorgestellt, vor einem Kommandierenden strammstehen zu müssen, und der schnauzt mich natürlich an. Und ich sage dann statt ›Zu Befehl‹ nur ›Kikeriki‹, einfach nur ›Kikeriki‹.«

Gelächter. Nur Halbe runzelt die Stirn, weil er Respekt vor allem Militärischen hat.

»Nichts für ungut, Mäxchen«, sagt Keyserling deshalb besänftigend, »aber vom Militär hat mir schon mein Vater abgeraten. Bloß keine Offizierslaufbahn, hat er immer gesagt. Dann wirst du bald Leutnant, und ein Leutnant tut im Dienst, was alle anderen Leutnants auch tun. Und wenn sie nach Dienstschluss mit den Damen flirten, sagen sie auch alle das Gleiche. Und am Ende kommt der Zar noch auf die Idee, einen Krieg zu führen, in dem unsereiner und die anderen Leutnants und all die armen Kerle sich totschießen lassen müssen. Gott bewahre, das kommt ja gar nicht infrage. Staatsbürgerschaft hin, Adelsprivileg her – was geht uns Russland denn eigentlich an?«

Dann schweigt er. Alle sehen ihn gespannt an. Keyserling weiß, dass sie jetzt gern mehr aus seiner Jugend hören würden und besonders neugierig auf seine Studienzeit und die Jahre in Wien sind, weil sie dort Geheimnisse und Skandale vermuten, die ins Licht zu heben er fürchtet. Ebendeshalb spitzen alle die Ohren, wenn er Bruchstücke aus seinem früheren Leben preisgibt. Aber er nickt nur vor sich hin, als wollte er die Erinnerung an seinen Vater vor sich selbst beglaubigen. Und schweigt.

»Besonders militärisch siehst du ja nun auch beileibe nicht aus, Edchen«, bemerkt Halbe.

Corinth legt den Kopf schief und mustert Keyserling mit leicht zusammengekniffenen Augen, so durchdringend und scharf, wie ein Jäger das Wild anvisiert, das er erlegen will.

Keyserling grinst. »Willst du mich etwa ausmustern?«

»Ich will dich malen«, sagt Corinth.

»Kommt nicht infrage!«

»Und wenn ich dich darum bitte?«

Keyserling winkt ab. »Mal lieber dein Petermannchen. An der ist mehr dran.«

Corinth lacht dröhnend, legt den Arm um Charlottes Schulter. Beschützend? Besitzend? Sie wirft Keyserling einen langen Blick zu aus ihren großen Augen, diesen dunklen Wiener Augen.

Ihn malen? Ach Gottchen, so weit kommt es noch! Was ihm der Spiegel täglich zeigt, kennt er ja selbst zur Genüge, aber wer weiß, was das Lovischen noch alles zutage fördern würde. Es ist, zugegeben, schmeichelhaft, wenn anerkannte Künstler ihn porträtieren wollen, aber vor dem

Resultat, auch das zugegeben, fürchtet er sich. Er dreht den Docht der Öllampe auf dem Nachttisch herunter. Durchs geöffnete Fenster fluten Gerüche und Geräusche der Nacht. Bittersüße Düfte von Blüten und Blättern und Hecken, Röhricht, Seerosen und anderen Wasserpflanzen. Der Lockruf eines Vogels. Im Dunkeln knistert und flüstert es von überall. Das Lachen einer Schnepfe. Zwei Käuze, die einander zurufen, leidenschaftlich und klagend. All das atmet heimliche Brunst.

Weniger heimlich ist jedoch das, was nun durch die dünne Wand vom Nebenzimmer dringt. Ein Kichern, unterdrücktes Juchzen und Keuchen, zu deutlich, um diskret überhört werden zu können. Etwas poltert auf den Holzboden. Ein Stuhl? Ein Koffer? Es geht ihn nichts an, aber dem Klatschen und Grapschen, Gekicher und Gejacher ist die Wand nicht gewachsen. In der Dunkelheit ziehen vor seinem geistigen Auge gewisse Gemälde vorbei, auf denen Corinth mit überaus erotischem Blick allerlei Damen dargestellt hat. Da gibt es dralle Schenkel *en gros* und wippende Brüste *en masse,* und manche Modelle gleichen nicht mehr ganz jugendlich-taufrischen Salondamen, denen man am liebsten schnell einen Morgenmantel reichen möchte. Wenn diese Grazien, deren üppige Formen oft übers Graziöse hinausquellen, auch nur mit einem Hauch von Kleidung, mit einem Schal, einem Tuch, einem Schleier drapiert wären, stünden beziehungsweise lägen sie viel erregender da, wirkten gewissermaßen nackter als in ihrer krassen Entblößung. Über Geschmack lässt sich streiten, doch »gut gemacht« sind diese Sachen allemal, technisch beeindruckend, gemalt von Meisterhand. Nackte Haut wirkt da manchmal wie ein lichtdurchlässiges, flimmerndes Fluidum – eine Art Freilichterotik, in der das Nackte zum Signum malerischen Könnens geadelt wird.

Charlotte, deren schneller gehenden Atem Keyserling nicht ausblenden kann, hat Corinth noch nicht gemalt, oder wenn doch, behält er die Reize seines Petermannchens eifersüchtig für sich. Vorerst jedenfalls. Aber eines Tages wird er diese Schönheit in Bildern öffentlich machen und erfolgreich verkaufen.

6

Veronika, genannt Vroni, war knapp achtzehn Jahre alt und die Tochter des Hausmeisterehepaars. Wenn Keyserling ausging und ihr im Treppenhaus oder auf dem Hof begegnete, erwiderte sie seinen Gruß und sein Lächeln, schlug dann aber schnell den Blick nieder, als hätten ihre Augen ihm zu viel versprochen, als er sie bei seinem Einzug zum ersten Mal gesehen hatte. Manchmal stand sie plaudernd und lachend mit dem jungen, sehr gut aussehenden Burschen im blauen Arbeitskittel zusammen, und dann tat sie so, als bemerkte sie Keyserling nicht. Einmal saßen sie an einem der Cafétische auf der gegenüberliegenden Straßenseite, und der Bursche hatte eine Hand auf ihre Hand gelegt. Offenbar waren die beiden ein Paar. Plötzlich verschwand der junge Mann jedoch von Haus und Hof, und nachdem er sich zwei Monate lang nicht mehr hatte blicken lassen, fasste Keyserling sich endlich ein Herz und sprach Vroni auf der Treppe an, ob sie nicht mit ihm in den Prater gehen wolle.

Sie errötete, lächelte, schien einen Moment nachzudenken, nickte.

»Heute Abend?«, fragte er.

Wieder nickte sie wortlos und lief dann hastig die Treppe hoch, als flöhe sie vor ihm.

»Drei viertel acht«, rief er ihr nach, »am Portal!«

Sie erschien pünktlich, fest in ein flaschengrünes Umschlagtuch gehüllt, einen Strohhut kess aufs volle Haar gedrückt. Sie gingen eine Weile schweigend und beklommen nebeneinanderher. Dann hakte sie sich plötzlich bei ihm unter.

»Sagen Sie, Herr von Keyserling, man munkelt, dass Sie ein russischer Graf sind. Ist das wahr?«

»Nein, nein«, sagte er. »Ich komme aus Kurland.«

»Aber doch ein Graf?« Sie sah im Schein der Gaslaternen zu ihm auf. In ihrem Blick lag etwas Hoffnungsvolles.

Das wollte er nicht zerstören. Also nickte er und ärgerte sich sofort über sich selbst. Er hatte sich vorgenommen, ohne den Grafen auszukommen, weil der Titel im titelnärrischen Wien die Leute zu Schmeicheleien und Unterwürfigkeit verführte und manche Frauen zutraulicher werden ließ, als man es ihnen je zugetraut hätte.

»Und was tun Sie dann in Wien? Und bei uns im Mietshaus? Das ist doch kein Quartier für einen Grafen.«

»Ich studiere an der Universität«, sagte er. »Kunstgeschichte, Philosophie, was man halt so studiert. Und schreibe Artikel für eine Zeitung. Feuilletons.«

»Ach ja, soso ---« Sie nickte halb zweifelnd, halb verständnisvoll.

Dass er literarische Ambitionen hegte, Skizzen für Theaterstücke und kleine Geschichten schrieb, behielt er lieber für sich. In Wien wimmelte es von Poeten und solchen, die es werden wollten oder sich dafür hielten. Und süße Mädel wie Vroni kannten diese Genies gewiss zur Genüge. Wien war auch die Stadt der pensionierten Schriftsteller und Künstler. Hatte einer der Gesellschaft oder Klasse, der er angehörte, alles gesagt, was er zu sagen hatte, dann ging er nach Wien, setzte sich im Kaffeehaus demütig an den Tisch der jungen Debütraketen, zehrte von seinem Ruhmvorrat, lauschte der ewigen Klaviermusik und erinnerte sich an seine Kindheit.

»Studieren tun Sie also?« Vroni fand derlei offenbar

nicht standesgemäß. »Muss ein Graf denn nicht, wie sagt man das –––? Herrschen?«

Er lachte. Statt einer Antwort fragte er, als sie die hell erleuchteten Budengassen erreichten: »Gehen Sie öfter in den Prater?«

»Zuweilen schon.«

»Allein? Oder mit dem jungen Mann, mit dem Arbeiter, mit dem Sie manchmal –––«

»Der Poldi?« Vroni zuckte wegwerfend die Achseln und verzog den Mund. »Nein, mit dem Poldi geh ich nicht mehr.«

Im Glanz der Gaslichter und Spiegel huschten wunderliche Gestalten vorüber, Wachsfiguren mit rosa Wangen, ein Äffchen mit Bastrock neben einem Kakadu, ein Kerl mit mehlweiß gepuderter Visage und kirschrot geschminkten Lippen. Schimmernd und flimmernd kreisten die Ringelspiele und Karussells um sich selbst wie geisterhaftes Spielzeug, das ein Riesenkind verloren hatte in der Nacht, die ringsum schwarz und still dalag. Da es ein Wochentag war, trieb sich im Prater nur wenig Volk herum, stellungslose Dienstmägde, Soldaten auf Urlaub, Verkäufer, angetrunkene Corpsstudenten, Straßendirnen, Handwerker und Ladendiener, die ihren Feierabend verbummelten.

An einem Karussell stieg Vroni mit ernster Miene auf ein rotes Holzpferdchen. Sie war die Einzige, und der Besitzer schien sich zu wundern, dass überhaupt jemand fahren wollte. Die Drehorgel setzte mit einem schnarrenden Walzer ein, und im Dreivierteltakt drehten sich die Pferde und Wägelchen mit ihren Gläsern und Perlquasten und dann und wann sogar ein weißer Elefant. In der leeren Ödnis des Werktagsendes wirkte das alles sinnlos, billig, schal. Was tat er hier eigentlich? Vroni huschte an ihm vorüber.

Der Strohhut war ihr in den Nacken gerutscht. Eine Haarsträhne flatterte schwarz über ihre Stirn. Sie lachte und winkte ihm zu. Ja, warum nicht? Die süße Unkompliziertheit würde ihn befreien von den schmerzenden Verstrickungen der Vergangenheit. Wieder rauschte Vroni heran. Die Zügel hatte sie losgelassen und die Arme über der Brust gekreuzt. Das Gesicht war gerötet, mit der Zungenspitze fuhr sie sich über die geöffneten Lippen, die Augen blickten schwarz und fast wild zu ihm hin. Ihm wurde schwindlig vom sich vorüberdrehenden Glanz dieser Augen.

Endlich sprang Vroni von ihrem Pferdchen ab. »Jetzt gehen wir weiter«, beschloss sie. »Hier gibt's auch ein Ringelspiel mit Eisenbahnwagen, und da drüben den Irrgarten und die Schiffschaukel und dann dort – – –«

Gott, ja, dachte er, sie ist ja noch ein Kind. Aber als sie sich an ihn schmiegte, fühlte sie sich wie eine Frau an.

In einer Tanzdiele spielte eine Militärkapelle. Sie nahmen im Garten unter einem Ahornbaum Platz und tranken blaufränkischen Landwein. Dann tanzten sie, und dabei presste Vroni ihren Körper an seinen, bog den Kopf zurück und sah ihm unverwandt in die Augen. Sie tranken mehr Wein, wurden mit jedem Schluck einsilbiger, gingen schweigend durch die stille, dunkle Allee heimwärts, ihre linke Hand in seiner rechten, und seine linke Hand umfasste die von Lotosblüten umkränzte Jugendstil-Nymphe.

In seinem Zimmer setzten sie sich aufs Bett. Durch die Vorhänge drang der Schein der Hoflaterne und warf einen zitternden Lichtfinger gegen die Zimmerdecke. Es fing zu regnen an, plötzlich und heftig. Sie kleidete sich ruhig, fast sachlich aus, als wollte sie ihm einen selbstverständlichen Dienst erweisen. Der Regen strömte, prasselte gegen die Fensterscheiben, verebbte.

»So, ja – – –, gut – – –«, flüsterte sie. »Ich gehöre jetzt Ihnen, nicht wahr?«

Er zuckte zusammen. Genauso gut hätte sie sagen können: Jetzt musst du mich heiraten. Er gab keine Antwort. Begehren, dachte er, heißt Habenwollen, und es endet immer mit dem Gehabthaben. Einzig mit Ada war das anders gewesen, und indem er Vroni im Arm hielt, sehnte er sich zurück nach Dorpat, nach Ada von Cray, zurück ins für immer Verlorene.

Dann wurde alles still. Die Lippen halb geöffnet, atmete sie tief, auf dem Gesicht einen ernsten, besorgten Ausdruck, als seien Liebe und Schlaf eine Arbeit.

7

Im Nebenzimmer ist es still geworden. Im Garten schrillen die Heimchen. Es klingt metallisch, als feilten winzige, fleißige Hände an den märchenhaft feinen Ketten, mit denen das Heute ans Gestern gebunden ist. Wie ein Echo aus Kindertagen, wenn in den langen, hellen Nächten die Nanny das Märchenbuch zuklappte und ihm den Gutenachtkuss auf die Stirn hauchte. Das Kindermädchen, das er so geliebt hat --- Wie war ihr Name? Christina? Karina? Und dann verklangen auch die Stimmen der Abendgesellschaft, und ins Zimmer schwebten nur noch die sommerschweren Gerüche und Geräusche des Schlossparks. Zwischen träge ziehenden Wolken geisterte der Mond umher. Sein Licht kam und ging, als liefe jemand mit einer flackernden Kerze eine endlose Fensterreihe entlang. Oder als würden in einem dämmrigen Korridor Türen zu hell erleuchteten Räumen auf- und zugemacht.

So, denkt er, während der Schlaf sich sanft auf ihn legt, geht es auch mit unseren Erinnerungen. Aus den dunkler werdenden Fluren des Vergessens blitzen sie auf, plötzlich und unerwartet, doch kaum hat man einen Blick auf sie geworfen, fällt die Tür wieder zu und man tastet sich weiter. Man kann diese Lichtblicke aber einsammeln, wenn man sie notiert. Dabei geht einem dann manchmal das sprichwörtliche Licht auf. Es strahlt zwar nicht mehr die Jungfräulichkeit des wirklich gewesenen, lebendigen Augenblicks aus, ist aber doch eine Laterne, deren Schein verzaubernd und tröstlich sein kann.

In der farblosen Durchsichtigkeit der Morgendämmerung wecken ihn Vogelstimmen. Zum Wiedereinschlafen ist es zu spät und zu hell, fürs Frühstück viel zu früh. Im Nebenzimmer schnarcht Corinth in tiefsten Tönen. Wie hält Vroni das aus? Vroni? Ach nein, sie heißt ja Charlotte ---

Er kleidet sich an, notiert sich ein paar Stichworte zu dem, was ihm gestern beim Einschlafen durch den Kopf gespukt ist, und verlässt auf Zehenspitzen das Haus. Vorbei an der ehrwürdigen Stille des Klosters Bernried schlendert er hinunter zum Seeufer, passiert den Bootsschuppen und spaziert bis ans Ende des Holzstegs, wo für tollkühne Schwimmer ein paar grobe Treppensprossen ins Wasser führen.

Im Osten streicht die Morgenröte mit Rosenfingern übers schläfrige Grün des Waldrands. Durch den glashellen Himmel treiben letzte Nachtwolken, schmal und lang gestreckt wie Hechte, die in einem blassrosa Meer schwimmen. Die Farben des Sees wandeln sich zusehends von Grau über Silbern zu Blau, der Wasserspiegel ist voll harter, sich in der Morgenbrise wiegender Lichter. Aus dem schwankenden Röhricht streicht mit schweren Flügelschlägen ein Reiher ab.

Zwischen Schachtelhalmen, Seerosen und Rohrkolben paddeln träge Wildenten. Ihr Anblick versetzt ihn schlagartig ein Vierteljahrhundert zurück in die letzten Ferien vor seinem Abitur, zurück in den großen, schwülen Sommer am kurländischen Usma-See, zurück zu jener Entenjagd, die er nie vergessen wird. Er hatte schon mehrere Enten erlegt und aus dem Wasser ins Boot gezogen, als ihn plötzlich ein wunderliches, unbekanntes Gefühl überkam. Er sah auf die toten Vögel, die im Boot lagen, auf die schlaff gebogenen Hälse, auf das geronnene Blut und die toten Augen. Der zuletzt geschossene Erpel reckte noch in matter Hilflosigkeit die Beine, und ein Zucken schüttelte seinen Körper, bis er regungslos liegen blieb. Das empfand Keyserling als so unsagbar traurig, dass es ihm die Kehle zusammenschnürte und er nur mit Mühe die Tränen unterdrücken konnte. In dem Augenblick wusste er, dass eine Welt, in der die Jagd eine selbstverständliche Tradition war, nicht seine Welt sein konnte, dass er für ein Leben, das bedenkenlos Leben nahm, nicht gemacht war. So eine Welt hätte er vielleicht malen können, wenn er künstlerisches Talent gehabt hätte. Aber vielleicht, hatte er gedacht, konnte er so ein Leben beschreiben. Denn der junge Mann, der er damals war, verspürte durchaus literarische Neigungen – Flausen, nannte sein Vater dergleichen. Der alte Graf tolerierte sie nur, wenn auch widerwillig, weil er Lesen und Schreiben für Zeitverschwendung der lässlichen Art hielt, da sie niemanden störte. Störend war eher eine seiner acht Töchter, die Opernsängerin werden wollte, im elterlichen Schloss jedoch nur außer Hörweite des Alten singen durfte. Keyserling hatte jedenfalls schon früh Interesse fürs Literarische gehegt, insgeheim auch fürs verlockend lockere Leben der Boheme, nur wusste er damals noch nicht, ob er auch Talent dazu hatte.

Weiß er es denn jetzt? Über das, was ihn mehr und mehr beschäftigt, die Erinnerungen an Menschen, die seine Wege gekreuzt haben, an eine Welt, mit der er endgültig gebrochen hat, an eine Zeit, die unwiederbringlich verloren ist, hat er bislang kaum etwas zu Papier gebracht. Es kommt ihm so vor, als hätte er noch gar nicht richtig begonnen, als läge sein eigentliches Werk noch vor ihm. Die traurige Sache mit der Entenjagd, aber auch die unfreiwillige Komik der zum Schweigen verdammten Sängerin wird er sich jedenfalls notieren, sobald ---

»Guten Morgen, Herr ---, ich meine, guten Morgen, Eduard!« Eine ausgeschlafene, frische Stimme.

Er dreht sich um. Charlotte. Sie trägt einen Badeumhang, hält ein zusammengerolltes Handtuch unterm Arm und ist barfuß. Ihre leichten Schritte auf den Planken des Stegs hat er nicht gehört.

»Ja, guten Morgen, du Schöne. Küss die Hand.«

Sie lächelt ihm zu. »Was für ein herrlicher Tag.«

»In der Tat. Das ist hier so das allmorgendliche Farbenspektakel. Eine hygienische Maßregel sozusagen. Die Natur wird ganz rücksichtslos mit all diesem Rosa und Silber und Gold überschüttet. Das soll wahrscheinlich anregen, wie die Morgendusche oder der Morgenkaffee.«

Sie lacht ihr helles Lachen. »Und ich werde jetzt ein Morgenbad nehmen.«

»Nur zu, Kindchen.« Er schmunzelt. »Der See wird dir gut stehen.«

»So früh am Morgen und schon so ironisch«, sagt sie.

»Nun ja.« Er nickt. »Manchmal ist Ironie auch nur Neid gegenüber dem, der es besser kann. Oder schöner ist.«

Wieder lacht sie. »Jetzt musst du dich aber mal umdrehen. Und die Augen zumachen. Wenn ich rufe, darfst du wieder herschauen.«

»Schade, schade«, sagt er, wendet sich aber folgsam ab und hält demonstrativ die Hände vor die Augen. Er hört das sanfte Plätschern ihrer Füße auf den ins Wasser führenden Sprossen, dann lauteres Platschen und Klatschen.

»Kannst die Augen wieder aufmachen!«, prustet sie.

Als er hinschaut, schwimmt sie, schon einige Meter vom Steg entfernt, zwischen weiß und violett blühenden Seerosen in den See hinaus, als sei sie zurückgekehrt in eine Heimat aus Wasser und Licht. Er sieht ihr nach, dem weißen Körper, den der See wie eine Geliebte sanft umarmt.

Damals, nach der Entenjagd, hatte er mit seinen Freunden noch im See gebadet. Das Wasser war lau wie warme Milch, als er langsam ins Lichtgeflimmer hineinschwamm. Die Traurigkeit, die ihn angesichts der erlegten Enten überkommen hatte, war fort. Ein starkes, stilles Glücksgefühl wärmte ihm die Glieder, das Gefühl, am Leben zu sein und noch sehr viel Leben vor sich zu haben. Er ließ sich auf dem Rücken treiben, wollte sich wohlig und träge vom Wasser wiegen lassen. Libellen setzten sich auf seine Brust, Wasserpflanzen kitzelten mit dünnen, glitschigen Fingern seine Haut. Über ihm flatterten Enten, schnatterten, als machten sie ihm Vorwürfe. Recht hatten sie. Plötzlich kam er nicht mehr vorwärts, war verstrickt in ein Netz aus Wasserrosen, Binsen und Froschlöffeln, sank unter die Oberfläche, kam spuckend und keuchend wieder hoch, wurde erneut hinabgezogen, als wären die glatten Stängel Hände und der stille See ein rasender Strudel, dachte, nun komme das Sterben, die Rache der Natur für das, was er den Enten angetan hatte --- aber dann spürte er, wie ihn plötzlich jemand am Arm packte, unter die Achseln griff, hochriss und aus dem Geflecht zog. Als er Grund zum Stehen fand, stützte sein Freund Moritz ihn, bis er am Ufer war, wo er keuchend nach Atem rang und sich ins Gras legte. Die Enten schnatterten böse und wild.

Er hört, wie sein Name gerufen wird. Charlotte. Sie schwimmt hundert Meter vom Steg entfernt im Silberblau, reckt einen Arm in die Luft, winkt ihm zu und schwimmt dann mit kräftigen Zügen zurück. Diskret dreht er ihr wieder den Rücken zu und stellt sich vor, wie sie nun die Sprossen erklimmt, nackt wie ein Finger. Weil ihre Augen ihn an Vronis Augen erinnern, denkt er sich ihren Körper wie Vronis Körper.

»Brrr ---«, schnaubt sie leise.

»Kalt?«, fragt er.

»Nass«, sagt sie. »Du darfst wieder gucken.«

Sie hat den Umhang übergestreift und frottiert sich, die Brust vorgereckt, mit dem Handtuch die Haare. Im Bekleiden, denkt er, nicht im Entkleiden zeigt sich die wahre Kultur.

»Malen müsste man können«, sagt er fast ehrfurchtsvoll. »Ein Bild für die Götter. *Dein* Bild. Aufs Lovischen könnte ich glatt eifersüchtig werden.«

Sie lacht, setzt sich auf den Steg, lässt die Beine überm Wasser baumeln, macht eine einladende Geste. Er setzt sich neben sie. Wie lange ist es schon her, dass er so die Beine hat baumeln lassen? Zwanzig, fünfundzwanzig Jahre? Er zieht die silberne Zigarettendose aus der Tasche, hält sie ihr hin. Sie greift zu. Er gibt ihr Feuer, steckt sich selbst eine an. Nach dem ersten Zug hustet sie.

»Marke *Nil*«, sagt er und klopft ihr sanft auf den Rücken, »Orienttabak, bisschen Hanf in der Mischung. Man gewöhnt sich dran. Auf nüchternen Magen in der Morgenfrühe durchaus ein Erlebnis.«

Sie sitzen schweigend da und blicken den Rauchwölkchen nach, die sie ins Blaue hauchen.

»Nicht wahr«, sagt sie plötzlich, »du warst in deiner Jugend bestimmt ein ganz wilder Junge?«

»Tja, was soll ich dazu sagen? Wild?« Er überlegt einen Moment. »Eher unruhig, würde ich sagen.«

Und immer diese Angst, etwas zu versäumen, denkt er. Auch heute, jetzt, jeden Tag versäumt man etwas. Aber das schmerzt nicht mehr. Jetzt hat alles seinen richtigen Geschmack. Das Süße ist süß, das Herbe herb, der Duft duftet, und was stinkt, stinkt.

»Man kam sich natürlich interessant vor«, sagt er. »Und das Interessante war eben, dass man jung war.«

»Sonst nichts?« Ihre Stimme klingt spöttisch.

Solche Fragen sind ihm lästig. Was will sie denn eigentlich wissen?

»Wenn man jung ist«, weicht er aus, »gleicht man einem Klavierschüler, der ein kompliziertes Stück üben muss. Man legt Begeisterung und Feuer hinein, trifft aber ständig die falschen Tasten. Und so kommt es dann zu falschen Tönen und unreinen Akkorden.«

»Das hast du schön gesagt.« Es klingt noch etwas spöttischer. »Unreine Akkorde – – –«

»Gott, ja ich – – –, man beging halt allerlei Torheiten.«

»Torheiten?« Sie sieht ihn von der Seite an.

Er spürt ihren Blick, als würde sie mit dem Zeigefinger sein Profil nachzeichnen und dabei sanft seine Haut berühren. Ob sie sich vor ihm ekelt? Vor seiner Krankheit, deren Male er unübersehbar im Gesicht trägt?

»Jugend ist ja etwas Schönes, wird aber oft überschätzt«, sagt er achselzuckend. »Jugend ist wie Schaum auf dem Champagner. Sie hält sich nicht. Sieh dir doch nur den Kitsch an, der im Namen der Jugend produziert wird. Jugendstil ist nicht meine Sache, ich halte mich eher an den Impressionismus. Alles geht vorbei, alles fließt. Und das Älterwerden hat auch seine Vorteile. Man kann endlich zugeben, welch ein Idiot man in seiner Jugend manchmal war, ohne sich dafür schämen zu müssen.«

Sie lacht. »Der Lovis sagt, dass du Geheimnisse hast.«

»Jeder Mensch hat Geheimnisse«, sagt er.

»Der Lovis findet, dass dich das interessant macht. Und deshalb will er dich malen.«

»Unfug.« Er schüttelt heftig den Kopf. »Du bist jung, du bist schön. Dich soll er malen. Nicht mich in meiner strahlenden Hässlichkeit.«

»Du bist nicht hässlich«, sagt sie leise und streicht ihm

nun tatsächlich mit dem Handrücken über die Wange. »Was ist denn überhaupt Schönheit? Der Lovis sagt, dass welkende Blumen besonders schön sind.«

»Welkende Blumen? Ich? Das ist ja un---«

»Und er hat neulich ein wunderbares Stillleben gemalt«, unterbricht sie ihn, »einen Obstteller, der bei Halbes auf dem Gartentisch stand. Das Obst war nicht mehr so ganz frisch, und das sei eben das Schöne daran gewesen, sagt der Lovis. Diese noble Edelfäule ---«

»Edelfäule? Und damit meint er mich? Das ist ja unerhört«, sagt Keyserling, aber die Empörung ist ein bisschen gespielt, weil ihm das Wort eigentlich sehr gefällt. Er wird es sich notieren. Die Geschichten, die ihm durch den Kopf gehen, haben etwas mit diesem Wort zu tun, Geschichten aus einer Gesellschaft, deren schöne Fassade bröckelt wie trockene Schminke auf dem Gesicht einer Alternden, die das Alter fürchtet, von deren Schlössern der Putz fällt und durch deren undichte Dächer der Wind der Veränderung, wenn nicht gar der Sturm des Umsturzes zieht.

»Zeit zum Frühstücken«, sagt Charlotte und steht auf.

Sie gehen nebeneinander über den Steg, sie lautlos, barfuß, wie schwebend, er schlurfend zum Takt des Spazierstocks auf den Holzplanken. Vom Morgenwind gekräuselte Wellen schwappen leise gegen die Pfosten, als wollten sie ihn mit ihrem Plauderton zu etwas überreden, gegen das er sich sträubt. Als sie das Ufer erreichen, bleibt Charlotte plötzlich stehen, fasst ihn am Arm und lässt ihre großen dunklen Vroni-Augen in seine milchig blauen sinken.

»Und wenn *ich* dich ganz lieb darum bitte«, sagt sie leise wie eine Welle, »darf dich der Lovis dann malen?«

Er lächelt. »Ich werd' mal drüber nachdenken.«

Und da stellt sie sich auf die Zehenspitzen und haucht ihm einen Kuss auf die Wange.

8

Im Garten ist der Frühstückstisch gedeckt, es duftet nach Kaffee und frischen Semmeln. Vögel zwitschern in den Obstbäumen. Louise und Max Halbe sitzen am Tisch. Max blättert in den *Münchner Neuesten Nachrichten* vom Vortag und pafft seine Morgenzigarre. Keyserling zieht der Duft in die Nase. *Henry Clay.* Louise schält eine grüngelbe Birne, die bereits ein paar dunklere Flecken aufweist. Edelfäule wohl, denkt Keyserling. Corinth ist damit beschäftigt, eine Staffelei vor der Hauswand im Schatten des Balkons aufzubauen.

Man wünscht sich allseits einen guten Morgen. Charlotte huscht ins Haus, um sich anzukleiden. Louise schenkt Keyserling Kaffee ein.

Halbe lässt die Zeitung auf die Knie sinken, schmunzelt. »Hast du etwa auch gebadet?«

»Ich bade nur noch in Erinnerungen«, sagt Keyserling.

»Ich nicht«, sagt Corinth. »Ich gehe später zum Schwimmen. Vormittags arbeite ich lieber, da ist das Licht am klarsten. Den See möchte ich malen, aber das ist so eine Sache. Vertrackt. Verhext geradezu. Er lässt sich nicht fassen. Ich kriege die Logik seiner Linien und die Muster seiner Bewegungen nicht heraus, komme ihm nicht auf den Grund. Ich verstehe nicht sein Wesen. Bei einem Porträt muss ich mir eine Art Idealgesicht konstruieren, das die Möglichkeit aller Augenblicksgesichter in sich vereint. Aber mit dem See gelingt mir das nicht, obwohl ich ihn ständig studiere. Ich schwimme in ihm, ich rudere bei Tag und Nacht auf ihm herum, gehe im Morgengrauen und in der Abenddämmerung am Ufer entlang, beschleiche ihn bei allen Tageszeiten und Lichtverhältnissen, bei jedem Wetter. Ich bin besessen von diesem See und hätte ihn mir auch gut als Hintergrund vorstellen können für dein Porträt, aber –––« Er bricht mitten im Satz ab wie ertappt. Da hat er sich nun verplappert.

»Mein Porträt?«, fragt Keyserling mit gespielter Überraschung. »Du willst mir also ein Idealgesicht verpassen?«

In diesem Moment kommt Charlotte wieder in den Garten. Seeblaues Sommerkleid, sonniges Lächeln. Sie sieht Corinth an, dann Keyserling. »Und? Habt ihr euch geeinigt?«

Corinth zuckt verlegen mit den Schultern, hantiert an der Leinwand auf der Staffelei herum.

Keyserling raucht eine Zigarette, rührt Zucker in seinen Kaffee, zelebriert das Schweigen als kunstvolle Fermate. »Sei's drum«, sagt er schließlich und nickt gönnerhaft, »aber nur, weil du's bist.« Und damit lässt er offen, wen er meint. Corinth? Charlotte?

Dann nimmt er auf dem Stuhl Platz, den Corinth schon vor die Hauswand gestellt hat. Der Maler tritt ein paar Schritte zurück, legt den Kopf schief, formt mit Daumen und Zeigefingern beider Hände einen Rahmen, sieht prüfend hindurch, zieht die Stirn kraus, schüttelt den Kopf.

»So geht es nicht«, sagt er. »Ich muss dich bitten, dich umzuziehen.«

»Wieso?«

»In diesem legeren Leinenanzug bist du nicht der Dichter Eduard von Keyserling, wie man ihn kennt, sondern unser Freund Edchen, ein Sommergast in Max Halbes Garten. Hast du vielleicht einen dunkleren Anzug dabei? Etwas Gedeckteres, Eleganteres? Etwas mehr Graf, etwas mehr, wie soll ich sagen –––?«

»Noble Edelfäule«, sagt Keyserling.

Alle lachen.

»Mal sehen, was sich machen lässt.«

Er geht in sein Zimmer, rasiert sich, kleidet sich um, tritt wieder auf die Terrasse hinaus. Der Frühstückstisch ist inzwischen abgedeckt, die Frauen machen sich auf eine kleine Wanderung zum Wochenmarkt nach Tutzing. Halbe zieht sich für sein tägliches Quantum dichterischer Qual an den Schreibtisch zurück, wo *Rosenhagen* seiner harrt.

Keyserling setzt sich wieder auf den Stuhl im Schlagschatten der Hauswand. Der bräunliche leicht angeschmutzte Sockel endet in Höhe von Keyserlings Brust, der Verputz darüber changiert in undefinierbaren Grau- und Blautönen.

»Verströme ich jetzt ausreichend Edelfäule?«

»Perfekt«, sagt Corinth.

Keyserlings magerer Körper steckt nun in einem dunkelgrauen Anzug, den er vor einigen Jahren noch besser ausgefüllt hat. Der altmodische Gehrock wird vor der Brust von einem einzelnen Knopf zusammengehalten. Darunter trägt er eine weiße Seidenweste, ein weißes Hemd mit Schillerkragen und eine Halsbinde aus blau glänzendem Satin. Auf dem Kopf hat er einen braunen Hut mit weicher Krempe. Er schlägt die Beine bequem übereinander, schiebt auf dem Schoß eine Hand über die andere, als seien die Hände einander dankbar, und am Ringfinger der linken Hand sieht man den Keyserling'schen Siegelring mit dem blauen Stein.

Corinth tritt wieder einen Schritt zurück, verschränkt die Arme vor der Brust, überlegt. »Nimm doch bitte mal den Hut ab«, sagt er.

»Gefällt er dir etwa nicht?«

»Doch, doch, aber du hast schöne Haare«, sagt Corinth.

Das hört Keyserling nicht ungern. Er setzt den Hut auf sein angewinkeltes linkes Knie.

»Das ist es«, sagt Corinth zufrieden.

»Ist was? Mein Idealgesicht?«

»Noch nicht. Bleib so.«

Corinth greift zur Palette, kneift die Augen zusammen wie gegen einen Windstoß, nimmt Farbe mit dem Pinsel auf und stößt ihn entschlossen auf die weiße Leere der Leinwand.

Leise vor sich hin singend bummeln Hummeln durch die Vormittagssonne, hängen ihre Samtleiber an die Rosenblüten und die Glocken des Benediktenkrauts im verwilderten Rasen. Zwischen Stockrosen, Astern und Malven lehnt der Sommer lässig am Gartenzaun und sieht den Schwalben zu, die ihre schnellen Schriftzüge in den Himmel kritzeln. Corinth steht breitbeinig und mit aufgekrempelten Hemdsärmeln vor der Staffelei, malt mit kräftigen, heftigen Strichen, schaut abwechselnd auf die Leinwand und auf Keyserling.

Je wärmer es wird, desto deplatzierter kommt der sich in seinem dunklen Anzug aus dem vorigen Jahrhundert vor. Idealgesicht? Er denkt an Gesichter auf Corinths Gemälden. Am liebsten malt das Lovischen sich ja selbst, mal grimmig bis wild entschlossen, mal grüblerisch, mal mit einem verwegenen Hut, mal mit Pinsel und Palette, mal in einer Ritterrüstung und auch immer mal wieder in Gesellschaft mehr oder minder bekleideter Damen, minder zumeist. Zum Beispiel die *Salome,* mit der Corinth im vergangenen Jahr für Aufsehen und einen verkaufsträchtigen Skandal gesorgt hat. Seine Salome beugt sich nämlich so übers abgeschlagene Haupt des Täufers, dass es aussieht, als würden nicht ihre Augen, sondern die Nippel ihrer prächtigen Brüste in Johannes' tote Augen blicken. Und der halb nackte Henker mit seinem hängenden Schnauzbart und dem blutigen Schwert hat unleugbare Ähnlichkeit mit dem Maler höchstselbst.

»Deine *Salome*«, sagt Keyserling, »wo hast du die eigentlich aufgegabelt? Verarmte russische Fürstin? Einfaches Von? Oder vom Theater?«

Corinth grinst. »Das ist eine von diesen Damen«, sagt er, ohne seine Arbeit zu unterbrechen, »die man auf der Straße kaum von Damen unterscheiden kann. Falls du sie kennenlernen willst, frag Wedekind. Der hat sie mir empfohlen. Und jetzt lass uns mal eine Pause einlegen.«

Als Keyserling zur Leinwand schielt, wirft Corinth ein Tuch über die Staffelei. »Das ist noch kein Bild«, sagt er, »sondern bestenfalls eine optische Absichtserklärung.«

Sie setzen sich an den Tisch, trinken von Louises Limonade, die in einem Steingutkrug auf dem Tisch steht, rauchen Zigaretten.

»Ja, ja, meine *Salome*«, sagt Corinth, »ich meine das Bild, nicht das Modell, hat mir ja erst viel Ärger gemacht, weil die Münchner Sezession es abgelehnt hat. Aber am Ende war's ein Glücksfall, weil die Berliner es dann ausgestellt haben, und da war's die Sensation. Übrigens ziehe ich demnächst ganz nach Berlin. Das Petermannchen kommt hoffentlich mit. In Berlin weiß man mich und meine Arbeit zu würdigen. Da bin ich schon eine Kapazität, bevor ich überhaupt da bin. In München bin ich bestenfalls ein Skandal. Und solange Lenbach mit seiner Altherrenclique die Drähte zieht, wird sich daran auch nichts ändern. In München blühen Neid und Missgunst. Jeder weiß, dass unter uns Künstlern die übelsten Intrigen gesponnen werden. Streberei und Verdrängungskampf bis aufs Blut auf der einen, Leisetreterei und Anpassung auf der anderen Seite.«

Keyserling nickt, bläst Zigarettenrauch ins Blaue. »War das nicht immer schon so? Zum Beispiel Raffaels Intrigen gegen Michelangelo.«

»Ja, vermutlich war es immer schon so«, sagt Corinth, der sonst eher wortkarg ist, sich jetzt aber in Rage redet. »Und es wird auch immer so bleiben, wird sogar schlimmer werden, solange die Kunst ein Markt ist und es nicht um ästhetische Qualität, sondern um Preise geht. In den Jurys, Kuratorien und Kommissionen, in all diesen Gremien, die darüber befinden, wen man finanziell alimentieren will und wen nicht, wer ein Stipendium bekommt und wer verhungern darf, sitzen die künstlerisch Impotenten und spielen eine desto größere Rolle, je eitler, talentloser und korrupter sie sind. Und das Ganze nennt sich dann Kulturpolitik.«

Corinths Gesicht ist während dieser Suada bedenklich rot angelaufen. Er atmet tief durch und trinkt das Limonadenglas in einem Zug leer. »Na ja, Edchen«, sagt er schließlich seufzend, »du weißt, wovon ich rede. Hast ja selber mal Politik gemacht.«

»Politik? Ich?« Keyserling schüttelt den Kopf. »Wie kommst du denn auf so etwas?«

»Wenn man *Die dritte Stiege* liest, deinen Wiener Roman, dann kann man schon auf die Idee –––«

»Aber das ist doch nur ein Roman«, unterbricht Keyserling ihn hastig, »und auch kein besonders guter. In Wien habe ich studiert, ein bisschen jedenfalls. Und mich amüsiert, und zwar recht gut. Das Ende war allerdings –––, nun ja, lassen wir das.«

»Nein, erzähl doch.« Keyserling kennt das schon. Corinth versucht ja nicht zum ersten Mal, Licht in seine ach so verdächtig zwielichtige Vergangenheit zu bringen. »Dies süße Mädel, diese Tini? Gab es die wirklich? So, wie es meine Salome ja auch leibhaftig gibt? Erzähl doch mal. Die Damen sind ja nicht dabei.«

»Ach, Lovischen, lass --- das ist ein zu weites Feld.« Keyserling mauert zitatenfest. Würde er von Wien erzählen, geriete er unweigerlich in den Dunstkreis des Dorpater Skandals und damit auch in die fatale, bittersüße Nähe Adas. Würde er über die Wiener Mädel plaudern, über die Tini des Romans, die in Wirklichkeit Vroni hieß, dann landete er am Ende womöglich bei diesen Damen, die – wie hat Corinth das eben so treffend formuliert? –, die man auf der Straße für Damen halten könnte. Und dann geriete er schließlich in jenes trübe Zimmer, in dem die Krankheit auf ihn wartete wie der Henker auf einen Verurteilten. Er zieht es vor, wie Menschen einer früheren Generation mit einem Siegel auf dem Mund zu leben, Menschen, die vieles erzählten, niederschrieben oder beichteten – nur das eine nicht, das Geheimnis, das ihnen auf der Seele lag. Aber wer weiß, vielleicht wird er irgendwann eine Geschichte, einen Roman darüber schreiben?

Corinth lässt jedoch nicht locker. »Aber an Anzengrubers Stammtisch hast du doch gesessen, nicht wahr? Oder ist das auch nur ein Gerücht?«

»Nein, das heißt, ja, das ließ sich nicht immer vermeiden und war manchmal sogar recht amüsant, auch wenn da selbst ernannte Volksaufklärer und verhinderte Sozialreformer das große Wort führten. Ich interessiere mich ja brennend für die Erlebnisse und Erfahrungen anderer Leute. Was das Leben betrifft, bin ich sozusagen Kommunist. Aber Mitleidsästhetik und Reformbelletristik waren noch nie meine Sache. Die Prosa dieser Leute gleicht bleierner Wahlkampfrhetorik, und Anzengrubers Dramen, ach Gottchen, nein!«

Keyserling stößt einen Seufzer aus und zerdrückt mit einer heftigen Bewegung das Mundstück seiner Zigarette im Aschenbecher. Die Probleme der Gegenwart sind noch nie Thema großer Werke geworden. Davon ist er überzeugt. Wahre Literatur kennt keine neuesten Nachrichten und kann deshalb auch nie von gestern sein, kann altern, aber nicht veralten. Hat einer wie Flaubert die Französische Revolution nicht viel wirkungsvoller fortgesetzt, indem er *Madame Bovary* schrieb, als wenn er sich auf irgendeiner dummen Barrikade hätte erschießen lassen?

»Tagesaktuelle Literatur«, fährt er fort und wundert sich ein wenig über seine Gesprächigkeit, »ist eigentlich nur Journalismus, literarisch bedeutend ist sie nie und nimmer, weil sie parteiisch ist und keine Ironie kennt. Und weil ihr die Distanz fehlt. Das ist wie mit deinen Bildern. Zu denen braucht man einen gewissen Abstand, sonst wirken sie nicht richtig. In Berlin ist neulich eine Gesellschaft für soziale Reform gegründet worden. Kannst du dir etwa vorstellen, daraus ein Gemälde zu machen, wenn du demnächst der Berliner Platzhirsch bist?«

Corinth lacht. »Nein, da mal ich doch lieber dich. Also los, sitz mir noch ein Weilchen Modell, bis die Frauen zurückkommen.«

Keyserling setzt sich wieder so auf den Stuhl vor die Hauswand, wie Corinth es wünscht. Das ist zwar ein Arrangement, aber eigentlich keine Pose, denn die Mischung aus Lässigkeit und Haltung entspricht Keyserling sehr gut. Für dergleichen hat Corinth einen klaren Blick, das muss man ihm konzedieren. Ob aus dem fertigen Bild, aus dem, wenn's denn glückt, Idealgesicht, womöglich auch etwas von Keyserlings politischen Ansichten herauszulesen sein wird? Er ist davon überzeugt, dass die politische Färbung eines Menschen erblich bedingt ist wie die Augenfarbe.

Dummerweise ist sie manchmal wie ein Klumpfuß oder ein Buckel. Demokratische Ideen sind ihm nicht unsympathisch, aber er fürchtet, dass sie den Aufstieg der Dummheit und die Diktatur des Banausentums fördern.

Wenn jedoch das Verhältnis zwischen Herrschaft und Gesinde ehrlich ist, ist es auch herzlich, und dann handelt es sich um eine sehr anständige menschliche Beziehung. Das pflegte sein Vater zu sagen, und vermutlich haben das auch schon sein Großvater und Urgroßvater gesagt, und wo sie recht hatten, hatten die Grafen von Keyserling nun einmal recht.

Mittagsstille erfüllt das Haus. Zwischen den Stäben der Fensterläden fallen golden flimmernde Streifen auf die Dielen, aufs Bett, auf seinen Körper und sein Gesicht. Die Lichtlinien sind Zeilen ungeschriebener Geschichten, die ihm durch den Kopf gehen, Geschichten von sommerlichen Gärten und Parks voller Blumenduft, von schwülen Tagen, von abendlichen Häusern, Gutshöfen und Schlössern mit bröckelnden Fassaden, bewohnt von ehrbaren Junkern, zwielichtigen Baronen, treuen Verwaltern, alt, krank und müde vor sich hin dämmernden Adligen und zarten weißen Frauen, die Fastrade, Benigne oder Mareile heißen und sehr schlank, still, vornehm und verschlossen sind und immer dann unpässlich mit Migräne auf der Couch leiden, wenn ihre Männer sie begehren, und frühreifen, gut erzogenen, graziösen jungen Mädchen mit erwachenden Trieben. Geschichten über eine Welt, die es eigentlich gar nicht mehr gibt, den windstillen Winkel des alten, untergehenden Kurlands, jene morsche Gesellschaft, die mit ihren schal gewordenen Konventionen und Lebenslügen längst am eigenen Grab schaufelt. Es duftet unaufdringlich nach blühendem Holunder, aber in Max

Halbes Garten steht kein Holunderstrauch. Im Halb-schlaf dämmert Keyserling, dass der Holunder nur in seiner Erinnerung blüht. Auch die Erinnerung hat ein Klima, hat Flora und Fauna. Der wahre Sommer ist niemals der, den man gerade erlebt, sondern der andere, lichtdurchwobene, dufterfüllte, wundervolle, an den man sich eines Tages erinnert. Die heimatliche Sonne leuchtet heller in der Fremde, die Gärten der Kindheit duften stärker in der Erinnerung. Was verloren geht, das gerinnt zum Bild. Oder wird zu einer Geschichte. Es ist natürlich lästig, dass sie erst noch geschrieben werden muss, während die Erinnerung einfach da ist, die unauslöschliche Erinnerung an Ada oder auch an Veronika, an Vroni, die er in seinem Wiener Roman Tini genannt hat. Was wohl aus ihr geworden sein mag? Ob sie diesen gesunden Burschen geheiratet hat? Wie hieß er doch noch gleich ---

9

In Wien hätte er durchaus bleiben mögen. Die Stadt gefiel ihm, war ihm gemäß. Zwischen den Boulevards und den stillen Gassen, den Kirchen, den gelben Palais und den Kaffeehäusern, den vom Riesenrad aus gesehenen Türmen und Dächern, den Gärten und Parks, den Spaziergängen im herbstlichen Wienerwald, aber auch den Mietskasernen mit düsteren Wohnungen, Alkoven und Vorzimmern mit Küchendunst fühlte er sich schnell heimisch. Er mochte die lässige, fast nachlässige Melodie des Idioms und die Ironie des allgegenwärtigen Schmähs, jenes Lebensgefühls, das nichts und niemanden ernst nahm und ständig an allem etwas zu mäkeln hatte, auch und besonders dann, wenn es gar nichts zu mäkeln gab. Und irgendwo wurde immer Klavier gespielt. Jeder tratschte, aber so delikat und elegant, dass die Gerüchte und gegenseitigen Verleumdungen niemandem besonders wehtaten. Die Mädel waren sprichwörtlich süß, lieb und natürlich, und ihre Liebe verpflichtete zu nichts, jedenfalls nicht sofort.

Mit Vroni ging das auch so. Er mochte ihr kindliches Lachen und ihren naiven Charme, der manchmal in eine wunderbar schamlose Geilheit umschlug. Er machte ihr kleine Geschenke, Cremetörtchen, Talmischmuck, lud sie zum Essen ein und ging mit ihr tanzen. Sie hatte Spaß daran und wollte eigentlich auch nicht viel mehr. Aber irgendwann musste jemand ihr den Floh ins Ohr gesetzt haben, dass der Graf von Keyserling, ihr Edchen, eine sehr gute Partie sei, und seitdem träumte sie davon, ihn zu heiraten. Sie sprach den Traum auch offen aus, verlangte von ihm als ersten Schritt die Verlobung, und als ihm schließlich keine Ausreden und Hinhaltemanöver mehr einfallen wollten, warf sie erst mit dem Kissen und dann mit Tellern nach ihm, beschimpfte ihn als Hundianer, als Dodl und kümmerlichen Zniachtl.

Eine Woche später stand er bei Sonnenuntergang am Fenster seines Schlafzimmers und lehnte sich hinaus. Der Hof war schon voller Dämmerung, am Himmel über den Dächern trieben noch blassrosa Wolken umher, und durch den Spalt zwischen zwei Häusern schlich rotes Licht übers Pflaster. Am Brunnen stand eine alte Frau, spülte Salatblätter und sang dazu ein Lied, das meckernd und missmutig klang. In einer Hofecke stapelte ein Arbeiter Kisten auf einen Handkarren. Vor dem Portal sah Keyserling plötzlich Vroni, Hand in Hand mit Poldi, dem Handwerker mit den starken Schultern und dem breiten Lachen, und als sie merkte, dass er sie vom Fenster aus beobachtete, stellte sie sich auf Zehenspitzen, gab Poldi einen Kuss auf den Mund und warf Keyserling einen halb wütenden, halb triumphierenden Blick zu, wobei ihr Gesicht rot anlief oder, wer hätte das zu unterscheiden gewusst, vom Abendlicht gerötet wurde.

Das war das Ende vom Lied von Vroni und ihrem Grafen, aber es war zugleich der Augenblick, in dem ihm, wie ein von einem Blitz ausgeleuchtetes Panoramabild, der Roman vor Augen stand, den er dann *Die dritte Stiege* nannte. Noch am selben Abend begann er mit der Niederschrift.

Von nun an vermied er allzu enge Bindungen, hielt sich an süße Mädel ohne Eheabsichten, an jene Damen, die sich Schauspielerinnen nannten oder es manchmal sogar waren und im Dunstkreis des Anzengruber-Stammtisches ihre Angeln und Köder auswarfen. Mit einer Antonie, die vermutlich anders hieß und in einer Singspielhalle auftrat, hielt er es sogar ein paar Monate aus. Ihm gefiel, dass sie zwischen ihren Tiegeln und Töpfchen vor dem Schminkspiegel saß wie eine Quacksalberin, die wahre Schicksale und erlogene Geschichten zusammenrührte, verschmierte, mit nicht ganz sauberen Händen. Manchmal flatterte sie zwischen ihren Federn und Roben hoheitsvoll auf, dann wieder schrumpfte sie kleinbürgerlich und ordinär zusammen. Jung war sie nicht mehr, aber auch noch nicht alt. Eben eine Schauspielerin.

Er schrieb auch Gedichte, die er, als kein Verlag sie annehmen wollte, als Privatdruck in winziger Auflage herstellen ließ und an seine diversen Amouren verschenkte.

Je länger er in Wien blieb, desto lebhafter meldeten sich Erinnerungen an seine Kindheit. Besonders in den Wintermonaten erwachten sie mit eisiger Klarheit. In der blaugrauen Farbe des Schnees, den Glocken am Geschirr der Schlittenpferde, dem vom Schnee wie durch Watte gedämpften Straßenlärm, in den Atemwölkchen vor den Mündern, im Dämmerlicht der Räume, dem durchdringenden Geruch der weißen Kachelöfen und Kamine – überall flüsterte etwas, das einmal sehr vertraut und nun für immer verloren war. Die Erinnerung ließ ihn frösteln. Sie war ein verlassenes Schloss, aus der alle, die er gekannt und geliebt hatte, ausgezogen waren, aus dem man alle Möbel abtransportiert hatte und das sich nicht mehr heizen ließ, in das nie wieder Wärme einziehen würde. Es sei denn, man brannte es nieder ---

Der Schnee schmolz, der Champagner des Frühlings schäumte übermütig, wurde aber schnell schal, weil Keyserling immer öfter Gedanken an unbeglichene Zechen beim Heurigen, offene Rechnungen und Spielschulden beunruhigten. Als die Sommerhitze von Gewittern verjagt wurde und bei den Praterwiesen die Blätter der Kastanienbäume gelb anliefen, war er so klamm, dass Antonie ihm den Laufpass gab und sich einem finanziell potenteren Verehrer anschloss.

An einem der letzten Tage des still brütenden Altweibersommers erreichte ihn ein Brief seiner Mutter. Er war anders als die üblichen Begleitschreiben, die sie ihm sonst vierteljährlich schickte, wenn die Rente aus seinem väterlichen Erbteil fällig wurde.

Lieber Sohn!
Den Quartalswechsel Deiner Pension habe ich fristgerecht übersenden lassen, und er wird Dich inzwischen erreicht haben.

Die Heuernte ist schwach ausgefallen, der Mai war zu trocken, und wenn der Klee uns nicht hilft, müssen wir zukaufen und dafür wieder einen Streifen des Waldes opfern. Wir stecken nun mitten in der Roggenernte. Die Felder am Bach sehen zum Glück recht vielversprechend aus.

Ich bin, Gott sei Dank, gesund. Auch meine Füße schmerzen diesen Sommer nur selten, so daß ich zuweilen selbst nach den Arbeiten sehen kann. Das wird immer dringlicher, weil sich der Gesundheitszustand Deiner Schwägerin Claudia rapide verschlechtert hat. Die Ärzte sagen, sie müsse sich in Bayern oder in der Schweiz behandeln lassen und sich auf einen womöglich sehr langen Kuraufenthalt in den Bergen einstellen. Dein Bruder Otto wird seine Frau natürlich begleiten und das Majorat einstweilen nicht ausüben können. Wenn der Roggen unter Dach und Fach ist, schreibt er Dir deshalb auch noch selbst einen Brief. Wir bitten Dich jedenfalls inständig, heimzukehren und das Ma-

jorat bis zu Ottos und Claudias Rückkehr kommissa-
risch zu verwalten. Deine Pension wird natürlich ent-
sprechend angepaßt.

Es mag Dich interessieren, daß die alte Kathrina
nun auch dahingegangen ist. Sie war ja Deine Nanny.
Erinnerst Du Dich an sie? Ich vermisse sie sehr. Mit
den jungen Mädchen hat man heutzutage nur Ärger.
Wenn ihnen das Fell juckt, laufen sie den Burschen
nach, legen sich mit ihnen ins Heu und lassen sich
Kinder machen, drücken sich aber vor der Heuernte.
Dergleichen dürfte man sich in Wien ja wohl nicht er-
lauben!

Lebe wohl, mein lieber Sohn. Gott behüte Dich. Gib
uns bald Antwort, wann Du auf Paddern eintreffen
wirst. Es betet täglich für Dich
Deine Dich liebende Mutter

Nachdenklich faltete er den Brief wieder zusammen. Die
unvermittelte Mischung aus Bitte und Befehl war typisch
für seine Mutter und missfiel ihm immer noch. Doch
durfte er sich der Bitte entziehen, wenn es so schlecht um
die Gesundheit seiner Schwägerin stand? Mit seinen Geschwistern hatte er sich stets gut verstanden, auch wenn
Otto, der Erstgeborene und also Majoratserbe, mit seinem
sachlich-trockenen Charakter Eduards literarische Ambitionen für die Flausen eines Snobs hielt. Und wie wach
war in der kurländischen Adelsgesellschaft noch der Dorpater Skandal? Darüber verlor seine Mutter kein Wort, sie
hatte immer vermieden, daran zu rühren, als fürchtete sie,
die Sache wiederzubeleben, brächte man nur die Sprache
darauf.

Mit den Weltverbesserungspoeten, verhinderten Re-
volutionären und Mitleidsjournalisten an Anzengrubers

Stammtisch hatte er außer der Vorliebe für französische Rotweine und italienischen Wermut schon längst nicht mehr viel gemein, und die erhoffte literarische Karriere schien gescheitert zu sein, bevor sie begonnen hatte. *Fräulein Rosa Herz,* sein Debütroman, war auf den ersten Blick eine naturalistisch eingefärbte Milieustudie à la Anzengruber. Er erzählte die Geschichte eines aus kleinbürgerlichen Verhältnissen stammenden Mädchens, das sich auf eine Liebschaft mit einem windigen Möchtegern-Dichter aus zweifelhaftem Adel einlässt, um dann prompt am Schicksalsschlag eines frühen Kindstods und an der Miefigkeit und Unbarmherzigkeit der kleinstädtischen Verhältnisse zugrunde zu gehen. Dass es sich dabei um eine Satire auf die Herzschmerz-Schmonzetten handelte, die in den Leihbibliotheken ihrer hingebungsvollen Leserinnen harrten, war kaum jemandem aufgefallen. Allein schon der Titel *Fräulein Rosa Herz* brachte doch in drei Worten das ganze Programm dieser Trivialitäten auf den Punkt. Keyserling hatte sich auch noch den Spaß erlaubt, dem Roman das Kuckucksei seines eigenen Lieblingsromans ins Nest zu legen, wurde doch in *Fräulein Rosa Herz* ein Roman mit dem Titel *Emmas Schmerz* gelesen. Diese Anspielung auf Gustave Flauberts *Madame Bovary* dürfte so gut wie niemandem aufgefallen sein, aber wem sie auffiel, musste spätestens dann schwanen, was für ein Spiel Keyserling hier spielte.

So kalkuliert ausgedacht der als Titel dienende Name schien, so real war er jedoch. Und diese Realität war zum Todesurteil für den Roman geworden. Einer der engsten Freunde seiner Schüler- und Studentenjahre war Keyserlings Vetter Otto von Löwenstern, mit dem er während des Studiums in Dorpat oft und schwer über sämtliche Stränge geschlagen hatte – Glücksspiel, Saufgelage,

Bordelle, nicht selten alles auf einmal. Damals verliebte sich Löwenstern in eine gewisse Rosa Herzberg aus Goldingen, ein schönes, leicht kokettes, aber kluges und kultiviertes jüdisches Mädchen aus gutbürgerlichem Haus, das von vielen jungen Männern umschwärmt wurde, auch von Keyserling. Rosa verlobte sich jedoch heimlich mit Löwenstern. Die Väter beider Familien, Löwensterns wie Herzbergs, bestanden natürlich auf einer Trennung. Löwenstern, so rettungslos verliebt, dass den sonst eher sachlichen Charakter abenteuerlich romantische Anwandlungen überwältigten, entführte Rosa kurzerhand aus Goldingen und reiste mit ihr nach Wien, wo sich Rosa auf den Namen Elisabeth lutherisch taufen ließ und ihren ritterlichen Otto heiratete.

Sie lebten dann zufrieden auf Löwensterns Gütern in Livland, und die skandalöse Entführung schnurrte zu einer pittoresken, harmlosen Anekdote zusammen, bis – ja, bis acht Jahre später dieser Roman erschien, der bereits aufgrund seines Titels für helle Aufregung sorgte und als Schlüsselroman gelesen wurde. Weil Keyserling sich zehn Jahre zuvor unter peinlich skandalösen Umständen Hals über Kopf nach Wien abgesetzt hatte und seitdem im baltischen Adel als »unmöglich« galt, halb abtrünnig, halb verstoßen, jedenfalls eine *Persona non grata,* war die Empörung umso größer. Der Inhalt des Romans hatte allerdings mit der Affäre Herzberg-Löwenstern nicht das Geringste zu tun, und hätte Keyserling seine Heroine nicht Rosa Herz genannt, sondern Rita Nerz oder Ursula März – kein Mensch wäre auf die Idee gekommen, den Roman mit dem fast vergessenen Skandal kurzzuschließen.

Unglücklicherweise gehörte Otto von Löwenstern jedoch zu jenem Typ Leser, dem die Lektüre eines Buchtitels genügt, um über alles Folgende hinreichend im Bilde zu sein. Statt sich geschmeichelt zu fühlen, derart in die Literaturgeschichte einzugehen, kaufte er erbost die komplette Auflage auf, ließ sie einstampfen und drohte Keyserling mit einer Ehrenklage vor dem baltischen Adelsgericht, sollten er beziehungsweise irgendwelche Verleger oder Buchhändler es je wagen, den Roman erneut zu verbreiten. Und so kam es zu der paradoxen Situation, dass Eduard von Keyserlings Debüt bereits wenige Monate nach Erscheinen restlos vergriffen war, verpufft wie eine Feuerwerksrakete, die nicht vom Boden abgehoben hatte.

Und der zweite Roman, dessen Idee ihm beim Abschiedsblick in Vronis Augen so verheißungsvoll erschienen war, verstaubte in der Schublade. Der Blitz der Inspiration hatte sich als mattes Wetterleuchten verflüchtigt. Vielleicht sollte er das Manuskript einmal seinen Schwestern Henriette und Elise vorlegen, denn den beiden war es ergangen wie so manchen, die das Leben verschmäht – sie hatten sich der Kunst und den Büchern verschrieben, waren überaus belesen und träumten wohl selbst heimlich von literarischem Ruhm. Ihre Gesellschaft würde die öde Abgeschiedenheit des Schlosslebens immerhin erträglicher machen.

Auf die Waagschale, die dem Gehen zuneigte, warf Keyserling schließlich noch die Schulden, die ihm im Nacken saßen, ihm aber wohl kaum bis Kurland folgen würden. Das war, weiß Gott, alles andere als ein nobler Gedanke, und als wollte er sich vor sich selbst entschuldigen, kam ihm plötzlich das gute alte Wort vom Pflichtgefühl in den Sinn. Dem zu gehorchen war Ehrensache – auch das ja ein guter alter, wenn auch permanent missbrauchter Begriff.

Er hielt immer noch den Brief in der Hand, rieb sich unschlüssig übers Kinn. Das Fenster stand offen, dickflüssige Spätsommerluft waberte durchs Zimmer, und es war voll trüben, staubigen Lichts und farbloser, grauer Dinge. Trug hier und da ein Gegenstand eine hellere Farbe wie das rot-weiße Überbett oder der wie Ostseebernstein schimmernde Sherry im Glas, so schienen diese Farben doch sterben zu wollen, so welk und blass, wie sie waren.

Plötzlich überfielen ihn Erinnerungen an Himbeeren in Dickmilch und eiskalte Limonade mit darin schwimmenden Pfefferminzblättern, die die alte Kathrina den Kindern zubereitete, und an sonnengesprenkelte Kieswege, auf denen sie Croquet spielten. Manchmal saß er auch bei den Gänsemädchen am Feldrain, stand beim Kutscher und sah zu, wie die Wagen gewaschen und Räder gewechselt wurden, oder er half den Stalljungen beim Striegeln der Pferde. Manchmal gingen die Kinder in den Wald, um Brombeeren und Blaubeeren auf verschwiegenen Lichtungen zu pflücken, wo die Sonne schmale Brücken auf Moos und Farne legte und rot beschienene Stämme tief zurückwichen in ein bläuliches Dämmern, das so geheimnisvoll war, dass sie nur noch flüsterten und schließlich ganz verstummten, und das Klopfen des Spechts machte das Schweigen noch tiefer. Er war glücklich, wenn er nichtsnutzig ins Blaue hinaufblicken konnte, den Duft sonnenwarmer Kiefernnadeln aufsog und gedankenlos auf die Felder hinausblickte, über denen die Abendsonne ihr purpurnes Tuch ausbreitete. Dann horchte er in die Ferne, wo lettische Mädchen Lieder sangen, die ihm wie ein Versprechen vorkamen. Und wenn der Sommer endete, watete er in den nordischen bleichen Nächten durch die Wiesen und spürte das Leben, den Rauch und den Geruch des Heus, die Ausdünstungen des gärenden Pflanzen- und Tiergewebes, dies Aroma, das Leben und Tod in sich trug.

Das blecherne Geklingel der Trams und das Hufgetrappel der Droschken von der Straße holten ihn ins Wiener Zimmer zurück. Vom Stiegenhaus dünsteten Gulaschschwaden, und aus der Wohnung neben ihm gellten Gekeife und Gezeter eines Ehekrachs. Darüber aber legte sich eine geradezu wilde Wehmut, die Erinnerung an die stille Vornehmheit und die gepflegte, wenn auch steife Wohlanständigkeit seines Elternhauses, in dem die Bettlaken nach Universalstärke und Lavendel dufteten und die Mädchen unerreichbar waren, aber Manieren hatten.

Es war Zeit, heimzukehren.

10

Wie der sprichwörtliche Sturm nach der Ruhe fällt der Föhn von den Alpen, deren Panorama, glasklar und nah wie unter einer Lupe, am südlichen Horizont aufragt. Gletscher und ewiger Schnee, die Juwelen der Berge, blitzen im Licht. Der Wind bringt keine Kühlung, sondern pumpt wie ein ungeheures Gebläse Hitze über Land und See.

Keyserling und Corinth haben sich verabredet, nach der Mittagsruhe weiter an dem Bild zu arbeiten. »Ein paar Pinselstriche nur«, hat Corinth gesagt.

Aber Keyserling schwitzt. Er spürt, wie ihm Schweißperlen auf Stirn und Nase treten, in Rinnsalen über die Schläfen sickern, und er fürchtet, dass der Schweiß durchs Talkum dringt, mit dem er die verräterischen roten Flecken in seinem Gesicht überpudert hat. Oder gehören diese Flecken womöglich zu seinem Idealgesicht, das Corinth auf die Leinwand bringen will? Malt er die Flecken mit, auch wenn sie unterm Talkum verborgen sind? Man glaubt ja immer, das Schicksal müsse mit dem Getöse eines Gewitters über einen hereinbrechen, mit Blitz und Donner und Wolkenbruch, aber eines Tages macht man nähere Bekanntschaft mit dem Schicksal und muss feststellen, dass es feinere Manieren hat. Manche Krankheiten melden sich leise, klopfen leise an, bevor sie eintreten und sich breitmachen. Bei ihm zum Beispiel, denkt er grimmig lächelnd, bestand dies Anklopfen in einer winzigen schmerzlosen knötchenförmigen Geschwulst. Die Flecken kamen erst später.

»Nicht lächeln«, sagt Corinth.

»Ich lächele nicht«, sagt Keyserling, »ich schwitze.«

»Ja, ja«, sagt Max Halbe, der in diesem Moment aus dem Haus auf die Terrasse tritt, luftig im Unterhemd. »Wer schön sein will, muss leiden.«

In Ermangelung ironischer Schlagfertigkeit, von Sottisen eigener Prägung zu schweigen, fischt Halbe gern in den unerschöpflichen Gewässern deutscher Spruchweisheiten, in denen sich Schwärme von Tiefsinn und Unsinn tummeln und Banalitäten laichen.

Als er sich hinter Corinth stellt, um einen Blick auf das entstehende Bild zu werfen, legt der Maler die Palette beiseite und verhängt die Staffelei wieder mit dem Tuch. »Es reicht für heute«, sagt er gereizt. »Ich schwitze auch. Noch ein Grund mehr, nach Berlin zu gehen.«

»Dort kann man aber auch ins Schwitzen kommen«, sagt Keyserling.

»Jedenfalls gibt's da keinen Föhn. Mein Petermannchen kriegt bei Föhn immer Migräne. Liegt oben im Zimmer, Läden geschlossen, kalte Kompresse auf der Stirn. Und ganz, ganz ungnädig dabei.«

»Louise fühlt sich auch nicht so recht«, sagt Halbe. »Wie wär's mit einer kleinen Kahnpartie ohne Weiber? Drei Mann in einem Boot?«

»Und 'ne Buddel voll Rum.« Corinth lacht.

»Ich heuere an«, sagt Keyserling. »Muss mich aber vorher noch in meinen Matrosenanzug werfen.«

Taneras Kahn liegt am Anfang des Stegs vertäut. Halbe und Corinth nehmen auf der mittleren Ruderbank Platz, greifen zu den Riemen. Keyserling setzt sich ihnen gegenüber ans Heck. Halbe stößt das Boot vom Steg ab.

Der Föhn ist schwächer geworden, der Wind kräuselt

das Wasser. Mit jedem Ruderschlag hebt sich der Bug des flachbödigen Kahns leise rauschend aus dem Wasser. Über den hellen Sand des Grundes laufen erstarrte Wellenmarken. Dann wird der See dunkler, und grüne Gewächse wabern aus der Tiefe auf. Einmal springt ein schwerer Fisch ins Licht. Die Schuppen sicheln silbern durch die Luft. Weiter draußen zieht der Dampfer von Starnberg gemächlich in Richtung Seeshaupt. Die Rauchfahne zerflattert im Wind zu grauen Fransen. Segelboote gleiten als weiße Dreiecke vor dem Grün des Westufers entlang. Der Himmel verfärbt sich, die eiligen Wolken am Horizont sind mit Gold gesäumt, und eine Welle von Rot überschwemmt die Luft. Ins Blaugrün des Sees mischen sich blanke Fäden, und die Höhlungen der kabbeligen Wellen, die sich am Ufer brechen, schimmern rosa.

Plötzlich tritt völlige Windstille ein, als holte der Föhn tief Luft, um später noch kräftiger wehen zu können. Der See gleicht nun einem Feld voll hellgrüner Halme, das hier und dort von Flüssen und Bächen durchkreuzt wird. Kein Luftzug regt sich, das Schilf steht wie erstarrt. Das Zittern des Lichts auf dem Wasserspiegel und auf den feuchten Spitzen der Schachtelhalme scheint die einzige Bewegung zu sein.

Halbe und Corinth legen die Ruder ein. Tropfen rinnen am Holz abwärts und fallen lautlos in den Silberspiegel. Wie das Heute ins Gestern, denkt Keyserling, wie die Tage, wie die Jahre. Das Vibrieren des Lichts vermischt die Farben. Trotz der Ruhe gibt es keine klaren Linien. Ist das so? Oder scheint das nur ihm so, weil seine Sehschärfe schwächer wird? Jedenfalls malen die Impressionisten so, und Corinth schwebt wohl etwas Ähnliches vor. Wenn man auch so schriebe, könnte man dann die Bewegung eines sich ereignenden Geschehens darstellen? Das Leben festhalten als Lebendigkeit des Daseins? So, wie Licht und Farben ineinander übergehen und die Details verschwimmen, verhalten sich auch die Menschen zueinander, vorübergehend, mit unklaren Konturen, schwankenden Ansichten, vergehenden Lieben. So ist es ihm mit den Frauen ergangen. Sobald sich etwas Dauerhaftes zu kristallisieren begann, löste es sich wieder auf, flatterhaft, vibrierend wie Luft und Wasser, Licht und Farbe, zerfiel es bereits beim Entstehen. In Japan gilt die Kirschblüte als Zeichen dafür, dass Schönheit und Vergänglichkeit identisch sind. Die Jugend, die Liebe, das Glück, das Leben. Ein Augenaufschlag und vorbei – – –

Stille liegt über dem See, zuweilen nur schläfrig und klagend der Ruf eines Blesshuhns. Oder ein Fisch schnalzt. Oder es raschelt leise wie von Märchenwesen, die heimlich durchs Schilf schleichen.

Die drei Freunde schweigen, als könnte jedes Wort den Eindruck zerstören, bis Halbe es nicht mehr erträgt. »Da kann man nur in Ehrfurcht stumm erschauern. Unbeschreiblich. Wie sagt doch gleich der Dichter? ›O stört sie nicht, die Feier der Natur‹. Unsagbar schön. Immer wieder eine großartige Komposition«, befindet er, als würde er der Natur für ihre Leistung anerkennend auf die Schulter klopfen. »Das müsstest du malen, Lovis. Der See wartet auf dich.«

Corinth blickt hingerissen in die Lichtspur auf dem Wasser. »Die Farbe. Und das Licht. Es geht immer nur um Farbe und Licht«, murmelt er wie abwesend. »Irgendwann krieg ich dich zu fassen.«

»Mich? Wieso?«, fragt Halbe.

»Nicht dich, Mäxchen. Ich meine den See. Aber erst mal hab ich ja noch unseren Eduard am Wickel.«

»Mir kommt der See jetzt wie ein großes, vornehmes

Haus vor«, sagt Keyserling fast flüsternd. »Die Herrschaft schläft schon. Nur das Personal ist noch leise, wie auf Zehenspitzen, bei der Arbeit. Und wir sind die Einbrecher.«

»Ach so?«, sagt Corinth grinsend. »Na du musst es ja wissen. In vornehmen Häusern kennst du dich aus.«

Sie lachen, trinken Bier aus mitgebrachten Krügen und rudern plaudernd zum Steg zurück. Auf dem Rückweg zum Haus machen sie an einer der Hütten halt, in denen Fische geräuchert werden. Sie müssen sich bücken, um nicht mit den Köpfen gegen den niedrigen Türbalken zu stoßen. Im Zwielicht, das aus Rauch und Abend gemischt ist, scheint die Tageshitze hier noch eingeschlossen zu sein. Die Luft ist schwer vom scharfen Strohgeruch des Dachs, dem starken Aroma der Fische, die an Schnüren im Buchenrauch des Feuers hängen, Forellen, Saibling, Zander.

Und wie der magische Atem eines Zauberers weht dieser Duft Keyserling vierzig Jahre zurück ans Ufer der Ostsee, ins kurländische Seebad Libau, wohin die Familie ihre sommerlichen Badereisen führten. Auch dort gab es solche strohgedeckten Buden, durch die geheimnisvoller Rauch waberte, und Hering, Dorsch und Sprotten glotzten aus toten Augen, als trügen sie Masken, hinter denen sich noch das Leben regte. Manchmal begleitete Edchen seine Nanny Kathrina beim Einkauf. Anschließend setzten sie sich am Strand in den Schatten von Kiefern, und dann erzählte Kathrina Geschichten aus den alten Zeiten, in denen das Wünschen noch geholfen hatte und manche Fische sogar sprechen konnten, zum Beispiel der Butt. Das Gras am Ufer und der Strandhafer raschelten im Wind und konnten ebenfalls sprechen.

Der Tisch im Garten ist bereits gedeckt, als die drei heiter gestimmten Herren von ihrem Abenteuer zur See heimkehren. Der Wind frischt wieder auf, ohne Kühlung zu bringen. Die Damen legen eine leicht zwanghafte Wohlgelauntheit an den Tag. Über Charlottes Nase steht eine Falte auf der Stirn, und Louise trägt einen Augenschirm aus grün gefärbtem Zelluloid. Die mitgebrachten Räucherfische, die Corinth mit großartiger Geste präsentiert, als hätte er sie eigenhändig gefangen, werden von den Damen verschmäht. Sie essen nur ein paar Salatblätter und etwas Obst, mümmeln lustlos auf trockenem Brot herum, trinken Wasser statt Wein. Auch das Tischgespräch fällt schnell trocken.

Bloß Halbe scheint die angespannte Atmosphäre nicht zu spüren, oder vielleicht versucht er auch nur, sie durch forcierte Munterkeit zu überspielen. »Einfach köstlich, zu und zu köstlich«, dröhnt er und hebt den Bierkrug, »das nenne ich Gemütlichkeit. Man sitzt im Freundeskreis beisammen, scherzend und lachend, labt sich an dem, was See und Flur bieten, traulich glüht die Lampe, man schlürft seinen Wein und hält sein wunderschönes Weib im Arm.«

Keyserling zieht die Augenbrauen hoch. »Ich bin mir nicht sicher«, sagt er, »ob du damit der Lebenslage ein gerechtes Zeugnis ausgestellt hast.«

Corinth lächelt verhalten und schweigt.

»Ach, und wenn ich dich bitten darf, Max«, sagt nun Louise in einem Ton, unter dessen sanfter Ergebenheit Gereiztheit züngelt, »es glüht ja gar keine Lampe, es ist doch noch hell genug. Und dann nenne mich, bitte, nicht Weib. Das klingt so nach Altem Testament.«

»Und nach Pantoffeln und Kartoffelsuppe«, ergänzt Charlotte.

Corinth versucht abzuwiegeln. »Nun werdet mal nicht gleich stutenbissig.«

Und Halbe tätschelt Louises Hand und sagt dabei besänftigend, als spräche er einem etwas störrischen Haustier gut zu: »Nu, nu, nu ---«

Der Abend ist nicht mehr zu retten. Keyserling empfiehlt sich beizeiten, unternimmt lieber noch eine kleine Flanerie an den See hinunter. Der Föhn macht ihm nichts aus.

Über Sand und braunes Gras geht er am Schilf entlang, dessen Halme sich metallisch im Wind reiben. An einer Stelle, an der alte Weiden bis ans Ufer reichen, setzt er sich auf einen Findling, der von einem weichen Moospolster bedeckt ist. Über den Baumkronen im Westen blitzt es ein letztes Mal rötlich, zwischen den Bäumen wächst die Dunkelheit. Im verbliebenen Licht leuchtet das Weiß eines Birkenstamms, als hätte sich der Tag in ihm gesammelt. Tief hängt der Mond, man sieht nur sein sanftes, kaltes Licht wie aus einem fernen Tor. Der See liegt als matte Scheibe in einem dunklen Rahmen, dehnt sich weit hinaus, wird in der Ferne grauer, bis er ganz mit der Schwärze verschmilzt. Dann wölbt sich eine schmale Mondbahn wie eine Lichtbrücke übers Wasser. Dem klagenden Ruf eines Käuzchens antwortet ein anderes aus der Ferne. Die haben es gut, denkt Keyserling, sich so in der Dunkelheit anzulocken, durch Zweige und Blätter zueinander zu fliegen, um sich zu lieben. Im Gebüsch raschelt es, als würde Papier zerknüllt. Manchmal beschleicht ihn das Gefühl, als gehe jemand oder etwas leise zwischen den Bäumen umher, verstohlen, mit angehaltenem Atem – die tastenden Schritte der Erinnerung. Der Wind rauscht durch Rohrkolben und Schilf, biegt die glänzenden Spitzen uferwärts und lässt die Brücke des Mondlichts schwanken. Vom Wasser ruft ein unbekannter Vogel. Es klingt, als frage jemand nach dem Weg.

11

Als wäre die Zeit hier stehen geblieben, erwartete Mahling, der alte Kutscher der Grafenfamilie, ihn vor der Bahnstation von Hasenpoth. Der Einspänner stand am Anfang der Birkenallee, wo er immer schon gewartet hatte und gewiss auch zukünftig warten würde. Und auch Mahling war immer schon da gewesen. In Keyserlings Kindheit hatte der Kutscher einen pechschwarzen Schnurrbart gehabt, und als Keyserling nach Wien ging, einen Vollbart mit grauen Strähnen. Der hing ihm nun bis auf die Brust und war so weiß geworden wie der kräftige, struppige Schimmel, der den Einspänner zog.

Mahling verbeugte sich, musterte Keyserling prüfend, misstrauisch fast, als müsste er sich vergewissern, was die vergangenen zwölf Jahre aus diesem Gesicht gemacht hatten, lächelte dann und nickte zufrieden.

»Hast du – – –«, er stockte, schob sich verlegen die Schirmmütze in den Nacken, »bitte um Vergebung, ich meine, ob das junge Herr Grafchen eine gute Reise gehabt haben?«

Keyserling lachte und schüttelte ihm die Hand. »Lass gut sein, Mahling, nenn mich ruhig weiter Edchen. Das hör ich nämlich gern.«

Sie stiegen auf den Kutschbock. Mahling schnalzte mit der Zunge, und der Schimmel fiel in einen gemächlichen Trab. Auf den abgeernteten Feldern und Äckern, die schon für die Wintersaat gepflügt waren, standen einzelne Bäume, manche hoch, aufrecht und geradezu selbstbewusst, andere vom Wind seitwärts gebeugt wie Greise. Leute kamen von der Arbeit, gingen schweren Schritts einer hinter dem andern her, graue Gestalten, denen die tiefer sinkende Sonne die Gesichter rot färbte. Sie zogen die Mützen vom Kopf, als die Kutsche an ihnen vorbeifuhr. Durch die herbstliche Kargheit ging die Luft rauer als in Österreich, die Gehöfte, Stallungen, Schober und Dörfer waren ärmlicher, als ob das Land hier noch unbedingter herrschte und den Menschen mehr Kraft abverlangte als anderswo. Schneidend kalt im Winter, glühend heiß im Sommer, meilenweit nichts als Weiden, Felder, Seen, Äcker, und an den Horizonten immer diese Wälder, in denen das aufgehoben zu sein schien, was den Kern oder den geheimen Sinn dieser endlosen Landschaft ausmachte – Wälder, die sich zu einer einzigen Erscheinung zusammenfanden, dem Wald an sich, nur dem Meer oder dem Gebirge vergleichbar in seiner ausufernden Einsamkeit.

Aber plötzlich dann, einer Fata Morgana gleich, ein großer Gutshof, ein Herrenhaus oder ein Schloss, umgeben von einem Park, die Bewohner adlig bis zur Narrheit. Im russischen Zarenreich bildeten sie eine Enklave deutscher Adelskultur, die noch Tugenden wie Anständigkeit und Bescheidenheit und einen ästhetischen Gestaltungswillen konservierte, für die in der industriellen Hektik der Gründerjahre und dem säbelrasselnden, kriegslüsternen Lärm des Deutschen Kaiserreichs kein Platz mehr war. Etwas Sanftes und Bedächtiges, etwas Träumerisches und Schwärmerisches, auch eine Ironie, die kaum je in Häme und Zynismus umschlug, prägte Charaktere, die mit Preußens Gloria und zackigen Stechschritten nichts gemein hatten.

Der Spottvers »Wo sich aufhört die Kultur, da beginnt sich der Masur« mochte für den östlichsten Teil des Deutschen Reichs gelten – fürs Baltikum traf er nicht zu. Als Randregion des Zarenreichs war es technisch und industriell zwar rückständig, aber Kurland war eben auch Kulturland, erhielten sich hier doch sehr alte Traditionen, die im Deutschen Reich unter die Räder einer militarisierten Moderne gerieten. Mit Marotten, Ticks und Verschrobenheiten behaftet, aber – oder vielleicht ebendeshalb – ästhetisch empfänglich und empfindlich bis an die Grenze zur Dekadenz, epigonenhaft, aber nicht verkalkt, stockkonservativ, nachgiebig reaktionär, milde chauvinistisch, so lebte der baltische Adel im Dornröschenschlaf einer unzeitgemäßen Selbstgenügsamkeit vor sich hin. Und das weite Land war ein stiller Winkel am Rand der ständig lauter werdenden Welt.

An der Straße durch einen der Keyserling'schen Forste lag auf einer Lichtung die alte Waldschänke. Mahling brachte die Kutsche zum Stehen. Im von der Herbstsonne durchwirkten Schatten einer mächtigen Linde befand sich die Pferdetränke, wo der Schimmel saufen und verschnaufen konnte. Die Wirtsleute saßen vor dem niedrigen Haus auf einer Bank, die Hände flach auf die Knie gelegt. So hatten sie auch schon vor zwölf Jahren dagesessen, und Keyserling fragte sich verstohlen schmunzelnd, ob sie sich während seiner Abwesenheit überhaupt je bewegt hatten. Er bestellte Bier für sich und den Kutscher. Das war alte Gerechtigkeit und Sitte.

Die Wirtin brachte das Bier, stand wartend neben dem Wagen und starrte Keyserling unverwandt an, als wäre er ein exotisches Tier oder zumindest ein ganz und gar Fremder aus den Kolonien. Der Wirt trat hinzu, rotgesichtig mit blondem Bartgestrüpp, musterte Keyserling schweigend. Dann grinste er im Wiedererkennen übers ganze Gesicht und stieß seine Frau in die Seite. »Ach du großes Gottchen! Das is' ---, ja, der Eduard, das Edchen! Von den Keyserlings!«

Keyserling nickte wohlwollend, lächelte den beiden zu, erkundigte sich nach den Kindern der Wirtsleute, mehrere Jungen und ein Mädchen, das vielleicht acht Jahre alt gewesen sein mochte, als er es zuletzt gesehen hatte. Den Namen wusste er nicht mehr, hatte ihn nie gewusst.

»Sintija!«, rief die Mutter in Richtung der geöffneten Krugtür.

Im Türrahmen erschien eine junge Frau, in der Keyserling das Mädchen von damals nicht wiedererkannt hätte, wäre da nicht die blonde, ins Rötliche spielende Haarflut gewesen, die ihr, zu einem lockeren Zopf gebunden, über Schulter und Busen fiel. Über hohen Wangenknochen sah sie ihm aus grünen Augen neugierig entgegen. Und unter der Neugier lag noch etwas anderes, eine nahezu schamlose Aufforderung, aber auch ein Verlangen nach Besserem als dieser Schänke auf einer Waldlichtung im vergessenen Nirgendwo zwischen Hasenpoth und Paddern.

Keyserling zahlte, lächelte und lüftete zum Abschied den Hut. Vielleicht würde die Langeweile, die ihn erwartete, mit so einem Mädchen in der Nachbarschaft besser zu ertragen sein.

Schloss Tels-Paddern stand ein wenig missmutig zwischen den Kastanienbäumen, deren vergilbtes bräunlich verschrumpeltes Laub ein müder Wind durch die Allee wälzte. Wie tiefe Falten ein altes, sorgenvolles Gesicht durchschnitten die Portikussäulen die weiße, an manchen Stellen von Regenschlieren und Grünalgen verschmutzte klassizistische Fassade. Auf der Freitreppe lag ein schwarzer Setter, streckte alle viere von sich und versuchte, sich in den letzten Strahlen einer matten Novembersonne zu wärmen.

Als die Kutsche vor der Treppe anhielt, hob der Hund den Kopf, schlug aber nicht an und rührte sich auch nicht vom Fleck.

Mahling lud das Gepäck ab. Ein Stallbursche schlurfte über den Hof, langsam und lässig, um den Schimmel auszuschirren. Keyserling schien es, als bewegte sich der Kerl nur widerwillig. In der offenen Pforte, die zu Gemüsegarten und Park führte, stand ein Mann, vermutlich der Gärtner, zog die Mütze vom Kopf und verbeugte sich ungelenk, als Keyserling zu ihm hinschaute. Hier hatte wohl niemand Eile. Wurde er denn nicht erwartet? Oder verbarg sich hinter dieser Gleichgültigkeit eine demonstrative Absicht?

Den kleinen eleganten Handkoffer, der seine Manuskripte, Briefe und persönlichen Papiere enthielt, nahm Keyserling selbst in die Hand. Als er die Freitreppe hinaufstieg, wurde zwischen den Säulen die hohe Eingangstür von innen geöffnet, und im Empfangssaal hatte die Familie Aufstellung genommen. Seine Mutter, inzwischen fünfundsiebzig Jahre alt, immer noch aufrecht, wenn auch geschrumpft und auf einen Stock gestützt und so silbern ergraut wie die Kandelaber und Girandolen in den Nischen; Otto, sein ältester Bruder und somit designierter Erbe des Majorats, der ersichtlich ein paar Pfunde zugenommen hatte und bemüht sorgenvoll dreinblickte; dessen Ehefrau Claudia, deren angegriffene Gesundheit Keyserlings Rückkehr überhaupt erst erzwungen hatte, und die, als wollte sie diesen Zwang entschuldigen oder rechtfertigen, die aparte Blässe ihrer Wangen noch zu steigern wusste, indem sie gelegentlich in ein weißes Spitzentüchlein hüstelte; schließlich Henriette und Elise, seine beiden unverheirateten Schwestern, die sich im Schloss und im Wirtschaftsbetrieb des Guts nützlich machten und nebenbei, mehr oder minder heimlich, für Kunst, Musik und Literatur schwärmten und auch selbst dichterische Ambitionen hegten. Angetreten zum Empfang waren auch der Gutsverwalter Mathys Meyer und vom Gesinde die Köchin, Diener und Zofen. Die Mägde, Knechte, Bauern und Landarbeiter würde Keyserling noch früh genug kennenlernen. Fremdelnd und verlegen standen sie im kalten Weiß des eirunden, überkuppelten, maßvoll stuckverzierten Empfangssaals mit den antikisierenden Bildsäulen in den Nischen, und Keyserling kam es plötzlich so vor, als wäre die ganze Gesellschaft zu Bildsäulen einer unwiederbringlichen Epoche erstarrt.

Beim Dinner entkrampfte sich die Stimmung ein wenig. Die wirtschaftliche Situation des Guts würde erst morgen im kleineren Kreis und im Beisein des Verwalters erörtert werden. Keyserling erzählte artig allerlei Harmlosigkeiten und unverfängliche Anekdoten aus Wien. Die Gräfin berichtete von Verlobungen, Eheschließungen, Geburten und Todesfällen in ihrer enorm weitläufigen Familie. Otto erging sich unter Zuhilfenahme eines Notizbüchleins in detaillierten Mitteilungen über die bevorstehende Reise, referierte Abfahrts- und Ankunftszeiten von Zügen, Reservierungen in den Schlaf- und Salonwagen, Hotelbuchungen, Pass- und Visavorschriften, was Claudia mit gelegentlichen Seufzern und Hüsteleien bestätigte.

Als Henriette irgendwann andeutete, unter dem vornehmen Titel *Frühe Vollendung* eine Lebensgeschichte der allzu jung verstorbenen Schwester Marie Emma verfassen zu wollen, schnitt Elise ihr hastig das Wort ab, indem sie das soeben servierte Dessert lobte. Dabei warf sie Keyserling mit weit aufgerissenen Augen einen Blick zu, den er sogleich verstand und der besagte: kein Wort über Literatur. Das Gespräch käme sonst unweigerlich auf die unsägliche Affäre mit der goldigen Rosa Herzberg und Löwenstern, und von dieser Affäre wäre es dann nur ein kleiner Schritt zum Dorpater Skandal.

Selbstverständlich witterte auch die Gräfin die Gefahr, dass die sprichwörtlichen Leichen im Keller erwachen könnten, und um der Kellertür einen Riegel vorzuschieben, hob sie kurzerhand die Tafel auf und wünschte allen eine geruhsame Nacht.

Beim Hinausgehen nahm sie Keyserling beiseite. »Wir sind dir sehr verbunden, dass du deiner Familienpflicht nachkommst und deinen Bruder vertrittst«, sagte sie. Da sie es jedoch nicht liebte, die Schattenseiten an Menschen und Dingen zu übersehen oder schönzureden, fügte sie streng hinzu: »Du siehst kränklich aus, Edchen.« Es klang wie ein Vorwurf.

Er erschrak, zuckte wie ertappt zusammen. Sie tätschelte ihm die Wange, als wollte sie ein nervöses Pferd beruhigen.

In seinem Zimmer drehte er den Docht der Argandleuchte höher, betrachtete sich misstrauisch im Spiegel und sah einen schlaksigen, schmalschultrigen Mann mit blassem Gesicht, das widerspenstige Haar mühsam gescheitelt. Die kurzsichtigen wässrig blauen Augen traten leicht hervor, als wären sie besonders neugierig auf die Gestalt, die sie erblickten. Kulpsglissen, dachte er plötzlich und musste grinsen, so nannte man hier, was in Wien Glubschaugen hieß – diese Kulpsglissen also blinzelten nervös mit den blonden Wimpern, und die roten feuchten Lippen zuckten. Kränklich? Auf der linken Wange waren zwei kleine hellrosa Flecken erkennbar, erste Zeichen jenes Souvenirs aus Wien, das er nicht mehr loswerden würde. Hatte der Mutterinstinkt etwas gesehen, was ihm selbst noch kaum aufgefallen war? Hatte seine Mutter ihn, im Wortsinn, durchschaut? Aber galt kränklich denn nicht als vornehm? Claudias Krankheit war zweifellos vornehm und würde bald in einem mondänen Sanatorium auf irgendeinem Zauberberg respektvolle Anteilnahme erregen, aber im weißen Licht der Lampe wurde ihm schlagartig klar, dass seine Krankheit eine brutale Anklage des Lebens war. Daher rührte die Empörung in der Stimme seiner Mutter, der moralinsaure Vorwurf. Warum ist er krank geworden?, würde man immer fragen und auch gleich die Antwort parat haben: weil er seinen Trieb nicht unter Kontrolle gehabt hat, weil er moralisch versagt hat, weil er unter sein Niveau gegangen ist. Weil er es mit den süßen Mädeln getrieben hat und mit den Künstlerinnen aus den Singspielhallen, mit diesen allzu offenherzigen Vronis und Sissis und Tonis, die sich nun nicht mehr streichen ließen aus den Korrekturbogen seines Lebens. Über den Dorpater Skandal würde Gras wachsen. Seine schriftstellerischen Ambitionen würde man ihm als Spleen durchgehen lassen, selbst wenn aller Schriftstellerei der Geruch des Umstürzlerischen anhaftete. Aber der Krankheit war so nicht beizukommen, nicht mit Vergessen und Vergeben, nicht mit Toleranz. Die Krankheit war die Verfehlung, die ihn endgültig zum Geächteten werden ließ, und geächtet hieß, ein für alle Mal in den Giftschrank der Gesellschaft gesperrt zu sein.

Die Bettlaken dufteten nach Lavendel, doch unter diesem Duft müffelte es nach Schimmel und feuchter Farbe. Durchs halb geöffnete Fenster drang das heimatlichste aller Geräusche, das Rauschen des Waldes, aber das Ticken des Holzwurms in den alten Möbeln konnte es nicht übertönen. Im Traum gelangte Keyserling zu einem Schloss, das seiner Familie gehörte, ihm jedoch völlig fremd war. Die Ställe waren zu Lazaretten geworden, in denen das ewige Siechtum umging. Die hochmütigen, gelangweilten Gutsherren und die feinsinnigen, neurotischen Damen waren in alle Winde zerstreut, saßen verarmt in möblierten Zimmern irgendwelcher Städte, lasen Romane aus der Leihbibliothek oder stopften Strümpfe, klimperten auf verstimmten Klavieren traurige Etüden oder schrieben an ihren Memoiren, die sie aus Angst vor dem Tod nicht zu vollenden wagten. Das verlassene Schloss wurde von Jahr zu Jahr fahler und brüchiger, hinfällig wie ein Schwerkranker. Auf dem Mauerwerk blühten hässliche rote Flecken. Gut, dass die niemand mehr sieht, dachte er im Traum. Zuerst stürzte eine Säule des wichtigtuerischen Portikus um, dann bröckelten die Fenstersimse. Einer der südwärtigen Balkone brach ab und fiel in den Gartenteich. Die Karyatiden und Mänaden, Seejungfern und Nymphen, diese unsterblichen süßen Mädel des Parks, wurden von Moosen, das Schmiedeeisen der Geländer vom nie schlafenden Rost überzogen. Der Springbrunnen war längst versiegt, die Goldfische verendet, versteinert. Durchs undichte Dach sickerte der Regen. Hinter geborstenen Fenstern schlug der Wind in den leeren Sälen die Türen. Wo kein Wind ging, wucherte Schimmel wie Aussatz über die Wände. Das Schloss tat ihm leid. Um dem Elend ein würdiges Ende zu bereiten, wollte er es in Brand setzen, fand jedoch nirgends ein Streichholz.

12

Dass die Ehe eines Keyserlings je kinderlos geblieben wäre, dessen konnte sich niemand entsinnen. Der gewöhnliche Satz lag bei sieben bis acht Sprösslingen, sodass es seit Menschengedenken nie zu großen Kapitalansammlungen gekommen war. Dass Theophile Gräfin von Keyserling, geborene von Rummel, als Adoptivtochter des kinderlosen Ehepaars von Korff die Güter Tels und Paddern geerbt und in die Ehe mitgebracht hatte, war ein Glücksfall, der den Umstand aufwog, dass sie selbst elf Kinder zur Welt brachte, vier Söhne und sieben Töchter. Eine war bereits verstorben, sollte jedoch von einer anderen literarisch verewigt werden. Und obwohl man sich an diesem Morgen in der Bibliothek zusammengefunden hatte, konnte von Literatur nicht die Rede sein, ging es doch um dringlichere und ernstere Dinge, nämlich den Zustand und die Zukunft der Güter. Otto Nikolaus Heinrich von Keyserling war als ältester Sohn des verstorbenen Grafen Eduard Ernst Hermann von Keyserling – »Gott hab ihn selig« – der Majoratserbe *in spe*. Wenn auch seine Mutter dermaleinst das Zeitliche segnen würde – »gebe Gott, dass ihr noch viele Jahre beschieden sein mögen« –, würde das *in spe* zum Faktum werden. Insofern war die Rechtslage klar, unbestritten und unkompliziert.

Otto klappte ein Kistchen *Maria Mancini* auf und lud seinen Bruder Eduard und Mathys Meyer, den Gutsverwalter, mit einer jovialen Handbewegung zum Zugreifen ein. Der Gräfin hielt er eine Silberdose mit russischen

Zigaretten hin, doch sie winkte dankend ab. Manchmal, wenn der Zigarrenrauch in der Bibliothek so dicht wurde, dass sie die drei Herren kaum noch voneinander unterscheiden konnte, fächelte sie sich mit ihrem Briséfächer das Blickfeld frei.

»Alles in allem, Felder, Äcker, Wald, Park, Teiche, et cetera, et cetera«, sagte Otto, »verfügen wir über eine Fläche von rund zweitausendsechshundert Dessjatinen.«

»Es sind genau genommen«, sagte der Verwalter und blätterte in einem abgegriffenen Kanzleibuch, »Moment bitte --- genau zweitausendsechshundertund*achtzehn*.«

»Aha, soso«, machte Eduard.

»Das entspricht in etwa fünftausend Kulmischen Morgen«, erläuterte Otto, »und zwar ---«

»Es sind exakt ---, Moment, jawohl, exakt fünftausend*einhundertundfünfzig* Kulmische Morgen«, präzisierte Herr Meyer.

»Soso, mh, mh«, murmelte Eduard, blies Rauch gegen die Decke und dachte, dass Mathys Meyer in einem Roman eine gute Figur abgeben würde. »Das ist wohl eine ganze Menge, nicht wahr?«

Der Verwalter starrte ihn erstaunt und fast misstrauisch an. Keyserling nickte wie zur Entschuldigung vor sich hin. Der Mann hatte ja recht: Von Landwirtschaft hatte Keyserling nicht den Hauch einer Ahnung, von Verwaltung und Betriebsführung zu schweigen, und was die Finanzen anging, beschränkten sich seine Erfahrungen und Kenntnisse aufs Schuldenmachen. Wahrscheinlich würde auch er selbst sich als Romanfigur, als komischer Kauz oder trauriger Held, besser eignen denn als tatkräftiger Gutsherr. Er nahm sich vor, Notizen zu machen, sobald diese Konferenz überstanden wäre.

»Wir betreiben zwei Getreidemühlen, eine Sägemühle,

eine Ziegelei und eine Teerbrennerei«, fuhr Meyer fort. »Wegen des verregneten Hafers in diesem und der Kartoffelkäferplage im vergangenen Jahr haben wir so große Einbußen erlitten, dass wir wohl noch einen Streifen Wald verkaufen müssen.«

»Schon wieder?« Otto seufzte schwer und spülte mit einem Schluck Sherry nach.

»Immerhin«, sagte Meyer und gönnte sich ebenfalls ein Schlückchen, »immerhin lasten wir damit die Sägemühle besser aus.«

Das war kein Trost, sondern Augenwischerei, und alle wussten es. Die Wälder waren das, was die Generationen miteinander verband. Man profitierte von dem, was die Vorfahren angelegt hatten, und man pflanzte und hegte für kommende Generationen. Das Abholzen des Waldes verschüttete die Quelle der Ehrbarkeit und Rechtschaffenheit, griff das letzte stabile, krisensichere Kapital an, ging an die Substanz. Die Kahlschläge bewiesen mit unübersehbarer Brutalität, dass Wälder und Landwirtschaft keine Lebensformen mehr boten und die Tage des kurländischen Adels gezählt waren. Die Zukunft gehörte den Industrien und Fabriken, den Stahl- und Kohlebaronen, deren Hochöfen mit baltischen Wäldern befeuert wurden. Und weil alle davon überzeugt waren, dass auch die Schönheit und die Kultur zwischen den Zahnrädern der Industrialisierung zermalmt würden, griffen alle zu ihren Gläsern und nickten einander schwermütig zu. Der mahagonifarbene Amontillado war auch kein Trost, aber alt und sehr süß.

Während Mathys Meyer vom Pferde- und Viehbestand sprach, über den Wucherpreis für Guano aus Südamerika lamentierte, neuartigen Kunstdünger pries und die zu niedrigen Pachtzahlungen der Bauern und zu hohen Löhne der Landarbeiter beklagte, wanderten Keyserlings

Blicke durch den Tabaknebel an den Bücherregalen entlang. Die Titel auf den Buchrücken konnte er nicht erkennen, aber er wusste, dass unter all den Enzyklopädien, landwirtschaftlichen Referenzbänden, Adelsalmanachen und genealogischen Nachschlagewerken ein paar Perlen zu finden waren, griechische und lateinische Klassiker, Goethe und Schiller, wie sich's gehörte, aber auch Cervantes, Tolstoi, Dickens, Dostojewski. Und in Wien hatte er eine Kiste mit neuen Büchern als Bahnfracht aufgegeben, die in den nächsten Tagen eintreffen würde.

Ein Dienstmädchen kam in die Bibliothek und verkündete, das Mittagessen sei angerichtet.

»Es ist ja wohl auch alles gesagt«, befand Otto. »Edchen ist jetzt im Bilde. Und für den Fall der Fälle haben wir immer noch unseren ebenso geschätzten wie unverzichtbaren Herrn Meyer.«

Mathys Meyer, der heute auch zum Lunch geladen war, wusste wohl sehr genau, dass der Fall der Fälle nicht die Ausnahme, sondern die Regel sein würde, lächelte aber geschmeichelt und raffte seine Papiere zusammen. Man erhob sich aus den Fauteuils und begab sich ins Speisezimmer.

Die Gräfin hakte sich bei Keyserling unter. »Heute Nachmittag kommt der Schneider aus Hasenpoth. Zur Anprobe.« Sie blickte mit milder Missbilligung auf Keyserlings Anzug, königsblau mit dezenten gelben Nadelstreifen, der zurzeit in Wien als besonders fesch galt und nicht eben billig gewesen war. »So wirst du hier nicht ernst genommen.«

Nach der Suppe wurden Ligsdinas gereicht, das lettische Nationalgericht: Hackfleischklopse, gefüllt mit hart gekochten Eiern und Pfifferlingen, die die Dorfkinder in den Wäldern sammelten, mit Kartoffeln, serviert in der Bouillon, in der sie gekocht wurden – und als Krönung der Kreation der unvermeidliche Klecks Schmand. Das war eine von Keyserlings Leibspeisen und stimmte ihn versöhnlich. Vermutlich hatten seine Schwestern die Köchin entsprechend instruiert.

Der Schneider kam, ein spindeldürrer Mensch mit Ziegenbart und einer bestickten Samtkappe auf dem zotteligen Schopf. Die Gräfin zog aus einem Kleidersack Garderobenstücke und drückte sie dem verdutzten Keyserling in die Hand.

»Wenn das in Bauch, Brust und Bund alles ein wenig abgenäht wird«, sagte sie, »wird es wunderbar passen. Dein Vater war so groß wie du, aber natürlich stärker gebaut.«

Sein Vater? Erst als seine Mutter den Raum verlassen hatte, erkannte Keyserling, dass es sich tatsächlich um Kleidungsstücke handelte, die sein Vater als Gutsherr zu tragen gepflegt hatte, Breeches und ein Jackett samt Weste aus schottischem Tweed. Nur mit Mühe konnte er ein an Empörung grenzendes Befremden unterdrücken, wollte jedoch im Beisein des Schneiders seiner Mutter keine Szene machen, zog die Sachen an und stellte sich vor den Spiegel. Während der Schneider mit Maßband und Stecknadeln hantierte und hier und dort am Stoff zupfte, schob Keyserlings Erinnerung das Bild seines Vaters über sein eigenes. Die Züge regelmäßig und klar, die Haare etwas brünetter, aber an den Schläfen genauso gelockt. Die Lippen unter dem Schnurrbart so rot wie seine eigenen. Die Augen gleichfalls blau, jedoch nicht vorstehend. Zwischen den Augenbrauen drei Falten, wie mit dem Federmesser eingeritzt. Bei ihm war es nur eine. Und auf den Wangen seines Vaters hatte es keine Flecken gegeben. Er zog, genau wie sein Vater es getan hätte, die Augenbrauen hoch,

ein Zeichen der Verachtung oder jedenfalls der Distan-
zierung.

»Sitzt perfekt«, sagte der Schneider, trat drei Schritte
zurück und taxierte Keyserling mit schief gelegtem Kopf.
»Dem Herrn Grafen wie auf den Leib geschneidert. Und
erst die Qualität! Dergleichen findet man heute ja gar
nicht mehr.«

Keyserling schaute immer noch in den Spiegel, schüttelte den Kopf, langsam erst, dann heftiger, begann zu kichern und lachte schließlich so laut, dass sein ganzer Körper sich schüttelte. »Unmöglich«, japste er, nach Atem
ringend, »unmöglich ---«

Seine Mutter, die den Lachkrampf gehört haben musste,
kam ins Zimmer, musterte ihn, nickte zufrieden und sagte:
»Tadellos.«

Otto und Claudia reisten ab. Letzte Blätter fielen auf die
fröstelnden Böden, und die Bäume reckten ihre nackten
Arme zum Himmel. Als hätte die Natur sich erkältet, san-
ken Nebel schon nachmittags auf die Wiesen. Im Schloss
wurde geniest und gehustet. Aus der Küche dufteten die
seit Generationen bewährten Hausmittel – Lindenblüten-
tee, Eiergrog und Hühnersuppe.

Der Verwalter absolvierte mit Keyserling einen Inspek-
tionsrundgang über den Gutshof und durch die Stallungen.
Mit seinen Gummistiefeln stapfte Mathys Meyer schwer
und breitbeinig durch Pfützen, Gänsekot und Pferdemist,
während Keyserling in einem Zickzackkurs solchen Wid-
rigkeiten auswich. Das Dienstmädchen, das einigen Ehrgeiz aufgebracht hatte, seine alten Reitstiefel auf Hoch-
glanz zu wienern, konnte er unmöglich enttäuschen.

Während sie an den Schweine- und Geflügelställen ent-
langgingen, sprach Meyer auch von den Feldern, die man

in den kommenden Tagen mit der Kutsche abfahren wollte, und wies mit ausgestrecktem Arm auf eine Ackerfläche, die zwischen den Gebäuden sichtbar wurde. »Dem da haben wir Kali zu fressen gegeben«, sagte er schmunzelnd.

Keyserling sah Meyer hilflos an, hüstelte. »Wie meinen?«

»Der Acker ist mit Kali gedüngt worden«, sagte Meyer nachsichtig, als spräche ein Lehrer zu einem begriffsstutzigen Kind. »Kali ist ein Salz, ein Mineralstoff. Bei Pflanzen verstärkt es die Stoffwechselprozesse und –––«

»Interessant«, sagte Keyserling hastig, »hochinteressant.«

Der Kuhstall war vom warmen Dunst der Tiere erfüllt. Die mächtigen Mäuler kauten und schmatzten. Neben den Kühen hockten die Mägde, griffen mit ihren breiten Händen in die angeschwollenen Euter, und die Milch rann in die Eimer.

»Das sind so Herrschaften«, sagte Meyer grinsend, »fressen und sich bedienen lassen.«

Keyserling stutzte. Das war ja nun, genau genommen, eine ziemlich ungebührliche, wenn nicht gar umstürzlerische Bemerkung! Seine Eltern hätten einem Domestiken dergleichen niemals durchgehen lassen, aber er fand es treffend und amüsant. Man bekam ja fast Lust, auch so gleichmütig herumzustehen, bedient zu werden, aus großen Augen in die Welt zu glotzen und dabei still vor sich hin zu kauen. *Rien faire comme une bête,* auf einer Sommerwiese liegen und friedlich in den Himmel schauen, sein, sonst nichts, ohne alle Bestimmung, ohne Pflicht und ohne Ehrgeiz. Er würde es sich nachher notieren.

Als die Mägde mit den vollen, dampfenden Milcheimern in der Hand aus dem Stall trotteten, bemerkte Meyer: »Auch so eine Rasse. Aber faul sind die Luders, deshalb werden sie dick.« Ob er die Kühe oder die Mägde meinte, blieb unklar.

Keyserling lachte, klopfte Meyer anerkennend auf die Schulter. Der Mann hatte Humor. Auch das würde er sich notieren, um es irgendwann einer Geschichte oder einem Stück einzuverleiben, literarisch wiederzukäuen.

Seit dem Moment, da er sich in Breeches und Tweed seines Vaters im Spiegel gesehen hatte und von einem schmerzhaften Lachanfall geschüttelt worden war, wusste Keyserling, dass er nie ein Gutsherr, sondern nur ein Gutsherrendarsteller sein würde, ein adliger Schauspieler. Mathys Meyer wusste es auch, und Keyserling wusste, dass der Verwalter es wusste. Alle, sogar seine Mutter, wussten es. Aber weil der Betrieb unter Meyers routinierter Führung seinen gewohnten Gang nahm und weil Keyserling höflich war und die Leute gerecht und großzügig behandelte, störte sich niemand an dieser Posse. Das war auch deshalb nicht weiter verwunderlich, weil bereits sein Bruder Otto mehr Wert auf gepflegten Müßiggang bei geistigen Getränken denn auf Kalidünger und Frischmilch gelegt und die Tradition durch mondäne Prätention verdünnt hatte. Seine Ehe war kinderlos. Kein Wunder, dass die anämische Claudia ein Fall fürs Sanatorium war.

Eduard Ernst Hermann, der alte Graf, war noch vom echten Schrot und Korn gewesen, ein guter Landwirt, der zupacken konnte, ein passionierter Jäger und exzellenter Reiter, zudem lendenstark, wie elf eheliche Kinder bewiesen. Und auch im Dorf gab es das eine oder andere Gesicht, in dem sich bei genauerem Hinsehen Keyserling'sche Züge erkennen ließen. Aber der Alte ruhte nun schon seit fünfzehn Jahren im Schatten eines Birnbaums unter einem Granitstein mit dem Familienwappen.

13

Der Dezember brachte starken Frost. Das Land war wie von Glas umsponnen, und die Bäume bogen sich unter der Kristalllast. Manche brachen. Der Gärtner band Seile an die Obstbäume, ließ sie von den Dorfkindern schütteln, sodass es klirrend von den Zweigen hagelte. Im Januar kam der Schnee, fußhoch, kniehoch, und wo er verwehte, reichte er bis über die Dachtraufen. Schloss und Gutsgebäude lagen im Winterschlaf. Die Räume erschienen größer im kalten Licht. Die Mägde und Hausknechte stampften sich auf den Fliesen den Schnee von den Schuhen und verfütterten ganze Wälder in die nimmersatten, glühenden Schlünde der Kachelöfen.

Die langen, tiefen Winter mochte Keyserling gern, weil in der nach innen gekehrten familiären Häuslichkeit dieser Jahreszeit seine Liebe zur Literatur geweckt worden war. Wenn damals die alte Kathrina beim Schein einer Öllampe Strümpfe stopfte oder Wolle rupfte, erzählte sie baltische Märchen von Feen und Baumgeistern, Nixen und Kobolden. Und Keyserlings Schwestern Henriette, die fünfzehn Jahre älter als er war, und Elise, zwölf Jahre älter, dachten sich für ihr Puppentheater kleine Stücke aus, die sie dann vor den jüngeren Geschwistern und Kindern aus der Nachbarschaft und Verwandtschaft aufführten. Manchmal waren diese Stücke burleskes Kasperletheater, und manchmal waren sie leise und gingen zu Herzen. Keyserlings erklärtes Lieblingsstück war *Die Schöne und das Biest,* und er stellte sich natürlich vor, je-

ner Prinz zu sein, dessen abstoßende Hülle von ihm abfallen würde, wenn nur die Richtige käme und ihn durch
Tränen und Küsse erlöste. Die Märchen, Geschichten und
Puppenspiele regten ihn an, selber allerlei Fantasiegestal-
ten und Windbeuteleien zu erfinden, die zumeist recht
konturlos in der Luft hingen, aber manchmal auch von
Henriette und Elise aufgegriffen und in lustige Szenen
und Miniaturdramen verwandelt wurden.

Wenn Keyserling jetzt an diese Zeit zurückdachte, begriff er, dass sich in seinen kindlichen Fantasien bereits
die Anmaßung geregt hatte, mit der Schriftsteller unwahr-
scheinliche Dinge behaupten und vom Publikum fordern,
für bare Münze zu nehmen, was doch eigentlich nur das
Falschgeld der Erfindung ist.

Als Schüler begann er, Gedichte zu schreiben, romantische Naturlyrik zuerst, bald jedoch auch feuerköpfig-
schwärmerische Liebeslyrik, mit der er die Mädchen, in
die er sich verliebte, für sich einzunehmen hoffte, was
kaum je gelang. Während des Studiums in Dorpat verfasste er humoristisch-derbe Balladen für die Bierzei-
tungen seiner Studentenverbindung, und in seinen Wiener Jahren versuchte er sich journalistisch mit Glossen,
Kritiken und Feuilletons für verschiedene Zeitungen.
Er schrieb auch weiterhin Gedichte, die er seinen Lieb-
schaften zueignete und schenkte. Inzwischen besaß er
selbst kein einziges Exemplar dieses Privatdrucks mehr.
Er fühlte sich auch gar nicht als Lyriker, sondern wollte
Dramen und Romane schreiben, und so verfasste er dann
Fräulein Rosa Herz. Hätte er seinen Schwestern das Manuskript vorgelegt, hätten sie ihm, davon war er über-
zeugt, zumindest den verhängnisvollen Titel ausgeredet.
Ja, hätte, hätte – – –

Aus Schaden klug geworden, gab Keyserling nun die

Fragmente des Romans, den er in Wien begonnen hatte und mit dem er dann nicht recht weitergekommen war, seinen Schwestern zu lesen. Sie fragten sich natürlich, was von dieser Geschichte ihr Bruder wohl selbst erlebt haben mochte. Politischer Journalismus? Sozialreformerische Aktivitäten gar? Das sah dem Edchen gar nicht ähnlich. Hoffentlich war das nur Dichtung und nicht die Wahrheit. Und diese Tini? Hatte es die wirklich gegeben? So eine Affäre hätte man dem Edchen schon eher zutrauen können als revolutionäre Umtriebe. Gut, der Held hieß nicht Eduard von Keyserling, sondern Lothar von Brückmann, aber noch so einen Skandal, wie *Fräulein Rosa Herz* ihnen eingebrockt hatte, konnte sich die Familie auf keinen Fall leisten. Das leuchtete Keyserling ein.

Henriette und Elise unterbreiteten ihm Änderungsvorschläge, die er billigte. Einige Szenen schrieben sie um, andere fügten sie hinzu. Sie hatten Sinn für Nuancen und Details, hatten auch Stilgefühl. Manche karge Skizze füllten sie mit Leben. Wo er etwa knapp notiert hatte: »Dem Hof gegenüber gab es ein Café. Geräusch von Billardkugeln«, hieß es bei ihnen nun: »Unten lag der Hof voll Morgenlicht; gegenüber ein Café, aus dem das Klappern der Billardkugeln herübertönte.« Als sie Szenen entschärfen wollten, in denen ihrer Ansicht nach die Erotik und gewisse geschlechtliche Handlungen mit Tini allzu drastisch und explizit dargestellt waren, leistete er anfangs Widerstand, ließ sie dann aber gewähren.

Allerdings rief das Überdenken solcher Stellen Erinnerungen an die realen Erfahrungen wach, die, bewusst oder unbewusst, in den Roman eingeflossen waren: die unvermeidlichen, ebenso schönen wie beunruhigenden Erinnerungen an Ada in Dorpat. Ans schwarze Haar der Vroni in Wien. An Antonie aus der Singspielhalle, die ihre blonden

Zöpfe löste und ihm im Schminkspiegel einen schmachtenden Blick zuwarf. Die blonden Zöpfe, die grünen Augen? Das war doch noch gar nicht so lange her. Natürlich, die Waldschänke! Wie hieß sie doch noch gleich? Sintija, ja, ja doch – – –

Mahling kutschierte ihn im Schlitten zur Bahnstation, wo er den Zug nach Riga nahm. Dort diagnostizierte der Geheime Medizinalrat Professor Doktor Julius von Bützow, dass Keyserlings Krankheit ins Stadium einer sogenannten Latenzzeit übergegangen sei, ein Stillstand, der prinzipiell erfreulich sei, sich gleichwohl auch als trügerisch entpuppen könne.

»Die Erreger sind immer noch da«, sagte der Professor und klappte den Stirnspiegel wieder hoch, »liegen allerdings in einer Art Winterschlaf. Die Krankheit kann, muss aber nicht, nach Jahren, manchmal gar Jahrzehnten wieder ausbrechen. Sie bleiben allerdings ansteckend, Herr Graf. Vorsicht ist also geboten.«

Der Arzt zog eine Schublade auf und gab Keyserling eine blaue Pappschachtel mit dem Aufdruck *Le Parisien*. »Die empfehle ich Ihnen. Tragen sich durchaus angenehm.«

Mahling erwartete Keyserling pünktlich am üblichen Platz. Der Schimmel zog an und trabte kraftvoll durch eine gut ausgefahrene Schlittenspur, die Schellen klingelten lustig. Es dämmerte, aber Kutscher und Pferd kannten den Weg im Schlaf, und ein heller Vollmond ließ den Schnee bläulich flimmern. Im Dorf schlugen Hunde an, nicht scharf, sondern klagend, als hätten Schnee und Mondlicht sie sentimental gestimmt. Aus den Fenstern der abendlichen Häuser fielen Lichtbahnen in die dunkle Kälte. Der alte Kiefernbestand bildete eine vornehme weiße Säulenhalle. Dann säumte eine Wand niedriger

Tannen den Weg und streifte mit eisigen Händen die Gesichter der Fahrenden.

Unter der Laterne zur Waldschänke stand Sintija. Sie hatte eine Fuchsfellmütze über die Ohren gezogen. Auf Gesicht, Haar und Wimpern glitzerten Schneekristalle. Sie lachte Keyserling mit blitzenden Zähnen entgegen, wünschte einen guten Abend.

»Hast du – – –, hast du etwa auf mich gewartet?«, fragte er.

Sie lachte. »Nein, das nicht. Oder doch. Ich dachte, der Herr Graf wird schon irgendwann kommen.«

»Wer hat dir das denn gesagt?«

»Das Tarot. Der Bube mit dem Schwert kam über die Dame der Kelche und stach.«

Keyserling zog die Augenbrauen hoch. »Ach so?«

»Wenn der Herr Graf Rast machen möchte, wir können heißen Tee bieten, Glühwein, Grog – – –«

Keyserling winkte ab. »Heute nicht. Es ist spät.«

Mahling strich mit der Peitsche sanft über den Pferderücken. Der Schimmel zog an.

»Wann denn?«

»Morgen vielleicht«, sagte er, »oder übermorgen.«

Die Schellen klingelten spöttisch. Hinter den Baumstämmen lag das Schloss wie hinter einem dichten weißen Gitter.

Er war kein geübter Kutscher, aber weil der Schimmel gutmütig war, kam Keyserling am nächsten Abend auch ohne Mahling zur Waldschänke. Sintijas Eltern schliefen bereits, oder wenn nicht, taten sie so. Das kleine Hinterzimmer des Krugs duftete nach Tannennadeln, die über die ungehobelten Dielen gestreut worden waren. Im Ofen glomm ein Feuer. Mit vor Erregung trockenem Mund wünschte er Sintija einen guten Abend, wusste sonst aber nichts zu sagen. Warum er gekommen war, benötigte keine Erklärung. Er setzte sich auf das niedrige Bett, rieb die Hände vor dem Feuer. Sintija ging auf und ab, tauchte unter in den schwarzen Schatten der Zimmerecken, trat wieder in den Feuerschein, leuchtend in ihrem roten Rock, dem rötlich schimmernden Blond ihres Zopfes, der rosa Süße der Haut. Sie setzte sich neben ihn, sah ihn an, seufzte so tief, dass die rauen Spitzen der Brüste sich unter der Bluse abzeichneten. Er nahm ihren Kopf in beide Hände, küsste sie auf den Mund. Dann zog er die blaue Pappschachtel aus der Tasche und entkleidete sich. Sintija erwies sich als unbekümmert, aber keineswegs unerfahren.

Bei seinen nächsten Besuchen forderte er sie auf, Dinge zu tun, die Vroni und Antonie mit ihm getan hatten – alles das, was Henriette und Elise aus der Dichtung seines Manuskripts entfernt hatten, fand er nun in der Wahrheit von Sintijas Armen wieder. Manchmal brachte er ihr kleine Präsente mit, ein Halsband aus Samt, ein Porzellantässchen oder einen versilberten Zuckerlöffel. Manchmal bat sie ihn um Geld. Dann gab er ihr ein paar Kopeken, die sie in eine silberne Dose legte und unter Socken und Hemden in einer Schublade versteckte.

Als sie einmal das Zimmer verließ und die Dose auf der Kommode vergaß, nahm er sie neugierig in die Hand und zuckte zusammen. Es war eine Zigarettendose mit dem eingravierten Wappen der Keyserlings – zwei Löwen halten ein Schild mit einer Palme –, darunter ein Monogramm: *ONHvK*. Das Monogramm seines Bruders Otto: Otto Nikolaus Heinrich von Keyserling, der mit seiner bleichen anämischen Frau in die höheren Sphären alpiner Bergwelten entschwebt war. Er legte die Dose zurück und wunderte sich ein wenig, dass er weder beleidigt noch em-

pört war, sondern amüsiert. Es gibt also doch noch Fami-
lientraditionen, dachte er lächelnd und küsste Sintija auf
den Hals.

Vor dem Fenster seufzten die Bäume im Tauwind, der
den Frühling mitbrachte.

14

Als Statthalter seines Bruders und Gutsherrendarsteller blieb er vier Jahre auf Schloss Tels-Paddern und erlebte so viermal die vier Jahreszeiten in Kurland. Der Frühling funkelte in den Kelchen der Blumen, im Lächeln der Frauen, im Ruf der aus Afrika zurückkehrenden Zugvögel. Die Natur war bester Laune. Wiesen und Felder schwankten beschwipst im Licht der länger werdenden Tage. Den glühenden Sommertagen, an denen das Heu eingebracht wurde und die Atmosphäre mit blauem Feldblumenduft schwanger ging, folgten die weißen Nächte mit Sommergästen und Abendgesellschaften im Park, der von bunten Lampions illuminiert war.

Da wurde dann im Klatsch und Tratsch viel leeres Stroh gedroschen. Die Damen erzählten aus der näheren und weiterer Nachbarschaft, die östlich bis Riga und westlich bis an die Ostsee reichte, von zweifelhaften Ehen und guten Partien, von unbotmäßigen Dienstboten, gütigen Gouvernanten und versnobten englischen Nannys. Bei den Herren roch es nach Sherry und guten Zigarren, und die Gespräche drehten sich um Gründüngung und Spielschulden, Holzeinschläge und, im gedämpfteren Ton, Adressen von gewissen Damen und sogenannten Sängerinnen.

Einmal mokierte sich der Baron von Alvensleben über gewisse Leute, die ihre Güter auf Kosten hübsch anzusehender Dummheiten vernachlässigten. Namen nannte er zwar nicht, doch überkam Keyserling das unabweisliche Gefühl, mit den hübschen Dummheiten könnte Sintija gemeint sein, wenn nicht gar Ada von Cray. Überhaupt war er sich unsicher, ob hinter der konventionellen, steifen Höflichkeit, mit der man ihm begegnete, nicht immer noch eine düstere Verachtung wegen des Dorpater Skandals lauerte. Und ob Adas Rolle in der Affäre durchgesickert war, und sei es nur als Gerücht, wusste er auch nicht. Im Grunde hatte er selbst nicht durchschaut, welche Rolle Ada damals gespielt hatte.

Er bemühte sich, den Kontakt zu seinem Cousin Otto von Löwenstern wieder aufzunehmen, mit dem er während des Studiums durch dick und dünn gegangen war. Keyserling schrieb ihm einen Brief, in dem er Otto und seine goldige Rosa, inzwischen fünffache Mutter, zu einem Jagdwochenende nach Tels-Paddern einlud. Löwenstern antwortete mit einem schroffen Schreiben, aus dem hervorging, dass er Keyserlings ehrloses Verhalten in der Dorpater Affäre habe verstehen und akzeptieren können, wenn auch nur zähneknirschend, dass jedoch durch die Publikation jenes, wie Löwenstern wörtlich schrieb, »unsäglich ehrabschneidenden Pamphlets namens ›Rosa Herz‹« Keyserling bei ihm, wiederum wörtlich, »jeden Kredit verspielt« habe.

Unklar blieb jedenfalls, ob ihn die besseren und besten Gesellschaftskreise tatsächlich lebenslänglich verstoßen hatten oder ob *er* in der Befürchtung befangen war, auf ewig verfemt zu sein. Eine standesgemäße Ehe hätte ihn vielleicht aus diesem Zwielicht befreien können, und die Vergangenheit hätte sich dann womöglich vom Skandalösen zu einem galant-pittoresken Kavaliersdelikt umdeuten lassen. Doch die sich durchaus bietenden Möglichkeiten schlug er beherzt aus. Weder die gewichtige Komtesse von Poserstein, deren Mitgift angeblich so stattlich wie ihr Busen war, noch die verwitwete, passabel erhaltene Baronin von Burdewicy und auch nicht die kecke Kristina, Tochter des Superintendenten Professor Doktor Dreyziger, mit denen seine Mutter ihn mehr oder minder unverblümt zu verkuppeln trachtete, stießen bei ihm auf Gegenliebe.

Er wollte sein Leben nicht damit hinbringen, so zu tun, als seien das Wohl von Schloss und Gut Tels-Paddern seine Herzensangelegenheit – samt Klapperstorch auf dem Dach für die nächste Generation. Je länger er seinen Bruder vertrat, desto klarer wurde ihm, dass er nicht schon frühmorgens, die Schläfen und Augen reibend, irgendein Kornfeld inspizieren oder einen Kuhstall kontrollieren, nicht die Preise für Ölkuchen und Sackleinen vergleichen, keine Haushaltsbücher und Lohnlisten führen und keine landwirtschaftlichen Reformen einführen wollte, sondern dass er überhaupt keine Aufgabe erfüllen wollte, die in seinen Kreisen als nützlich galt.

Was also wollte er? Er wollte spät aufstehen, in Cafés frühstücken, durch belebte Straßen flanieren, mit Künstlern und Literaten verkehren, flirten, gelegentlich eine Partie Préférence oder eine Runde Roulette spielen, auf Reisen gehen. Und vor allem wollte er schreiben. Dafür brauchte er keine Ehe, schon gar nicht eine mit einer baltischen Adligen. Die gelegentlichen Besuche bei Sintija waren ihm Ehe genug.

Und weil es so war, wie es nun einmal war, nahm er mit stillem Amüsement hin, dass immer wieder allerlei Zweideutigkeiten in seine Richtung zwinkerten.

»Ich habe mich mein Leben lang bemüht, den Adel hochzuhalten«, sagte beispielsweise einmal seine Mutter zum Ritter von Schlochthin, als das Gespräch auf leichtsinnige Geschäfte kam. »Strengste Auslese ohne Gefühlsduselei. Nur so, mein lieber Schlochthin, können wir in diesen schweren demokratischen Zeiten den Adel hochhalten. Das war jedenfalls die Haltung meines Gatten. Gott hab' ihn selig. Leichtsinn? Ich weiß überhaupt gar nicht, wie solcher Leichtsinn in die Familie kommt.«

Sah sie ihren Sohn dabei an? Sah Schlochthin ihn an? Welchen Leichtsinn meinte sie überhaupt? Den Leichtsinn der Literatur? Oder den Umgang mit schlecht beleumundeten Frauenzimmern? Beides?

»Vererbung, möchte man meinen«, versetzte Schlochthin trocken und trank seine Champagnerschale leer. »Kein Wunder bei den vielen Ahnen. Die Keyserlings sind doch uralt, verehrte Gräfin. Sie haben schon die Kreuzzüge mitgemacht.«

»Ganz recht«, sagte Keyserling. »Daher stammt ja auch die Palme in unserem Wappen.« Er lächelte und dachte an die Dose seines Bruders in Sintijas Schublade, apropos Leichtsinn ---

»Dort in Palästina«, mutmaßte Schlochthin, »muss das Leben recht wild gewesen sein, da ging wohl so allerlei drunter und drüber. Diese ganzen Kreuzzüge waren ja eigentlich ein einziger Leichtsinn. Und so etwas vererbt sich dann eben.«

»Na, ich weiß nicht recht, mein Lieber«, sagte die Gräfin leicht pikiert und machte mit der Hand eine Bewegung, als verscheuchte sie eine Mücke, »auf Vererbung berufen sich zumeist solche Leute, die schlecht erzogen sind. Ich habe mich bemüht, meinen Kindern die Vererbung abzuerziehen.«

»Sehr verdienstvoll«, beeilte sich Schlochthin zu erwidern und hielt dem Diener seine leere Champagnerschale entgegen.

Wenn die Felder gemäht und die Ernten eingebracht waren, der Blumenschmuck in den Gärten verdrießlich auszusehen begann, scharfer Modergeruch faulenden Laubs und der süßliche Dunst verwesenden Fallobstes in der Luft hingen, die Dorfleute Kartoffelfeuer abbrannten, die Kühe von den Weiden in die Ställe getrieben wurden und die Mägde erste Körbe mit Brennholz ins Schloss schleppten, ging Keyserling auf Reisen. Im Herbst 1890 war er auf Tels-Paddern eingetroffen, im nächsten Herbst besuchte er Paris, im übernächsten Genf, im folgenden Berlin, Prag und München.

Im Sommer 1894 starb die Gräfin. Unter hellem Sonnenschein trugen die Waldhüter von Tels-Paddern den Sarg zum kleinen Friedhof. Die Trauergemeinde folgte, schweigend und schwarz gekleidet, und als der Sarg in die Grube gelassen wurde, schienen sich sogar die Kastanien und Lindenbäume zu verneigen, als wären sie fromm oder jedenfalls sentimental. Die Bauern und Landarbeiterfamilien versammelten sich am Friedhofstor, sehr bunt in ihren Sonntagskleidern vor dem Himmelsblau und dem satten Grün der Bäume. Die Natur sah aus wie ein Zimmer, das für einen Festtag geschmückt worden war.

Der Pastor griff tief in den Schatz altbewährter Worte, den die Kirche im Lauf der Jahrhunderte angehäuft hatte, und stimmte dann mit kräftigem Bariton »Jesus, meine Zuversicht« an. Die Trauergemeinde fiel mehr oder minder text- und melodiesicher ein, und die Bauern und Büdner bemühten sich, Trauergesichter zu machen.

Für die nahezu komplett erschienene, weitläufige Verwandtschaft fand der Leichenschmaus im Schloss statt. Otto von Keyserling war ohne seine Frau Claudia angereist. Die offizielle Erklärung lautete, dass Claudias angegriffene Gesundheit den Reisestrapazen nicht gewachsen sei. Die inoffizielle, schon seit längerer Zeit vom Familienklatsch gepflegte Version munkelte jedoch etwas von heiklen Eheverhältnissen, deren Schieflage durch Ottos Hang zu geselligen Abenden in anrüchigen Etablissements verursacht worden sei, was Claudia ihrerseits dazu bewogen habe, dem Werben eines schneidigen badischen Oberleutnants nachzugeben. Jedenfalls erklärte Otto, auf Tels-Paddern bleiben und seine Stellung als Gutsherr nicht mehr nur *de iure,* sondern nunmehr auch *de facto* ausüben zu wollen.

Keyserling fiel die Last vom Herzen wie eine Fuhre Hafersäcke. Die Posse, in der er ebenso gutmütig wie lustlos den Gutsherrn gespielt hatte, kam zum Schluss. Endlich musste er nicht mehr den Nützlichen mimen, musste nicht mehr so tun, als wartete er jederzeit auf einen Befehl zur Übernahme von noch weit nützlicheren Aufgaben. Seine wahre Aufgabe begann jetzt erst. Ein freies Leben als Schriftsteller, ein Leben befreit von der Fron, nützlich zu sein, ein Leben nicht nach den Wünschen und Normen seiner Klasse, sondern nach den Regeln der Kunst, die gerade darin bestanden, dass man gegen sie verstieß.

Auf seinen herbstlichen Reisen hatte ihm das bohemistische Treiben in Schwabing besonders gut gefallen. Die Münchner Mischung aus mondäner Residenz und dörflicher Gemütlichkeit, aus Eleganz und Volkstümlichkeit, aus bürgerlicher Redlichkeit und Schlawinertum, die Architektur der Stadt und die Freundlichkeit ihrer Parks – all das stieß in seinem Naturell auf Resonanz. Dort Wohnsitz zu nehmen, zuerst einmal probeweise, kam ihm angemessen vor.

Die poetisch gestimmten Schwestern Henriette und Elise beschlossen ebenfalls, Kurland hinter sich zu lassen und ihrem Edchen zu folgen. Irgendjemand musste sich schließlich um ihn kümmern – um ihn und übrigens auch um seine Manuskripte, die sich in den vergangenen vier Jahren, von den unverheirateten Schwestern liebevoll bemuttert, kräftig vermehrt hatten.

Der Abschied fiel Keyserling leicht. Bei seinem letzten Besuch in der Waldschänke tröstete er die schluchzende Sintija mit der Ankündigung, dass Otto seine Nachfolge antreten werde, nicht nur auf Schloss Tels-Paddern, sondern gewiss auch in der Waldschänke.

»Du kennst meinen Bruder ja schon sehr gut«, sagte er lächelnd und drückte ihr ein großzügiges Geldgeschenk in die Hand.

Sie hörte zu schluchzen auf und legte die Münzen in die Zigarettendose mit Ottos Monogramm.

15

Corinth arbeitet zügig, bringt mit berserkerhafter Entschlossenheit die Farbe ohne Vorzeichnung auf die Leinwand. Nach drei weiteren Sitzungen ist sein Kittel so bunt wie seine Palette und das Bild so weit gediehen, dass nur noch diverse Details auszuarbeiten sind. Keyserling muss nun nicht mehr Modell sitzen, aber zeigen will Corinth die Arbeit immer noch nicht, sondern verhüllt sie weiterhin schamhaft mit dem Tuch, das er als Lendenschurz bezeichnet. »Ungelegte Eier kann man nicht vorzeigen«, befindet er. »Ihr würdet ja auch nichts vorlesen, mit dem ihr noch nicht fertig seid.«

»Aber warum denn nicht?«, sagt Halbe. »Ich habe endlich den einzig möglichen Titel für mein neues Stück gefunden. Es wird ›Rosenhagen‹ heißen, schlicht und ergreifend ›Rosenhagen‹.«

Corinth wirft Keyserling ein verstohlenes Grinsen zu, Keyserling zwinkert konspirativ mit dem linken Auge.

»Großartige Idee«, sagt er trocken.

Halbe steht vom Gartentisch auf. »Ich hole nur schnell das Manuskript.«

»Ach, Mäxchen, mach dir doch nicht die Mühe«, sagt Keyserling, »Vielleicht lieber ––– «

Lieber ein anderes Mal, will er sagen, wird aber im Satz unterbrochen, weil in diesem Moment Herr Dimpfelmoser, der Landbriefträger der Königlich Bayerischen Post, in seinem schmucken blauen Dienstrock wie das sprichwörtliche Schicksal durch die knarrende Gartenpforte tritt. Er schmettert ein energisches »Grüß Gott, die Herrschaften!«, schwenkt einen Brief, schlägt vor Halbe die Hacken zusammen, deutet ein Kopfnicken an und übergibt ihm den Brief. »Für den Herrn Doktor Halbe.«

»Danke, mein lieber Dimpfelmoser.« Halbe sucht in der Hosentasche nach Pfennigen.

»Vom Herrn Wedekind«, sagt der Postbote bedeutungsvoll, als könnte der Absender das Trinkgeld erhöhen.

»Und was steht drin?«, fragt Keyserling, ohne mit der Wimper zu zucken, und Corinth beißt sich auf die Unterlippe.

Für derlei Ironie ist ein bayerischer Beamter allerdings nicht zuständig. Er dankt Halbe mit einem tiefen Diener für die Fünf-Pfennig-Münze und verlässt mit einem kernigen »Servus, die Herren!« den Garten.

Halbe drückt sich den Kneifer auf die Nase, öffnet den Brief, liest mit hochgezogenen Augenbrauen. »Donnerwetter«, sagt er dann.

»Was ist passiert?«, fragt Keyserling.

»Unser lieber Frank«, erklärt Halbe schmunzelnd, »der ärmste unter uns armen Poeten – – –«

»Der ärmste? Dass ich nicht lache«, unterbricht ihn Corinth. »Er hat doch eine Riesenerbschaft gemacht.«

»Das viele Geld seines Vaters hat er längst ausgegeben, für Schampus und Weiber«, sagt Halbe.

»Und den Rest«, ergänzt Keyserling, »hat der Herr Wedekind stilvoll verprasst.«

»Jedenfalls hat unser lieber Frank nun geruht, zur Sommerfrische nicht in unserer kargen Hütte, sondern in Feldafing im Hotel Strauch Logis zu nehmen. Hier«, Halbe hält den Brief hoch, »geschrieben auf Briefpapier des vornehmen Hauses.«

»Das kann er sich doch gar nicht leisten«, meint Corinth.

»Mir hat er erzählt, dass im Herbst im Berliner Residenztheater ein neues Stück von ihm rauskommen soll. Vielleicht hat er dafür Vorschuss kassiert«, vermutet Keyserling.

»Bei Frank hält Vorschuss nie lange vor«, sagt Halbe und steht auf. Er geht ins Haus, kommt mit einem Büchlein zurück, schlägt es auf und rückt sich den Kneifer zurecht.

Keyserling zieht misstrauisch die Augenbrauen hoch, Corinth legt die Stirn in Falten.

»Das ist nicht von mir«, sagt Halbe jedoch zur großen Erleichterung seiner Freunde, »sondern die Chronik des Feldafinger Oberlehrers Kistler. Er berichtet von den vielen gekrönten Häuptern aus aller Welt, die im Hotel Strauch abgestiegen sind. Kaiserin Elisabeth von Österreich verbrachte hier sogar vierundzwanzig Sommer. Es muss jedes Mal ein großes Ereignis gewesen sein, wenn der Sonderzug mit der Kaiserin eintraf. Mit fünfzig Mann Gefolge, zwanzig Pferden und einigen Karossen wurde das gesamte Hotel belegt. Zur Huldigung Ihrer Majestät nahmen am Eingang der Pfarrer und der Lehrer mitsamt der Schuljugend Aufstellung und sangen Volkslieder. Mädchen, weiß gekleidet und mit Blumensträußen versehen, machten eingeübte Knickse und erhielten Geschenke, Broschen, Pralinen, auch Bilder der Kaiserin. Später erschien sie noch auf dem Balkon und warf Bonbonniers unters Volk.«

»Weiß gekleidete Mädchen wird Frank gewiss gern sehen«, sagt Keyserling. »Aber was will er unters Volk werfen? Seine Manuskripte?«

»Der Hotelier Strauch soll inzwischen am Wiener Hof um Erlaubnis gebeten haben, sein Haus Hotel Kaiserin Elisabeth nennen zu dürfen«, sagt Halbe.

Keyserling schmunzelt. »Das wird er sich vielleicht noch

anders überlegen, wenn er erst einmal unseren Frank beherbergt hat. Hotel Frank Wedekind. Klingt doch gut.«

»Aber nur in seinen eigenen Ohren«, meint Corinth. »Was schreibt er denn sonst noch?«

Halbe nimmt wieder den Brief zur Hand. »Dass wir ihn dort mal besuchen sollen. Zum Aperitif.«

Corinth winkt ab. »Wenn unsereiner Aperitif trinkt, frühstückt Frank doch erst.«

Louise und Charlotte, die in der Küche das Abendessen vorbereitet haben, kommen mit Tabletts aus dem Haus, um den Tisch zu decken. Louise schaut in die Gesichter der feixenden Männerrunde. »Na, bei den Herren geht's ja lustig zu. Hat nicht einer von euch eben das Wort Aperitif benutzt? Da kommen wir ja im richtigen Moment.« Sie stellt eine Flasche Sherry auf den Tisch, verteilt Gläser.

Halbe schenkt ein. Sie stoßen an, immer noch grinsend und lachend. »Wenn das große Genie Wedekind unsere Gesellschaft wünscht, soll er gefälligst *uns* besuchen.«

»Ganz recht«, befindet Corinth. »Seit wann käme denn auch der Knochen zum Hund?«

»Ich werde vielleicht trotzdem mal vorbeischauen«, sagt Keyserling.

Halbe wundert sich. »Hat Wedekind dir nicht neulich die Freundschaft aufgekündigt?«

»Allerdings«, sagt Keyserling, »aber das dürfte er beim nächsten Aperitif schon wieder vergessen haben. Und wenn ich dem Lovischen jetzt nicht mehr Modell sitzen muss, kann ich mich ja mal wieder mit dem Herrn Wedekind beim Digestif zusammensetzen. Außerdem habe ich gehört, dass man im Hotel Strauch gelegentlich Preferanzen zu legen pflegt.«

»Preferanzen?« Louise sieht Keyserling fragend an. »Das ist doch hoffentlich nichts Unanständiges?«

»Nun ja, wie man's nimmt. Préférence ist ein Karten-spiel. In Wien sagt man Preferanzen dazu. Habe ich frü-her gern gespielt, vielleicht sogar etwas zu gern. Aber manchmal juckt's mich noch in den Fingern. Dies Krib-beln, wenn man schon vorm Aufnehmen der Karten weiß, ob sie gut oder schlecht sind. Dieser Wunsch, dem Zu-fall und der Willkür des Lebens eine lange Nase zu dre-hen. Die anstrengungslose Rendite eines Gewinns. Aber am Ende betreibt man auch solche Partien, wie alles, was man treibt, ohne Sinn und Verstand. Und darum verliert man alles wieder.«

»Na, na, Edchen«, sagt Corinth besänftigend, »nun werd mal nicht gleich philosophisch.«

Keyserling lächelt vor sich hin, als erinnerte er sich ans vergangene Glück eines Gewinns. Oder einer Liebe. »Ich halte das eher für realistisch.«

»Ich finde das poetisch«, sagt Charlotte und berührt ganz sanft Keyserlings Unterarm.

»Sehr wahr, sehr wahr«, sagt Corinth. »Man treibt ja auch die Kunst ohne Sinn und Verstand.«

»Sei dem nun, wie dem wolle.« Halbe hebt sein Glas. »Trinken wir auf die Kunst.«

»Und auf das Glück«, sagt Corinth.

»Auf Louise und Charlotte«, sagt Keyserling und deutet in Richtung der Damen eine Verbeugung an.

Im Abendlicht funkelt der Sherry wie Bernstein, den er als Kind am Ostseestrand gesammelt hat. In der hohen Buchsbaumhecke singt eine Nachtigall, und der Duft von Kletterrosen schwebt durch die Dämmerung wie ein fast vergessenes Parfüm.

Am nächsten Morgen schläft Keyserling lange, erwacht ausgeruht, reckt sich am offenen Fenster und freut sich über den blinkenden See und die hoch im Blau schwirrenden Schwalben. Beim Blick in den Spiegel, der über dem Waschtisch hängt, stellt er zufrieden fest, dass diese Sommerfrische ihm guttut. Die Gesichtshaut sieht straffer und gesunder aus, die Tränensäcke unter den Augen sind geschrumpft, und sogar die rötlichen Flecken sind blasser geworden. Erfüllt von Elan und Unternehmungslust, zwirbelt er sich die Schnurrbartspitzen auf und geht pfeifend die Treppe hinunter.

Im Garten ist der Frühstückstisch noch gedeckt, aber der Kaffee ist inzwischen kalt geworden. Halbe pafft eine Morgenzigarre und studiert die *Münchner Neuesten Nachrichten* vom Vortag.

»Wo sind denn die anderen?«, erkundigt sich Keyserling.

»Unten am See.« Halbe lässt die Zeitung sinken und nickt Keyserling zu. »Du hast hoffentlich gut geschlafen?«

»Ja, sehr gut. Warum fragst du so komisch?«

»Weil ---, na ja, Lovis ist nämlich fertig.«

»Fertig? Womit?«

Halbe nimmt die Zigarre aus dem Mund und deutet mit der glühenden Spitze in Richtung Hauswand. Unter dem Balkon steht die Staffelei, und das Bild ist nicht mehr mit dem Lendenschurz verhängt.

»Vor einer Stunde ist Lovis fertig geworden«, sagt Halbe. »Die Leinwand ist noch nass.«

Keyserling macht ein paar zögernde Schritte auf das Bild zu.

»Wir finden, dass er dich gut getroffen hat«, sagt Halbe.

»So, findet ihr?«, murmelt Keyserling und geht dichter heran. »Aha, aha ---«

»Und? Was sagst du dazu?«, fragt Halbe.

Keyserling drückt sich den Zwicker auf die Nase, beugt sich vor, erschrickt, schüttelt ungläubig den Kopf. Im Spiegel hat er ganz anders ausgesehen. Corinth hat ihn zu einem gemacht, der mit siebzig gestorben ist, ein paar Jahre im Grab gemodert hat und eben erst wieder herausgestiegen ist. *Das* soll sein Idealgesicht sein? Er rümpft die Nase über so viel malerische Brutalität. Aber das sagt er natürlich nicht.

»Es mach ja jut jemalt säin«, sagt er vielmehr leise und hört plötzlich in seiner Stimme den sanften Singsang der baltischen Mundart, ganz wie jene Opernsängerin, die sich erschrak, als sie zum ersten Mal ihre Stimme auf einer Grammofonplatte hörte. »Und jut unterhalten hat das Lovischen mich dabäi auch. So aussehn mecht ich aber lieber nich.«

17

Grüß Gott, der Herr.« Der Empfangschef des Hotels Strauch mustert den Neuankömmling mit einem ebenso flüchtigen wie kritischen Blick. »Womit kann ich dienen?«

»Ich hätte gern ein Zimmer für eine ---«

»Ich fürchte, da ist nichts zu machen. Wir sind praktisch ausgebucht.« Der Mann beugt sich über sein Belegbuch, blättert kopfschüttelnd darin und fragt, ohne aufzublicken: »Sie hatten nicht reserviert?«

»Nein.«

»Mmh --- Wie lange wollen Sie denn bleiben?«

»Drei Tage vielleicht.«

»Tja, tja, tja.« Der Empfangschef kratzt sich mit der stumpfen Bleistiftspitze am Hinterkopf. »Wir hätten da noch ein Zimmer ---, ähm, eine Kammer im Dachgeschoss. Etwas unbequem, aber preiswert.«

»Ich nehme es.«

Der Empfangschef gähnt und schiebt Keyserling das Meldeformular über den Tresen. Er füllt es aus, und weil er um die Wirkung weiß, füllt er die Angaben zu seiner Person ausnahmsweise vollständig aus – mitsamt Adelstitel, den er sonst zu unterschlagen pflegt.

Der Empfangschef überfliegt die Einträge. Ein Ruck geht durch seinen Körper, als hätte ein Offizier »Ach!-Tung!« gerufen. »Bitte tausendmal um Vergebung, Durchlaucht«, stammelt er und vollführt einen tiefen Katzbuckel, »ich konnte ja nicht ahnen ---«

»Schon gut, schon gut. Bloß keine Umstände. Ich bin gar keine Durchlaucht, sondern nur 'ne ganz durchschnittliche Erlaucht. Wollen Sie mir nun bitte das Zimmer zeigen?«

»Gewiss, gewiss, Durch – – –, ähm, Erlaucht.«

Der Empfangschef winkt einen am Eingang postierten Hotelpagen heran, tuschelt ihm aufgeregt etwas zu und drückt ihm einen Schlüssel in die Hand. Der Page nimmt Keyserlings kleine Reisetasche, deren Leder vom Gebrauch glänzt, geht ihm voraus in die Beletage und öffnet die Tür eines geräumigen, lichtdurchfluteten Zimmers mit luxuriösem Bad, angrenzender Salonecke und Balkon mit Blick auf den Starnberger See.

»Etwas unbequem«, sagt Keyserling lächelnd und drückt dem Pagen ein Trinkgeld in die Hand, »aber preiswert.«

Nachdem er sich frisch gemacht und umgekleidet hat, geht er zurück in die Lobby, erkundigt sich beim ehrfürchtig dienernden Empfangschef nach Wedekind und erfährt, dass dieser zwar im Hause, heute bislang aber noch nicht erschienen sei, weder zum Frühstück noch zum Lunch.

Keyserling zückt seine Taschenuhr. »Das wäre auch sehr gegen seine Gewohnheit«, sagt er. »Es ist ja erst drei Uhr nachmittags. Richten Sie ihm bitte aus, dass ich eingetroffen bin.«

»Sehr wohl, Euer Erlaucht.«

»Und gibt es abendliche Kartengesellschaften, zu denen Mitspieler willkommen sind?«

»Gewiss doch.« Der Empfangschef entnimmt einer roten Ledermappe mehrere mit Namen beschriebene Kärtchen. »Bitte sehr.«

In der Bridge-Runde sind zwei Plätze offen, beim Whist einer. Die Tarock-Runde ist vollzählig. Für Pharo hat sich noch niemand eingetragen. Offenbar kommt das Spiel, das auf Schloss Tels-Paddern sehr beliebt war, aus der

Mode. Auf der Préférenceliste stehen jedoch schon zwei Namen, und das ist ganz nach Keyserlings Wunsch, weil eine Runde mit mindestens drei und maximal vier Personen komplett ist. Er bittet den Empfangschef, seinen Namen hinzuzufügen.

»Sehr wohl, Durch ---, ähm, Herr Graf. Die Spieltische befinden sich im Grünen Salon. Gespielt wird ab acht Uhr dreißig.«

Keyserling nimmt im Schatten der aufgespannten Markise auf der Terrasse Platz, wo sich bereits ein paar weitere Hotelgäste zum Nachmittagstee oder Kaffee eingefunden haben. Er bestellt Mokka und Rhabarberbaiser, genießt den weiten Blick über das blau schimmernde Gestade des Starnberger Sees mit der Roseninsel und den Landschaftspark nach englischem Vorbild, malerische Baumgruppen in unterschiedlichen Größen und Kronenbildungen, überraschende Blickachsen auf den See, freie Wiesenflächen, Bachläufe und dem Gelände angepasste Spazierwege. Über allem thront in lautlosem Selbstbewusstsein das Gebirge, und darüber ziehen Wolken weiß durchs Blau.

Zu Füßen der Terrasse liegt die Gartenanlage des Hotels. Levkojen glänzen wie krause Seide, Buchsbaum duftet warm und bitter. Weiches Violett der Hortensien, tiefes Gelb der Teerosen in der lauen Brise, Tintenblau des stolzen Rittersporns, Purpur der Passionsblume, Engelstrompeten in weißer Unschuld, olivgrüner Glanz fetter Feigen, warmes Rosé der Terrakottakübel mit Palmen, Zitronen-, Orangenbäumchen. Vogelgezwitscher, gedämpftes Geplauder an den Tischen, leises Klirren von Silber auf Porzellan, gemütlich brummen Hummeln, und vom Rand des Parks, wo weiß gekleidete Mädchen Tennis spielen, die weichen, aber energischen Klopfgeräusche von Tennisbällen auf Ziegelmehl. Das alles schwebt und webt ineinander, verdichtet sich zu Klängen und Bildern, die schon im Entstehen wieder verfallen, sich nicht haben oder halten lassen. Wahrnehmen kann man sie nur in ihrem ständigen Vorüberziehen, genießen lässt sich nur ihre Flüchtigkeit. So gleichen sie den wahren Lieben, denn in Wahrheit liebt man nur die, die man nicht erreichen kann, oder die, die einen verlassen. Sie können nie aus den Korrekturbogen des Lebens gestrichen werden, weil sie eine im Leben unstillbare Sehnsucht wachhalten und nicht in der Wirklichkeit erstarren, nicht in der Gesellschaft mit ihren arrangierten, frustrierten Ehen und verratenen Affären stranden.

Die Luft ist sanft wie eine Puderquaste, das Leben so selbstverständlich, dass er nicht darüber nachdenkt, warum man es leben soll oder nicht. Eigentlich denkt er überhaupt nicht nach, oder wenn er denkt, so komponiert er an seiner Vergangenheit, denn die Gegenwart lässt sich nicht komponieren. Die Gegenwart ist wie eine Magnolienblüte im Frühling, ein Augenaufschlag und vorbei, wie das Geräusch der Tennisbälle, ein wiederkehrend verklingender Laut. Der Park ist mit etwas erfüllt, an dem Gärtner und Bienen, Wind und Regen und, wer weiß, vielleicht sogar der liebe Gott gearbeitet haben. Nun steht er da in voller Reife und Schönheit und hat keinerlei Zweck, will nicht einmal nützlich sein. Etwas tun? Das ist keine Kunst, da kann man bald einen Tag hinbringen. Aber einfach still sitzen und solche hübschen, hellen Dinge denken, das ist Kultur.

Soll man versuchen, solche Momente festzuhalten, indem man sich Notizen macht? Er überlegt, kann sich aber nicht dazu entschließen, Notizbuch und Drehbleistift aus der Jacke zu ziehen. Bis man die Blüte gemalt hat, ist sie verblüht, bis man den Eindruck notiert hat, ist er vergangen. Etwas von diesen Momenten wird auch ohne Notiz lebendig bleiben, und das wird er dann an einem Regen- oder Wintertag aus dem Gedächtnis ziehen und wieder- beleben in Worten. Einfache Worte müssen das sein, denn wirklich interessant ist bei genauerem Hinsehen nur das Einfache, und noch in den kompliziertesten Verstrickun- gen und Verhältnissen steckt es wie die Nuss in der Schale. Im Grunde singt das Leben immer noch und immer wie- der das alte, schlichte Lied der Erinnerung an Kindheit, Jugend und vergangenes Glück und das Lied von Liebe und Tod. Wer sich auf diese Lieder seine eigenen Reime macht, der muss mit Skepsis und Ironie die Untiefen der Trivialität meiden und die Sümpfe des Kitsches umgehen, in denen das Einfache zum unmanierlichen Stumpfsinn verkommt.

Die Hotelterrasse betritt nun ein Herr, der in seiner läs- sigen Eleganz sogleich dezentes Aufsehen bei der einen oder anderen Dame erregt. Er ist groß und schlaksig, ha- ger fast, trägt einen lindgrünen kurz geschnittenen engli- schen Blazer über schneeweißem Seidenhemd zur weißen Leinenhose und weißen Lackschuhen sowie einen dieser recht neumodischen englischen Strohhüte, einen soge- nannten Boater, das Hutband abgestimmt auf die Farbe des Blazers, über dessen Kragen silbergraues Haar fällt. Ein Engländer auf Europatour vermutlich.

Er sieht sich flüchtig auf der Terrasse um, klopft sich mit dem Elfenbeinknauf eines Spazierstocks aus Ebenholz in die geöffnete linke Hand, steuert dann zielstrebig auf Keyserling zu, lüftet den Boater und deutet mit vollende- ter Grazie eine Verbeugung an.

»Graf Keyserling, nehme ich an?«

Keyserling nickt.

»Der Dichter?«

»Ganz recht.«

An derart selbstbewusst und geschmackssicher auftretende Gestalten vergibt Keyserling grundsätzlich einen Sympathievorschuss. Was sich unter der perfekten Verpackung verbirgt, wird sich früher oder später erweisen. Und dann ist ihm elegant maskierte Nichtsnutzigkeit allemal lieber als geschmacklose Tüchtigkeit.

»Und mit wem habe ich die Ehre?«

Der elegante Schlanke greift in die Innentasche seines Blazers und überreicht Keyserling eine Visitenkarte, Silberprägung auf edlem Leinenpapier.

Egilhart Ritter von Huntenesch
Künstleragentur und Management

»Management?« Keyserling blickt fragend auf.

»Das, was ein Impresario macht. Der Ausdruck hat allerdings ein wenig Staub angesetzt. Manager, wie die Amerikaner sagen, ist heutzutage das treffendere Wort. *Le mot juste ---*«

»Mit so einem Namen«, Keyserling sieht noch einmal auf die Visitenkarte, »sind Sie ja wohl kein Amerikaner.«

Huntenesch lächelt dezent. »In der Tat. Meine Familie stammt aus Oldenburg, falls Ihnen das ein Begriff sein sollte. Großherzogtum. Mit historischen Bindungen an den Zarenhof und ---«

»Ich war nie da, wüsste auch nicht, was mich dorthin je verschlagen sollte, hörte jedoch, dass es recht angenehm sei und sogar über ein Theater verfüge. Diese ruhigen Ecken im Windschatten der großen Reiche sind mir allemal sympathisch. Aber bitte«, Keyserling deutet auf einen der weißen Korbsessel an seinem Tischchen, »wollen Sie nicht Platz nehmen?«

»Danke verbindlichst. Es ist mir eine Ehre.«

Huntenesch setzt sich, lehnt den Spazierstock gegen einen freien Sessel, nimmt den Boater vom Kopf und hängt ihn über den Elfenbeinknauf. Dann fährt er sich mit der Hand so durch die grauen Haare, dass sie eine kahle Stelle auf dem Hinterkopf kaschieren. Ende fünfzig, schätzt Keyserling ihn, Anfang sechzig vielleicht.

Beim herbeiwieselnden Kellner bestellt Huntenesch ein Kännchen Darjeeling und ein Gurkensandwich. Keyserlings Gesellschaft zu suchen habe er sich übrigens erlaubt, weil der Empfangschef ihn darauf hingewiesen habe, dass man am Abend in der Préférencerunde zusammentreffen werde.

»Ach, schau an.«

Keyserling findet das kaum überraschend, verströmt Huntenesch doch vom Scheitel bis zur Sohle jenes nonchalante Flair, das Menschen umgibt, die im Wunsch und Bestreben, schnell und mühelos reich zu werden, nichts Verwerfliches entdecken.

Huntenesch räuspert sich, zupft sich mit Daumen und Zeigefinger am Ohrläppchen. »Es ist mir nicht zuletzt deshalb eine Ehre, Ihre werte Bekanntschaft machen zu dürfen«, sagt er, »weil ich am Berliner Lessingtheater *Ein Frühlingsopfer* gesehen habe. Mit Centa Bré in der Hauptrolle. Zum Heulen schön, wenn Sie mir diese Sentimentalität durchgehen lassen wollen.«

Ob ihn Keyserlings Stück zu Tränen gerührt hat oder eher die laszive Schönheit der Bré, bleibt in der Schwebe.

»Zu liebenswürdig«, sagt Keyserling lächelnd, klappt das Zigarettenetui auf, hält es Huntenesch hin, der sich bedient, nimmt selbst eine *Nil* und lässt sich von Huntenesch Feuer geben. Der Rauch steigt ins Blaue und vergeht zu nichts.

»Das ist doch endlich mal etwas anderes als die aufdringliche Sensationsware unserer Spielpläne, dieser wichtigtuerische sogenannte Naturalismus, der lediglich die Talentlosigkeit der heutigen Autoren und die berserkerhaften Ermächtigungsfantasien der Regisseure beweist. Dagegen nun Ihre, wie soll man sagen ---«, wieder zupft Huntenesch sich am Ohrläppchen, als könnte er auf diese Weise seine Worte stimulieren, »Ihre, ja doch, tragische Idylle, die so ganz und gar von der baltischen Seele durchdrungen ist. Das Motiv der Birke als Lebenselixier. Einfach zauberhaft.«

Baltische Seele mit Birken? Keyserling verkneift sich ein Lachen. Auf das Birkenmotiv ist er gekommen, als er sich vor einiger Zeit im Münchner Glaspalast eine Ausstellung Worpsweder Landschaftsmaler angesehen hat. Da gab es kaum ein Bild ohne Birken. Zweifellos sind das anmutige Bäume, und auch in Kurland gibt es sie überall als Alleen, in Gärten und Parks, entlang der Seen und Flüsse, in Hainen und Wäldern. Aber so unangestrengt symbolisch, wie die Worpsweder sie darstellten, hatte er sie zuvor nie gesehen. Und deshalb hat er sie dann in *seine* literarischen Landschaften verpflanzt. Wenn das Publikum darin kurländische Szenerien und baltisches Seelenleben entdecken will – bitte sehr. Orte und Landschaften, die ein Dichter beschwört, lassen sich ohnehin nicht besuchen, nicht im wirklichen Leben.

»Originell in jeder Faser«, lobpreist Huntenesch weiter. »Berührend in jedem Satz, jedem Wort. Ein Stück, das nicht von einem Verfasser, sondern von einem Dichter geschrieben wurde, so sachlich und zugleich so zart, so köstlich gepflegt wie eine Sonate von Chopin, so schwebend wie ein Gemälde Monets, so überwältigend in seiner Schlichtheit.«

Und so allgemein und wohlfeil die Phrasen sind, in denen Huntenesch schwallt und schwärmt, so offen bleibt, ob er das Stück überhaupt gesehen hat. Gleichwohl, welcher

Künstler fühlte sich nicht geschmeichelt, preist man sein Werk, und von dieser Eitelkeit ist auch Keyserling keineswegs frei. Oder spricht aus Huntenesch der Impresario, der Keyserling unter seine Fittiche nehmen will? Sind Agenten und Manager in Amerika womöglich nicht mehr nur für Varietékünstler, Musiker, Komiker und Schauspieler tätig, sondern inzwischen auch für Dichter? Unerhörte Vorstellung ---

»Nun lassen Sie's mal gut sein«, sagt Keyserling. »Ich weiß ja selbst, wie hinreißend die Bré das macht. Aber klären Sie mich doch bitte auf. Was genau tut ein Manager? Und wie wird man einer?«

Und wieder dies Gezupfe am Ohrläppchen. Ein nervöser Tick, wie es sich für einen echten Dandy gehört? Oder ein Trick, mit dem er Worte hervorlockt?

»Nun ja«, sagt er etwas zögerlich, »um ehrlich zu sein, habe ich als junger Mensch von einer Karriere als Schriftsteller geträumt, hatte auch jede Menge Ideen für geniale Bücher. Aber ich wusste nie, welches dieser Bücher ich zuerst schreiben sollte, und so kam es dann zu gar keinem, abgesehen ---« Er legt eine kurze Kunstpause ein und sagt dann lächelnd: »Abgesehen von einem in Leder gebundenen Lyrikbändchen im Selbstverlag.«

Keyserling lacht. Dergleichen Selbstironie ist ganz nach seinem Geschmack. »Vielleicht sind die ungeschriebenen Bücher sowieso die besten«, sagt er. »Wie die unerfüllten Lieben ---, nun ja, lassen wir das ---«

»Ich glaube«, sagt Huntenesch, zupft sich aber nicht am Ohr, sondern reibt sich nachdenklich das Kinn, »ich glaube, das Problem besteht darin, dass kultivierte Menschen Skrupel haben, Banausen aber nicht.«

Keyserling nickt. Da ist was dran. Gemäß dieser Logik wäre *er* allerdings ein Banause.

Aber Huntenesch erklärt sich nun genauer. »Jedenfalls habe ich irgendwann bemerkt, dass Dichtung nicht so ganz mein Metier ist. Man könnte sich ja auch fragen, ob die Literatur überhaupt noch zeitgemäß ist, weil ---«

»Wenn man meine Sachen als unzeitgemäß empfindet, fühle ich mich bestätigt«, sagt Keyserling etwas schnippisch.

»Pardon, wollte Ihnen nicht zu nahe treten. So habe ich das auch gar nicht gemeint. Ich glaube, die Zukunft gehört den Kinematografien, den bewegten Bildern, die mit Pianobegleitung in Varietés längst zum Programm gehören und von Wanderkinos in Gaststätten gezeigt werden. In Großstädten wie New York, Paris oder Berlin gibt es bereits sogenannte Lichtspieltheater, die nichts anderes mehr zeigen. Am beliebtesten sind da natürlich Komödien. Zu meinen Klienten zählt ein mittelmäßig begabter Sänger, der jedoch enormes Talent zum Komiker hat. Ich werde ihn ganz groß rausbringen, indem ich solche lustigen Lichtspiele mit ihm drehe. Man kann ihn dann zwar nicht hören, aber das ist vielleicht auch besser so.«

Huntenesch hat sich in eine Begeisterung geredet, die Keyserling nicht recht teilen mag. Bewegte Bilder hat er schon einige gesehen, aber nie wäre er auf die Idee gekommen, dass dergleichen derbe Volksbelustigung in Konkurrenz zu Literatur und Kunst treten könnte. Ist er vielleicht zu konservativ oder, schlimmer noch, zu altmodisch?

»Im Übrigen«, sagt Huntenesch, »befinde ich mich derzeit auf Tournee mit einer begnadeten, einer geradezu sensationellen Sängerin.« Er greift in die Innentasche seines Blazers, holt ein bedrucktes Blatt rosa Büttenpapier heraus und schiebt es neben Keyserlings Mokkatasse. »Morgen tritt sie in Tutzing auf. Bitte sehr ---«

Tutzinger Saison-Concerte

ROXANE VON RÖNNE

Chansons und Couplets
Am Flügel: Egilhart von Huntenesch
5. August 1901 – 20 Uhr
Saal des Tutzinger Hofs

»Na, Sie sind ja ein Mann mit vielen Eigenschaften«, staunt Keyserling. »Auch noch Pianist. Respekt, Respekt. Aber Roxane von Rönne? Ist mir leider kein Begriff, obwohl die Rönnes ja ein uraltes baltisches Adelsgeschlecht sind. Gehört diese Roxane zu den Rönnes aus Samogitien oder aus Turlauken?«

Huntenesch wischt sich mit dem Einstecktuch seines Blazers Schweiß von der Stirn, reibt sich das Kinn, zupft sich hektisch am Ohrläppchen und hüstelt verlegen. »Da bin ich jetzt, ehrlich gesagt, überfragt.«

»Nun ja, auf Reisen verwandeln sich so manche Balten in Grafen und Baronessen.« Keyserling lächelt. »Sein zu wollen, was man nicht ist, ist natürlich vulgär, doch von irgendwas muss der Mensch schließlich leben. Ihre Frau von Rönne ist ja sicherlich echt. Allein schon der aparte Name. Wie dem auch sei: Hauptsache, sie singt gut.«

»Gut ist gar kein Ausdruck«, sagt Huntenesch entschieden und erhebt sich, greift zu Stock und Hut. »Kommen Sie morgen ins Konzert und überzeugen Sie sich selbst. Es wäre uns eine große Ehre, einen so wunderbaren Dichter wie Sie im Publikum zu wissen.« Er deutet eine Verbeugung an und setzt sich den Boater leicht schräg aufs silbergraue Haar. »Wir treffen uns heute Abend am Spieltisch wieder. Habe die Ehre.« Und schlendert über die Terrassentreppe dem Park entgegen.

Keyserling drückt den Rest der Zigarette aus der Spitze, steckt sich eine neue an, inhaliert tief und bläst der mondänen Erscheinung nachdenklich ein paar Rauchringe hinterher.

18

Zum Aperitif in der Bar gibt sich dann auch Frank Wedekind die Ehre, angetan mit einem sensationell geschmacklosen, hemmungslos unmodernen, mithin aufsehenerregenden grüngelben langschößigen Anzug. Obwohl er keine Brille braucht, hat er sich vors linke Auge ein Monokel geklemmt. Über Keyserlings Anwesenheit freut er sich wie ein Kind an Heiligabend, und von dem für alle Ewigkeit geltenden Zerwürfnis ist selbstverständlich keine Rede mehr. Wedekind erkundigt sich auch angelegentlich nach dem Wohlbefinden Halbes, Corinths und der zugehörigen Damenwelt und stellt sogar eine Visite in Bernried in Aussicht. Fürs Erste genießt er gleichwohl die Annehmlichkeiten des Hotels Strauch. Und in der Tat, Keyserling hat richtig vermutet, wem Wedekind seinen plötzlichen Wohlstand verdankt.

»In Berlin weiß man mein Genie zu schätzen«, schwadroniert er so akzentuiert, dass auch das staunende Hotelpublikum an den Nachbartischen ins Bild gesetzt wird. »Ich musste gar nicht erst um Vorschuss bitten. Man drängte ihn mir geradezu auf. Berlin wird mir zu Füßen liegen. Ich werde Paris erobern, London, New York. Ach, Eduard, manchmal ist das Leben gerecht. Oder, um es mit den letzten Worten meines Stücks zu sagen: eine Rutschbahn.«

Er hebt die Champagnerschale und stößt mit Keyserling an.

»Auf dein Wohl. Und auf deinen Erfolg«, sagt Keyserling. »Wie heißt das Stück denn überhaupt?«

»*Der Marquis von Keith.*«

»Aha. Und wovon handelt es?«

Wedekind zieht an seiner Zigarre und stößt den Rauch genüsslich gegen die Decke. »Es geht um einen Hochstapler, der eigentlich mit Geld gar nicht umgehen kann, sich aber durch Betrügereien und windige Projekte immer wieder vor dem Ruin rettet.«

Keyserling schmunzelt. »Klingt recht autobiografisch.«

Am Nebentisch unterdrückt man Gelächter.

»Wie das?«, sagt Wedekind, der die Sottise nicht verstanden hat oder nicht verstehen will. »Der Marquis ist doch eine erfundene Figur.«

»Ach ja?«, sagt Keyserling.

Auch zum Dinner hält das sich selbst feiernde Genie seinen allerbesten Freund und Kollegen frei. Im Speisesaal gibt es getrennte Tische für Gäste mit Halb- und Vollpension einerseits, andererseits für die à la carte speisenden Herrschaften, zu denen Wedekind und Keyserling zählen.

Über die Halb- und Vollpensionäre hat Wedekind sich bereits ein solides Vorurteil gebildet, das er lautstark zum Besten gibt: »Diese Leute essen ihre Teller leer, egal ob es ihnen schmeckt oder nicht, weil sie dafür bezahlt haben. Sie sind wie die Kleinbürger, die selten ins Theater gehen. Wenn sie ihren Platz bezahlt haben, dann bleiben sie bis zum Schluss, selbst wenn ein Stümper das Stück geschrieben hat und sie nur gähnen und sich entsetzlich langweilen.«

Vom Nebentisch erntet Wedekind hochgezogene Augenbrauen und empörte Blicke.

Keyserling mahnt ihn mit einer Geste, die Stimme zu dämpfen. »Sich langweilen zu können«, sagt er dann leise, »ist auch eine Kunst. Man sieht's an unserer sogenannten guten Gesellschaft. Sieh dich doch nur um. Was die ertragen kann, ist enorm und nur durch strenge Erziehung zur Langeweile möglich.«

Wedekind braucht einen Moment, um die Ironie zu verdauen. Dann bricht er in lautes Gelächter aus, schlägt mit der flachen Hand auf den Tisch, dass die Gläser klirren, und ordert beim herbeieilenden Kellner eine weitere Flasche Veuve Clicquot Ponsardin. So wird der Vorschuss in vollen Zügen genossen und verwandelt sich in leere Flaschen. Keyserling vermutet, dass Wedekind schon bald bei Halbes in Bernried aufkreuzen und um Logis in der Mansarde bitten wird.

Der Préférencepartie will Wedekind sich ebenfalls anschließen. Nach dem Dessert schlendern sie in den Grünen Salon hinüber, wo bereits Bridge und Tarock gespielt wird. In einer Fensternische sitzt Egilhart von Huntenesch bei Mokka und Cognac. Keyserling macht die Herren miteinander bekannt. Sie lassen sich nichts anmerken, doch Keyserling ahnt, dass beide über die Garderobe des jeweils anderen staunen.

Dann erscheint der vierte Teilnehmer der Partie, der sich in die Liste eingetragen hat, ein kleiner, beleibter Mann im Lodenjanker mit Hirschhornknöpfen. Der fransenartig den Mund überhängende Schnurrbart gibt seinem geröteten Gesicht etwas gutmütig Seehundartiges.

»Gestatten, Aumüller, Alois. Hopfenhandel *en gros*. Habe die Ehre.«

Sie nehmen am Spieltisch Platz. Auf dem grünen Filz liegen Spielmarken und das Kartenblatt bereit. Man einigt sich auf einen niedrigen Markenwert, auf die kleinliche Gier, wie Keyserling und seine Freunde das verächtlich nannten, wenn sie damals in Dorpat in einer einzigen Nacht ein Vermögen gewannen, um sich am nächsten

Abend wieder in den Bankrott zu zocken. Und, wer weiß, ohne Spielschulden wäre vielleicht auch die ganze unselige Affäre, die sein Leben so gründlich verändert hat, vermeidbar gewesen. Seitdem hat er den hohen Einsätzen entsagt, hat sozusagen Vernunft angenommen. Dennoch ist und bleibt es unerklärlich seltsam – sobald er sich an den grünen Tisch setzt, die Marken leise klackernd durch die Finger gleiten lässt und die Karten zur Hand nimmt, dann kommt es unfehlbar wie auch jetzt wieder, dies erregende Gefühl, das wie ein spritziger Wein sogleich ins Blut geht und bis in die Fingerspitzen pulsiert. Vergleichbar ist das nur mit der herrlichen Erregung jenes Moments, wenn man eine begehrte Frau zum ersten Mal ganz sacht, fast noch wie zufällig berührt und nicht weiß, wird sie empört sein, stillhalten oder gar die Berührung erwidern.

Und nun also, ach Gottchen, so lange schon, nur noch die kleinliche Gier, in der die Vernunft den Nervenkitzel dämpft. Huntenesch erklärt, dass er selten spiele und deshalb um Nachsicht für eventuelle Fehler bitte; beim Mischen und Geben zeigt er eine entsprechende Ungeschicklichkeit. Keyserling weiß mit seiner Routine so umzugehen, dass er kleine Verluste schnell wieder durch bescheidene Gewinne ausgleicht. Der gemütliche Herr Aumüller entpuppt sich als geübter, aber vorsichtig agierender Spieler. Wedekind zeigt Mut zum Risiko. Wenn er die neu gemischten und verteilten Karten aufnimmt, klemmt er sich jedes Mal das Monokel ins Auge, als könnte er mit dem Glas besser denken, lässt es aber wieder am Reversband baumeln, sobald er seine erste Karte ausspielt.

Nach einer Stunde haben Aumüller und Wedekind Gewinn gemacht, Keyserlings Konto ist ausgeglichen, und Huntenesch hat mäßig verloren. Als er wieder einmal mit Geben an der Reihe ist und so ungeschickt mischt, dass

Karten aus dem Blatt fallen und er erneut mischen muss, ahnt, nein, weiß Keyserling plötzlich, dass diese Ungeschicklichkeit nicht echt, sondern vorgetäuscht ist – ein unter raffinierten Spielern gängiger Trick, um Mitspieler, die sich dem scheinbar Naiven überlegen fühlen, zu riskanterem Spiel und höheren Einsätzen zu verleiten. Überzeugend beherrschen nur ganz ausgefuchste Spieler diesen Trick, und Keyserling durchschaut ihn nur deshalb, weil er in Dorpat und Wien selbst nächtelang mit allen Tricks und Finten gezockt hat. Huntenesch spielt nicht falsch, hat keine gezinkten Karten, mischt sich auch keine Spiele zurecht, obwohl er, da ist Keyserling sich sicher, das könnte und vielleicht auch noch tun wird. Jetzt spielt er nur wie hinter einer Maske. Er arbeitet mit einem Kunstgriff, mit dem auch manche Schriftsteller schreiben, die Stilgefühl haben und ein genaues Ohr für Tonlagen und Stimmen und denen es gelingt, ihre Figuren so sprechen zu lassen, dass man nicht mehr den Autor hört, sondern die Stimme der Figuren zu hören glaubt.

Wenn Keyserlings Verdacht zutrifft, wird Huntenesch noch ein paar Spielmarken mehr verlieren, wird noch das eine oder andere Spiel und das eine oder andere Glas abwarten. Dann wird er vorschlagen, den Einsatz zu erhöhen. Und am Ende des Abends wird er seinen Gewinn einstreichen und von Anfängerglück reden, und die Verlierer werden sich über ihre Pechsträhnen ärgern.

Genau so kommt es. Seine Verluste wettmachen, sagt Huntenesch und massiert sich dabei verlegen das Kinn, könne er nun ja wohl nur noch durch höhere Einsätze. Ob die Herren ihm die Chance gewähren und mitziehen würden?

Wedekind und Aumüller wittern *ihre* Chancen und sind sogleich dabei. Keyserling tupft sich jedoch mit Leidensmiene Schweiß von der Stirn und bittet um Nachsicht, wenn er aus der Partie aussteige. Er fühle sich unwohl, der Kreislauf vermutlich. Die schwüle Witterung, wohl auch das eine oder andere Gläschen zu viel ---

Die Herren nicken verständnisvoll. Keyserling legt zur Begleichung seines geringen Verlusts ein paar Münzen auf den Tisch und steht auf. Huntenesch wirft ihm einen Blick zu, den Keyserling mit hochgezogenen Augenbrauen erwidert. Ich weiß, besagt dieser Blick, dass du es weißt.

»Aber Sie kommen doch morgen zum Konzert?«

»Ich denke schon.« Keyserling nickt. »Wünsche den Herren angenehme Nachtruhe.«

Als er sich abwendet und, die Nymphe seines Spazierstocks fest im Griff, den Grünen Salon verlässt, fällt ihm ein Satz ein, den sein Vater, der selbst gern Préférence spielte, nach einem verlustreichen Abend einmal gesagt hat: »Nicht alle Verlierer spielen anständig, aber alle Anständigen enden als Verlierer.«

19

Der mit Blumenkränzen und Papiergirlanden drapierte Saal des Tutzinger Hofs ist kaum zur Hälfte gefüllt. Offenbar ist die Kunde von der sensationellen Begabung der Solistin noch nicht bis ans stille Gestade des Starnberger Sees gedrungen. Vielleicht ist das mangelnde Publikumsinteresse aber auch der drückenden Schwüle geschuldet, die den ganzen Tag über geherrscht hat. Tabakqualm aus Zigarren, Pfeifen und Zigaretten macht die Luft im Saal noch dicker. Türen und Fenster sind weit geöffnet, doch statt des erhofften Durchzugs schwirren nun allerlei Insekten durch den Raum. Falter, Schnaken und Mücken attackieren mit Vorliebe die nackten Schultern und Dekolletés der Damen, die sich mit Fächern und Programmblättern zur Wehr setzen. Manchmal hört man gedämpftes Klatschen, und dann findet sich auf *Roxane von Rönne* ein Blutfleck oder auf *Chansons und Couplets* eine geplättete Schnake.

Keyserling und Wedekind nehmen in einer der hinteren Reihen Platz. »Je näher der Ausgang«, so lautet Keyserlings Devise, »desto kürzer der Fluchtweg. Man kann ja nie wissen, was da kommt.«

Wedekind klemmt sich das Monokel vors Auge und studiert stirnrunzelnd das Programmblatt. »Wenn dieser Huntenesch so gut Klavier wie Préférence spielt, muss es großartig werden.«

»Hat er dich betrogen?«, erkundigt sich Keyserling.

»Schwer zu sagen.« Wedekind zuckt mit den Schultern.

»Wenn er nicht falsch gespielt hat, dann hat er jedenfalls verdammt gut gespielt. Es ließ sich nicht unterscheiden.«

»Gott, ja, das ist natürlich auch eine Kunst«, findet Keyserling und lächelt in sich hinein.

Das Geplauder und Getuschel verstummt, als Huntenesch, gekleidet in einen schwarzen Frack, steifleinene Hemdbrust, Stehkragen und silberne Halsschleife, die mit Bouquets geschmückte Bühne betritt, sich vor dem Publikum verbeugt, sich dann wortlos ans Klavier setzt und zu spielen beginnt.

Keyserlings Verhältnis zur Musik ist das eines Liebhabers, nicht das eines Ehemanns. Er gibt sich ihr mit Leidenschaft hin, kennt aber nicht ihre letzten Geheimnisse, weiß kaum etwas von den Tricks und Kniffen, mit denen Komponisten und Musiker die Fülle des Wohllauts erzeugen. In seiner Kindheit gab es auf Schloss Tels-Paddern nicht nur Hauslehrer, sondern auch eine polnische Klavierlehrerin. Üblicherweise bekamen nur die Mädchen Klavierunterricht. Als der kleine Eduard es auch versuchen wollte, gönnte man ihm zwar ein paar Probestunden, doch war es mit verträumten Improvisationen leider nicht getan. Er erwies sich als leidlich begabt, war aber derart übungsfaul, dass die Lehrerin es ablehnte, ihn weiter zu unterrichten. Sein Vater nahm das mit grimmiger Genugtuung auf, weil er Kunst mit Dekoration verwechselte, Literatur für etwas Umstürzlerisches hielt und Musik als Weiberkram abtat. Der junge Eduard, dessen poetisches Talent seinen musikalischen Möglichkeiten fraglos überlegen war, begeisterte sich dennoch für Opern und Konzerte, Operetten, Singspielhallen und Varietés. Im Lauf der Zeit wuchs diese Zuneigung ins Leidenschaftliche, weil Schauspielerinnen und Sängerinnen ihm Freuden gewährten, die er den adligen Fräuleins seines Standes nie abzuverlangen gewagt hätte und von denen diese Fräuleins nicht einmal träumten. Und auch Ada aus Dorpat hatte eine Gesangsausbildung genossen, aber mit Rücksicht auf ihren Mann, den Generalmajor von Cray, auf eine Bühnenkarriere verzichten müssen.

Von Musik versteht er jedenfalls genug, um zu wissen, dass Huntenesch recht gut Klavier spielt, wenn auch nicht so gut, wie er gestern Karten gespielt hat. Und Keyserling weiß auch, was da gespielt wird, nämlich ein Potpourri aus Melodien Jacques Offenbachs. Das ist eine kluge Wahl, um ein schwitzendes Publikum, das nicht auf Mozart oder Chopin wartet, sondern auf Couplets und Chansons, in gute Laune zu versetzen. Die Kaskaden von Tönen, die auf die Zuhörer niederrauschen, versetzen diese in eine lächelnde Reglosigkeit, als hielten sie vergnügt unter einer kühlen Dusche still. Nach etwa zehn Minuten verbeugt Huntenesch sich erneut, erntet verdienten Beifall, bedankt sich und heißt das hochverehrte Publikum willkommen.

»Ich weiß, dass Sie heute Abend nicht wegen mir so zahlreich erschienen sind, sondern wegen einer Dame aus uraltem baltischem Adel, eine faszinierende Frau und begnadete Diseuse von europäischem Rang. Bitte begrüßen Sie mit einem donnernden Applaus die unvergleichliche, die einzigartige« – kurze Fermate – »Roxane von Rönne!«

Uralter baltischer Adel? Europäischer Rang? Einzigartig? Wohl ja auch nur so einzigartig wie wir alle. Keyserling wundert sich über den marktschreierischen Ton, weil der gar nicht zu Huntenesch distinguiertem Auftreten passen will. Das Publikum klatscht gehorsam, wenn auch nicht donnernd, während hinter dem zur Seite gerafften Vorhang die Attraktion des Abends die Bühne betritt.

Es handelt sich um eine füllige Erscheinung, deren Formen mehr schlecht als recht von einem brandyroten Kostüm gebändigt werden. Soweit es mit oder ohne *Pince-nez* von Keyserlings entferntem Platz aus zu erkennen ist, spannt sich über dem gewagt tiefen, wogenden Dekolleté eine Perlenkette, die vermutlich als Barriere den Zugriff Unbefugter verhindern soll. Weiße Seidenhandschuhe bedecken die Unterarme. In der rechten Hand hält sie einen aufgefalteten Briséfächer, der in der Mitte eine herzförmige Einbuchtung aufweist. Auf dem Kopf der Einzigartigen wallt ein breitkrempiger roter Hut mit schwarzen und gelben Straußenfedern. Ein von der Hutkrempe fallender Schleier aus schwarzer Spitze verdeckt das Gesicht.

»Früher oder später wird sie es zeigen müssen, ihr wahres Gesicht«, tuschelt Wedekind Keyserling zu.

Der Vorschussapplaus verebbt. Schnaken surren durch die erwartungsvolle Stille. Huntenesch schlägt einen Akkord an, gefolgt von einem kurzen, die Melodie anlockenden Vorspiel. Dann legt sich Roxane von Rönne in die Brust – und los.

> *»Mein Herz ist so traurig, mein Kopf ist so schwer,*
> *ich hatte zwei Männer und hab' sie nicht mehr.*
> *Ich hab' sie begraben, o denkt euch nur an!*
> *Nun bin ich verlassen und hab' keinen Mann.*
> *Bin einundzwanzig, fesch und patent,*
> *habe zum Lieben sehr viel Talent.«*

Einundzwanzig ist sie, ganz offensichtlich, schon seit längerer Zeit nicht mehr. Das Gesicht verbirgt sie noch im Schutz des Schleiers, aber die stattliche Figur und die in den Höhen leicht mürbe Stimme verraten etwas über ihr

Alter. Fünfzig dürfte sie sein, schätzt Keyserling, mindestens ———

> *»Steh' jetzt allein, o Gott, welch' ein Graus,*
> *ganz ohne Mann sein, das halt' ich nicht aus.*
> *Ich bin eine Witwe, eine kleine Witwe,*
> *bin das Küssen so gewohnt,*
> *dass ich's nicht lassen kann. Ach!*
> *Ich bin eine Witwe, eine kleine Witwe,*
> *hätt' ich doch nur wieder einen Mann!«*

Witwe, aha, daher also der Schleier. Derlei platte Wortwörtlichkeiten sind nicht Keyserlings Humor, aber zur Schmissigkeit von Text und Musik passt das Accessoire, zugegebenermaßen, recht gut. Und das »Ach!« haucht sie so schmelzend, dass er fast glaubt, es gelte ihm. So mancher im Publikum scheint das zu glauben. Wedekind, der anfangs noch grimassiert hat, als schmerzte ihn die Musik, verzieht bei der zweiten Strophe das Gesicht, als hätte er etwas Süßes im Mund. Einige Herren halten die Augen mit dem Ausdruck sanfter Erregung geschlossen, andere blicken träumerisch in eine nicht vorhandene Ferne. Die Damenwelt schaut eher skeptisch drein.

> *»Jetzt bricht mein Herze vor Liebe schier*
> *und ich hab' keine Verwendung dafür. Ach!«*

Bei diesem zweiten, noch lasziver gehauchten »Ach!« klappt die Rönne ihren herzförmigen Fächer zusammen und macht eine theatralische Geste, als wollte sie ihn ins Publikum schleudern.

> *»Ich bin eine Witwe, eine kleine Witwe,*
> *und wer Courage hat, der wird mein dritter Mann.«*

Beifall. Sie weist mit dem Fächer in Richtung Huntenesch, als hätte er ihr weggeworfenes Herz aufgefangen, und rafft den Schleier über die Hutkrempe hoch. Lauterer Beifall, in den Huntenesch die Anfangsakkorde der *Gigerlkönigin* hineinklimpert, und die Rönne singt:

> *»Ich kleid mich stets*
> *nach neuester Façon,*
> *beweg mich im Salon,*
> *was ich trage, das ist schick,*
> *man sieht's am ersten Blick ---«*

Auf den ersten Blick sieht Keyserling nicht viel vom nunmehr entschleierten Antlitz der Sängerin. Der Rauch im Saal. Seine Sehschwäche. Auf den zweiten Blick sieht er, dass dies Antlitz stark geschminkt ist, die Lippen rot, die Wangen rouge, die Wimpern schwarz, unter den Augen Kajal. Irgendetwas unter dieser Schminke kommt Keyserling bekannt vor, etwas, das er nicht sehen kann, nur erahnen. Vielleicht ist es die immergleiche Bekanntschaft mit solchen Masken?

Applaus. Verbeugungen. Vereinzelte Bravos. Und nun, Herrschaften, *Die Liebe kam vom Märchenland ---*

> *»Wer weiß, woher die Liebe stammt*
> *und wer den Kuss gelehrt?«*

Woher? Ja, wer weiß? Eine Ahnung, ein vages Winken. Woher denn nur? Sie singt: Wenn die Blätter leise rauschen. Beifall. Dann stimmt sie ein Couplet mit einem Refrain an, den viele im Saal mitsingen. In dergleichen Aphorismen zur Lebensweisheit ist man sich einig.

»Was nützen Kunst und Wissen!
Die Hauptsach' ist das Geld.
Sie mögen sagen, was sie woll'n:
's Geld regiert die Welt.«

Es nagt an ihm. Eine Art innerer Juckreiz. Sie singt ein italienisches Lied, das er nicht kennt. Dann ein Volkslied, das er sehr wohl kennt.

»Kein Feuer, keine Kohle
kann brennen so heiß,
als heimliche Liebe
von der niemand nichts weiß –––«

Sie singt es nicht schlicht und innig, wie es sich bei diesem Lied gehören würde, sondern mit einem frivol vibrierenden Unterton. Heimliche Liebe? Ja, da ist etwas, das er noch weiß. Aber was? Eine Erinnerung?

»Ein Rasseweib«, raunt ihm Wedekind zu. »Bisschen sehr in die Breite gegangen und angejahrt, aber die hat's faustdick hinter den Ohren. Du weißt schon –––«

Weiß er es wirklich? Oder lösen die Lieder in ihm etwas aus, was keine Erinnerung ist, sondern eine Fantasie, ein ins Dunkel des Vergessens gesunkener Wunsch, den die Musik wieder ans Licht hebt?

»Zum Schluss, hochverehrtes Publikum«, verkündet Huntenesch, »bringen wir die *Barcarole* von Offenbach.«

»Hört, hört«, raunt Wedekind, »jetzt geht Madame aber aufs Ganze.«

»Schöne Nacht, du Liebesnacht,
Oh! Stille mein Verlangen.
Süßer als der Tag uns lacht
die schöne Liebesnacht!«

Lächelnd, mit anzüglicher Gebärde, streift sie den linken Handschuh ab ---

>*Ach! Stille mein Verlangen!*
Oh! Liebesnacht!«

--- gefolgt vom rechten Handschuh.

>*Ach! Oh! Ach! Aaaah ---*«

Beim »Oh!« wirft sie die Handschuhe ins Publikum. Und dann, beim erlösenden »Aaaah ---«, wirft sie den Handschuhen Kusshände nach, eins, zwei, drei, und die Art und Weise, in der sie es tut, ist unnachahmlich, macht sie in der Tat zur Einzigartigen. Ist es die Möglichkeit? Er drückt sich das *Pince-nez* auf die Nase. Nach zwanzig, nein, nach mehr als dreiundzwanzig Jahren? Nimmt den Kneifer wieder ab. Blinzelt. Vom Blitz des Wiedererkennens getroffen, starrt, nein, glotzt Keyserling aus weit aufgerissenen Kulpsglissen zur Bühne, zur im Applaus badenden – kein Zweifel mehr, nur noch ungläubiges Staunen –, zur Kusshände werfenden, zur wahrlich einzigartigen --- Ada! Ada von Cray!

>»Zugabe! Zugabe! Zugabe!«

>*Gehen wir ins Chambre séparée,*
ach, zu dem süßen Tête-à-Tête.
Dort beim Champagner und beim Souper
man alles sich leichter gesteht ---«

20

Keyserlings Vater studierte das Abiturzeugnis seines Sohnes, legte die Stirn in missbilligende Falten, konnte jedoch ein Schmunzeln nicht unterdrücken. Die Gesamtnote »befriedigend« war nun einmal nicht »gut« – daher die Falten; aber »befriedigend« war natürlich allemal besser als »ausreichend«, und das hatte unter seinem eigenen Zeugnis gestanden – daher das Schmunzeln. Gute Leistungen hatte Eduard in den alten Sprachen und in Geschichte gezeigt, sehr gute in Deutsch und Französisch; dem standen bedenkliche Schwächen in Mathematik, Naturbeschreibung und Physik gegenüber, mithin in jenen Fächern, denen eine gewisse Nützlichkeit für die Bewirtschaftung von Großgrundbesitz mit Land- und Forstwirtschaft nicht völlig abzusprechen war. Bei seinem Vater war das umgekehrt gewesen. Weil Eduard jedoch ohnehin keine Aussichten auf das Majorat hatte, war seine mangelnde Begabung für praktische Tätigkeiten verzeihlich, und da er auch die standesgemäße Alternative einer Offizierslaufbahn kategorisch ablehnte, war ein Studium in Erwägung zu ziehen.

Die Frage des Studienorts stellte sich nicht. In Betracht kam selbstverständlich nur die Universität Dorpat, die formal zwar russisch verwaltet wurde, deren Professoren- und Studentenschaft aber nahezu ausschließlich deutschsprachig waren. Ausgebildet wurden hier nicht nur der baltische Adel und das deutschsprachige Bildungsbürgertum, sondern auch Staatsdiener und Ärzte für das Russische Kaiserreich. Naturwissenschaftlich, besonders medizinisch, genoss die Universität internationales Renommee.

Keyserlings Vater legte das Abiturzeugnis auf dem Rauchtisch ab, hielt seinem Sohn die Dose mit russischen Zigaretten hin, bediente sich selbst und räusperte sich.

»Es tritt nun also die Wahl einer Disziplin an dich heran«, sagte er mit einem nahezu feierlichen Unterton. »Da mag es wohl diese oder jene Wissenschaft geben, die dich besonders anzieht, das Philologische vielleicht, womöglich gar –––«, hier atmete er hustend Zigarettenrauch aus, »womöglich also etwas, wie soll ich sagen, etwas ins Künstlerische Übergreifendes. Das darf gern Liebhaberei sein, Hobby, wie die lebensklugen Engländer sagen, kann jedoch unter keinen Umständen bestimmend werden. Wir heiraten ja auch nicht die Frauen, denen unsere Leidenschaft gilt. Gott bewahre!« Er grinste, kniff verschwörerisch ein Auge zu, seufzte dann. »Unseren Neigungen entlaufen wir ohnehin nicht. Nein, nein. Von Anbeginn muss ein Studium gewählt werden, das als neutraler Ausgangspunkt dient. Von dort aus kann dann zu dem, was wir sonst wissen und erleben wollen, übergegangen werden. In Fällen wie dem deinen ist in unserer Familie die Jurisprudenz traditionell. Ein ruhiger, kühler Ausgangspunkt, der sowohl zu anderen Wissenschaften wie zum praktischen Leben die Wege offenlässt. Und man kann damit sogar Güter bewirtschaften. Es mag ja sein, und es wäre in gewisser Hinsicht sehr wünschenswert, dass du eine Partie machen kannst, deren Mitgift dich doch noch zum Gutsherrn werden lässt. Zieh nicht so ein Gesicht! Das, was beispielsweise deine Mutter in die Ehe eingebracht hat, waren ja nicht gerade Kinkerlitzchen.«

Wieder hustete der Alte, schenkte zwei Gläser mit Sherry voll und prostete seinem Sohn zu. Dann griff er zu seinem Spazierstock und reichte ihn Eduard. »Das ist mein Geschenk für dich zum Abitur. Ich habe das gute Stück in London gekauft, damals auf meiner großen Tour. Lange her ist das, ach Gott, ja --- Ich trenne mich nur ungern davon, aber deine Mutter wird froh sein, wenn sie ihr endlich aus den Augen kommt.«

»Sie? Wer ist denn sie?«

Sein Vater lächelte müde, auch ein bisschen entsagungsvoll, und strich wie zum Abschied mit der Hand über die nackte Nymphe auf dem Griff. »Zur Not«, sagte er, »kannst du damit auch zuschlagen. Aber Dorpat ist nicht London. Was soll dir dort schon passieren? Sei fleißig, trink nicht zu viel und spiele nur um kleine Einsätze.« Er hob sein Glas. »Mach der Familie keine Schande. Und nimm dich vor den Weibern in Acht.«

Als Keyserling später an diesen Moment zurückdachte, kam ihm eine Lebensweisheit in den Sinn, die er einmal von seiner Großmutter gehört hatte: Wenn der Weizen der Ermahnungen und der Roggen gut gemeinter Ratschläge in die Mühlen des Lebens geraten, kommt allzu oft kein feines Mehl dabei heraus, sondern ungenießbarer Staub.

Zum Wintersemester 1875 schrieb sich Keyserling in der Juristischen Fakultät der Universität Dorpat ein. Um den monatlichen Wechsel guten Gewissens abzeichnen zu können, bestand sein Vater auf einem Nachweis.

»*Die Kaiserliche Universität Dorpat bescheinigt hiermit dem Studiosus der Jurisprudenz Eduard Graf Keyserling, 20 Jahre alt, evangelisch-lutherischer Confession, adligen Standes, gebürtig aus Curland, im II. Semester 1875 den Besuch der Vorlesungen Römische Rechtsgeschichte, Theorie des Staatsrechts, Theorie des Verwal-*

tungsrechts, russische Rechtsgeschichte und russisches Staatsrecht, Geschichte der neuesten Philosophie sowie Geschichte der neueren russischen Literatur.«

Das war ein strammes Programm, und Keyserlings Vater hatte vielleicht ganz bewusst das Wort »Studienfach« vermieden und stattdessen von »Disziplin« gesprochen. Den Studenten, die sich streng und fleißig auf die Lehre konzentrierten, blieb kaum Zeit für ein lustiges Studentenleben in alter Burschenherrlichkeit. Wer sich jedoch die Zeit nahm und, wie Keyserling, nebenbei auch noch seinen literarischen, musikalischen oder künstlerischen Neigungen nachging, bewältigte nur mit Ach, Krach und tatkräftiger Nachhilfe von Repetitoren das Pensum – wenn er es denn überhaupt bewältigte.

Die in Dorpat studierenden Mitglieder der Familie Keyserling traten traditionell der Landsmannschaft Curonia bei. Selbstverständlich bezog auch Eduard ein Zimmer im Conventsquartier und trug stolz die grüne, Deckel genannte, Mütze mit grün-blau-weißem Rand, den Farben der Kurländischen Ritterschaft, und einem silbern gestickten Baltenstern. *Draugs tam draugam!* lautete der lettische Wappenspruch des Corps: *Dem Freunde Freund!*

Unter seinen Kommilitonen war Keyserling von Anfang an äußerst beliebt: geistreich und charmant, witzig und trinkfest, für jeden Ulk zu haben, ein gewiefter Kartenspieler und nicht zuletzt, als Spross einer traditionsreichen, hoch angesehenen baltendeutschen Adelsfamilie, ein echter Kurländer. Schon bald wählte man ihn zum Burschenrichter und wenig später zum dritten Chargierten, der zugleich als Kassenwart fungierte. Auch bei den Alten Herren, von denen einige noch mit seinem Vater studiert hatten, akzeptierte man den jungen Keyserling mit freundlichem Respekt.

Im Conventsquartier waren Glücksspiele unerwünscht, damit das Corps für Verluste nicht verantwortlich gemacht werden konnte. Also trafen sich die Studenten, aber auch Bildungsbürger, Beamte und Offiziere der Dorpater Garnison zu Préférence, Pharo und anderen Kartenspielen in einem Wirtshaus namens *Coupé*, einer ehemaligen Kutscherkneipe, wo auch estnische und lettische Handwerker verkehrten und manchmal zu vorgerückter Stunde Mädchen und Frauen aus den Dorpater Bordellen auf Kundenfang gingen. Das niedrige Gewölbe wurde von gotischen Pfeilern getragen. Über den Tischen schwebten, von Ketten gehalten, ausrangierte Wagenräder, auf denen Kerzen, Talglichter und blakende Öllampen brannten. Der Schatten des hageren, kahlköpfigen Kellners, der in Lärm und Qualm schweigsam zwischen den Tischen auf und ab wieselte, leere Flaschen wegräumte, andere entkorkte, Essen servierte, die Samoware mit Tee, Wasser und Petroleum befüllte, wanderte mit komischer Grandezza über den roten Ziegelboden.

Die Studenten tranken Wodka und Tee aus dem Samowar, rauchten russische Zigaretten und spielten zumeist Préférence, manchmal auch Vingt-un. Die Abende begannen stets mit niedrigen Einsätzen und der gegenseitigen, hochheiligen Versicherung, diesmal nicht zu erhöhen, komme, was wolle; und sie endeten fast immer mit unverantwortlich hohen Einsätzen und Gewinnen, denen die entsprechenden Verluste unversöhnlich gegenüberstanden. Der Wodka spielte natürlich eine Rolle, wenn Keyserling und seine Freunde sich in den Rausch zockten. Es gab die Glückssträhnen, in denen man schon beim Aufnehmen der Karten wusste, wieder ein gutes Blatt auf die Hand zu bekommen, und von dem beseligenden Hochgefühl getragen wurde, dass es nun immer so weitergehen und man nie wieder würde verlieren können. Allerdings war die Glückssträhne des einen die Pechsträhne des anderen, und manchmal war man eben dieser andere. Dann schmolzen die Münzstapel wie Schnee in der Märzsonne, und man rauschte im Schlitten den Berg abwärts, immer steiler, immer schneller und schneller, und stürzte schließlich ins Bodenlose. Haus und Hof konnten zwar noch nicht verspielt werden, weil es vorerst nur die Söhne der Haus-, Hof- und Gutsbesitzer waren, die ihre Monatswechsel verzockten. Aber auch ein junger Ehrenmann war ein Ehrenmann, der in einer Nacht zwar hohe Summen verlieren konnte, niemals aber seine Fassung. Geld musste unter seiner Würde sein und bleiben; jedenfalls hatte man den Anschein zu wahren, dass Geld nichts war, worüber man sich ernsthafte Sorgen hätte machen müssen wie beispielsweise über die Treue einer kapriziösen Frau – oder eben die Ehre, weshalb Spielschulden Ehrenschulden waren.

Und manchen Dorpater Geschäftsleuten war es eine Ehre, den Verschuldeten Geld zu leihen – zu saftigen Zinsen, versteht sich. Die Gefahr, dass die Kredite platzten, war gering, weil hinter den Studenten immer noch die adligen, vornehmen oder zumindest gutbürgerlichen Familien standen, bei denen man sich notfalls schadlos halten konnte. Bevor es so weit kam, schaltete der Kreditgeber jedoch üblicherweise das Universitätsgericht ein. War ein verschuldeter Student mit der Rückzahlung seiner Verbindlichkeiten in Verzug geraten, wurde er kurzerhand exmatrikuliert, also vom Studium suspendiert. Solche Verfügungen ergingen nahezu wöchentlich. Manche Kommilitonen aus dem Conventsquartier wetteiferten geradezu darum, wer die meisten Exmatrikel vorweisen konnte. Sobald die Schulden bezahlt waren, wurde die Exmatrikulation wieder aufgehoben. Der betreffende Student durfte sein Studium fortsetzen und sich im *Coupé* erneut verschulden.

Als Keyserling zum ersten Mal exmatrikuliert wurde, schuldete er dem Sattlermeister Haupt 15 Rubel, beim zweiten Mal dem Tuchhändler Isakson 12 Rubel, 35 Kopeken. Das war kein Vermögen, aber auch kein Pappenstiel. Sein Vater, der vom Universitätsgericht entsprechend unterrichtet wurde, lächelte beim ersten Mal nachsichtig, weil er sich an seine eigene Burschenherrlichkeit erinnerte, und beglich die Schulden. Beim zweiten Mal beglich er sie auch, fühlte sich ebenfalls an seine Jugend erinnert, lächelte aber nur noch säuerlich und drohte seinem Sohn, im Wiederholungsfall den Wechsel zu kürzen.

An Sonnabenden gab es in Dorpat Musik und Tanz. Hinter dem *Coupé* befand sich ein ehemaliger Pferdestall, der als Tanzdiele hergerichtet war. Keyserling saß gern mit einigen Kommilitonen von der Curonia oberhalb des Tanzbodens in der Galerie, die früher als Heuboden gedient hatte. Sie hatten sich die Deckel draufgängerisch schräg auf die Köpfe gedrückt, ließen eine Flasche Wodka kreisen, rauchten russische Zigaretten, warfen den Mädchen auf der Tanzfläche sehnsüchtige Blicke zu und übertrumpften sich gegenseitig mit mehr oder weniger erlogenen oder erwünschten Frauengeschichten. Die Dienstmädchen, die da unten eng umschlungen mit Stallknechten und Handwerksgesellen tanzten und sich später am Abend verführen lassen würden, wussten, was sie wollten, und holten es sich auch. Dagegen waren die blutleeren, nervösen Fräuleins von den Schlössern und Gutshöfen nichts als von eigenen Sehnsüchten berauschte Gespenster, die vor Verlangen zitterten, draußen im Freien umgehen zu dürfen, die aber, wenn sie ausnahmsweise einmal an die frische Luft gerieten, sich nicht zu atmen trauten.

Die Kapelle, die eine Zeit lang verschnauft hatte, setzte mit einem schmetternden Galopp wieder ein und vertrieb Keyserlings Grübelei. Die Paare unten kreisten und fegten über die mit Sand bestreuten Dielen. Dumpfes, rhythmisches Füßestampfen mischte sich mit dem näselnden, durchdringenden Schnedderengdeng der Pauken und Trompeten. Eine Wolke von Staub, Schweiß, Tabakqualm dampfte aus dem Gewühl zum Logensitz der Herren Studenten hinauf.

»Opferrauch, der aus den Tiefen der Staubgeborenen zum Hochsitz thronender Götter steigt!«, rief Keyserling seinen Freunden durch den Lärm zu.

Mit einem sonderbaren Gefühl entrückter Erdenferne blickte er auf das Getümmel hinab. Herdenvieh stampfte, blökte, grölte in blindem Taumel durcheinander und wusste nicht, von wo es kam, noch, wohin es ging, lebte den Augenblick, würde vielleicht noch heute Nacht seinesgleichen zeugen, das irgendwann wiederum eine kurze Stunde des Rausches erleben und abermals seinesgleichen in die Welt setzen würde. Ein von Vitalität und Brunst bebendes Knäuel von Namenlosen, mitgerissen von unbegreiflich sinnlosen Trieben. Wenn Lebenslust und Gier und Jugend in eine Nacht, eine Stunde, in ein paar Momente der Erlösung zusammengedrängt wurden, dann wurde die Liebe elementar. Kreatürlich. Da gab es keine Zeit mehr für Phrasen und schöne Worte, keine Notwendigkeit mehr für Romantik. Da blieb auch zum Nachdenken keine Zeit mehr. Das bewunderte Keyserling. Und darum beneidete er die einfachen Leute.

Zwei seiner Freunde hatten inzwischen engeren Anschluss ans Ewig-Weibliche gefunden und walzten Brust an Brust und Bauch an Bauch übers ungehobelte Parkett. Er selbst hatte auch ein paar lange Blicke in die unteren Regionen riskiert, Blicke, die schließlich von einer drallen Blondine mit breitem, einladendem Lächeln erwidert wurden.

Er trank sich mit noch einem Wodka Mut an, ging, bereits leicht schwankend, nach unten und deutete eine kurze Verbeugung an, ein Kopfnicken nur. »Darf ich bitten?«, und bot ihr den Arm.

Sie kicherte, weil sie sonst wohl nur ein derbes »Komm schon, tanz mit mir« zu hören bekam, hakte sich unter und ging mit ihm auf die Tanzfläche.

Er fasste sie an Taille und linker Hand, und dann drehten sie sich im Rhythmus der Polka. Er spürte ihre Schenkel an seinen, schielte in ihr Dekolleté, drückte sie enger an sich --- als plötzlich die Trompeten mit einem kreischenden, zerrissenen Akkord absetzten, Fidel, Akkordeon, Kontrabass und Pauke abrupt verstummten. Eine körperlich spürbare Stille trat ein.

Begleitet von einem Pedell trat ein Polizeileutnant vor die Kapelle. Freundlich, aber bestimmt, mit einem Ausdruck des Bedauerns in Stimme und Gesicht, verkündete er, dass die Kapelle noch drei Stücke spielen dürfe, bevor die Sperrstunde in Kraft trete. Der Pedell, der als Ordnungskraft der Universität auf widerspenstige, allzu alkoholisierte Studenten zu achten hatte, nickte dazu wortlos und streng. So lautete nun einmal das Gesetz. Niemand protestierte oder murrte. Die Kapelle setzte zum Endspurt an, aber der Schwung war dahin.

Einer seiner Freunde winkte Keyserling zu, gestikulierte in Richtung Ausgang.

Er verabschiedete sich von der Blonden mit einer wiederum förmlichen Verbeugung. »Vielleicht habe ich ein anderes Mal die Ehre?«

Sie machte einen neckischen Knicks, als sei er ein Prinz.

Vier Corpsbrüder warteten bereits vor der Tür.

»Auf geht's!«, rief Keyserlings Vetter Otto von Löwenstern. »In die Carlowastraße!«

Und so erschienen fünf bedenklich schwankende Gestalten mit Deckeln und Bändern der Curonia in dem Bordell, das von einer mittelalten Madame mit dem Künstlernamen de Forestier legal und ordnungsgemäß geführt wurde. Die angeheiterte Herrenrunde orderte Wodka. Als sich herausstellte, dass außer Madame de Forestier nur noch zwei Frauenzimmer im Lokal anwesend waren, kam Streit auf, wem mit welcher Dame der Vortritt gebührte. Man beschloss, die Reihenfolge durch eine schnelle Runde Vingt-un auszuspielen.

Bevor jedoch das Blatt gemischt und ausgeteilt worden war, nahm das Geschehen eine unerwartete Wendung, als zwei weitere Gäste auf der Bildfläche erschienen, Getreidehändler aus Riga, die sich nach erfolgreichen Geschäften in Dorpat ein Schäferstündchen gönnen wollten. Einer der Studenten herrschte sie an, augenblicklich das Feld zu räumen; ein anderer warf mit seinem noch halb gefüllten Wodkaglas. Keyserling drohte jedem, der es wagen sollte, sich den Mädchen zu nähern, mit Schlägen.

Die Kaufleute verschwanden, kehrten jedoch eine halbe Stunde später mit einem Pedell zurück, der die Studenten »im Namen des Gesetzes« aufforderte, das Bordell zu verlassen, aber nur wüstes Hohngelächter erntete. Eins der Mädchen riss einem der Kaufleute den Hut vom Kopf, Löwenstern ohrfeigte dessen Begleiter, Keyserling trat ihm gegen das Schienbein. Eine Flasche flog durch den Raum. Ein Spiegel ging zu Bruch, dann eine Lampe. Der Tumult legte sich erst, als die resolute Madame de Forestier mit der stumpfen Klinge eines rostigen Kavalleriesäbels ohne Rücksicht auf Stand oder Geschlecht Schläge in alle Richtungen und gegen sämtliche Parteien austeilte.

Als Keyserling am nächsten Tag mit dröhnendem Schädel und üblem Geschmack im Mund erwachte, konnte er sich nicht mehr daran erinnern, wie er aus dem Bordell ins Conventsquartier gefunden hatte. Vierzehn Tage später erhielten er und seine Saufkumpane Vorladungen des Universitätsgerichts, bei dem der Pedell sie angezeigt hatte. Drei der Beklagten wurden wegen Beleidigung, Handgreiflichkeiten und Widerstand gegen einen Universitätsbediensteten für jeweils drei Monate exmatrikuliert und der Stadt Dorpat verwiesen. Keyserling und Löwenstern hatten Glück, weil die Zeugenaussagen der Frauenzimmer für ihre Stammkunden günstig ausfielen. Beide wurden, wie in der Akte vermerkt, »wegen Nichtbefolgung einer seitens eines Pedellen im Namen des Gesetzes an sie gerichteten Aufforderung zu einer Carcerstrafe von acht Tagen verurtheilt«.

Der Karzer war nur eine ärgerliche Petitesse. Keyserling verkürzte den Aufenthalt auf zwei Tage, indem er den Wärter mit ein paar Kopeken bestach. Peinlicher war da schon der Umstand, dass das Gericht verfügt hatte, eine Ausfertigung des Urteils an Keyserlings Vater zu schicken. Das war doppelt unangenehm, weil ihn auch neue Spielschulden drückten. Diesmal stand er beim Kaufmann Schlossberg in der Kreide, und der Tilgungstermin rückte unaufhaltsam näher. Es blieb ihm also nichts anderes übrig, als seinem Vater ein weiteres Mal als reuiger

Sünder entgegenzutreten und um Absolution und Begleichung der Schulden zu bitten. 9 Rubel und 55 Kopeken.

Eine Woche später erreichte ihn telegrafisch die Nachricht,
sein Vater sei schwer krank. Keyserling nahm den nächsten Zug.

21

Es war viel Schnee gefallen in den letzten Tagen, und als der Zug aus Dorpat in Hasenpoth ankam, schneite es immer noch. Aus formlosen, niedrig hängenden Wolken rieselten die Flocken daunensanft durch die windstille Luft. Mahling, der Kutscher, nahm ihn an der Bahnstation in Empfang und trug seinen Koffer zum Schlitten. Keyserling schlüpfte unter die Pelzdecke, und als das Pferd in die bleiche Dämmerung des Schneelichts hinaustrabte, fühlte er sich unter den weißen Bogen der verschneiten Birkenallee geborgen wie im Bett seiner Kindheit. Die Schellen am Zaumzeug sangen ihr Lied dazu. Zwar war er wieder einmal auf einem Canossagang, aber ein Nachhausekommen war es ja trotzdem. Der Alte hatte bislang immer ein Auge zugedrückt. Diesmal würde er eben beide zudrücken müssen.

»Gut, dass das junge Herr Grafchen gekommen sind«, sagte der Kutscher.

»Du kannst ruhig weiter Edchen zu mir sagen, Mahling.«

»Die Herren Brüder wollen auch anreisen, morgen oder übermorgen. Und seit heute ist der Arzt im Schloss.«

»So schlimm ist es?«

Der Kutscher schien einen Augenblick nachdenken zu müssen, drehte sich dann zu ihm um und nickte so heftig mit dem Kopf, dass der Pulverschnee von seiner Pelzmütze stob.

Keyserling fröstelte unter der Pelzdecke. Die Schellen

klangen plötzlich fremd, geisterhaft, wie Totenglocken. Aufgeschreckt von ihrem Geläut, schlug im Geäst einer windschiefen Baumruine ein großer Vogel mit den Flügeln.

»Schlechtes Omen«, sagte Mahling dumpf.

»Ach was, Unfug. Aberglaube.«

Auf der Zufahrt zum Schloss erhob sich ein eisiger Nordostwind und zerriss die Wolken, als wollte er Platz für den Sonnenuntergang schaffen, der sich blutrot und golden in den Fenstern spiegelte. In den verschneiten Baumwipfeln und von den Dächern lärmten Nebelkrähen.

Der Alte verbat es sich, von seinem Sohn im Krankenbett begrüßt zu werden. »Nur Geduld«, murmelte er, »ich bin ja noch nicht kalt.«

Den Einspruch des Arztes ignorierte er und ließ sich im Rollstuhl von seinem Diener in den Speisesaal schieben. Die in sich zusammengesunkene Gestalt schwankte im Stuhl sanft hin und her, sodass die rote Decke über seinen Knien verrutschte. Das Gesicht war kreidebleich und in seiner strengen Regelmäßigkeit von müder Ausdruckslosigkeit. Nur die leicht hervortretenden Augen waren noch wunderlich blau und blickten dem Sohn klar entgegen.

Die Tischgesellschaft war überschaubar. Keyserlings Brüder waren wegen der winterlichen Straßenverhältnisse noch nicht eingetroffen, und auch die verheirateten Schwestern befanden sich noch auf der Anreise. Die Konversation gestaltete sich schwierig, da der Graf immer wieder von Hustenanfällen geschüttelt wurde, sich aber störrisch weigerte, ins Bett gebracht zu werden. Die dringenden Warnungen des Arztes, der trotz der winterlichen Verhältnisse den weiten Weg von Riga auf sich genommen hatte, tat er nonchalant ab.

»Sehen Sie, lieber Bützow«, keuchte er zwischen zwei

Hustenanfällen, »wenn man bedenkt, wer so alles stirbt, dann kann selbst ein ausrangierter Lebenstrinker wie ich den Respekt vor dem Tod verlieren.«

»Ein Privileg ist der Tod gewiss nicht«, erwiderte Doktor von Bützow steif und ein wenig gereizt.

»Ach, Doktor, Sie sind ja ein Demokrat«, sagte der Alte und lachte ein mürbes Lachen, das eher einem Röcheln glich.

»Nun ja«, sagte der Arzt, »solange Sie noch lachen können, wird sich Freund Hein nicht an Sie heranwagen.«

»Ich habe immer gern gelacht«, erwiderte der Graf, »aber ich höre lieber, wenn andere lachen. Dann habe ich das Vergnügen, muss mir aber nicht die Mühe ---«

Er brachte den Satz nicht zu Ende, weil er kaum noch Luft zu bekommen schien. Dann wurde er von einem so heftigen Husten geschüttelt, dass er nicht einmal mehr protestieren konnte, als man ihn ins Krankenzimmer zurückrollte und ins Bett legte.

Nach kurzem, betretenem Schweigen hob die Gräfin die Tafel auf, noch bevor das Dessert serviert war. Doktor Bützow, der in einem der Gästezimmer logierte, würde jederzeit zur Verfügung stehen, sollte es mit dem Grafen weiter bergab gehen. Henriette, Elise und die Gräfin wechselten sich am Krankenbett mit der Nachtwache ab.

Müde von der Reise, aber unruhig und nervös, ging Keyserling in die Küche und ließ sich von der Magd eine Schale mit dem Orangenparfait geben, das als Dessert vorgesehen gewesen war. Dann holte er aus dem Weinkeller eine Flasche Porto, blies den Staub vom Etikett, *Cima-Corgo Pinhão, Very Old Tawny, 1849,* sechs Jahre älter als seine eigene Wenigkeit, und setzte sich in die Bibliothek. Das Rubinrot des Weins hatte zuweilen die Eigenschaft, Dinge, die verworren und schwierig waren, plötzlich ein-

175

fach und klar erscheinen zu lassen, und die schwere Süße tröstete manchmal über trübe Stimmungen hinweg. Im Zugwind von der Verandatür, gegen die leise der Schnee dengelte, bogen sich die Kerzenflammen zur Seite, als krümmten sie sich vor Schmerzen. Ob der alte Herr, der da im Sterben lag – Bützows Diagnose lautete auf Lungenkrebs –, ob also sein Vater das Schreiben des Universitätsgerichts noch zur Kenntnis genommen hatte? Und wie konnte Keyserling den Todkranken darum bitten, ihm noch einmal, großes, ganz großes Ehrenwort, ein allerletztes Mal, die Schuldenlast abzunehmen?

Im Flur schlug die Standuhr die Stunden. Einmal, zweimal. Seine Mutter kam in die Bibliothek, übernächtigt, graugesichtig, aber gefasst.

»Er will mit dir sprechen«, sagte sie.

»Jetzt? Um diese Zeit?«

»Die Zeit spielt für ihn keine Rolle mehr.«

Henriette saß am Krankenbett. Ihr Tagebuch aufgeschlagen auf den Knien, war sie bereit, die letzten Worte ihres Vaters für eine respektvoll erschütterte Welt festzuhalten.

»Er will dich allein sprechen«, sagte sie, als Keyserling eintrat, und verließ das Zimmer.

Durch den Lampenschirm fiel grünliches Licht über die Karstlandschaft des Greisengesichts und versetzte auch dem Blau der Augen einen Grünstich.

»Edchen? Bist du das?«

»Ja, Papa. Ich ---«

»Setz. dich. Es wird Abend, in den Häusern, auf den Feldern. Überall wird es dunkel. Alles fällt auseinander, nichts bleibt bestehen. Die Atome in dem verdammten Kadaver --- wollen nicht länger zusammenhalten. Die Bande will sich partout nicht mehr vertragen. Ja, ach

176

Gottchen ---, das kommt unter den besten Freunden vor! Und wenn es um die Weiber geht, na, du weißt schon --- Der Brief vom Gericht? Deine kleine Keilerei im Puff? Ich habe drüber gelacht. Aber sag das deiner Mutter nicht. War selber ein ziemlicher Rabauke, damals ---«

Ein unterirdisches Husten, schon fast wie aus dem Grab, bellte aus dem morschen Brustkasten. Ein heller blutiger Schaum stand auf seinen Lippen. Keyserling wischte sie mit dem Tuch ab, das in einer Wasserschüssel auf dem Nachttisch lag.

»Meine Partie ist verloren«, murmelte der Alte mit einem entrückten, bitteren Lächeln. »Schwarz ist Trumpf. Der große Unbekannte, der schwarze König --- hat Pique ausgespielt. Und sticht. --- Man wird wohl oder übel bedienen müssen. Und seine Schulden ---«

Er machte eine wegwerfende Handbewegung, als seien Schulden der Rede nicht wert. Der Atem ging flach und stoßweise wie durch eine verstopfte Röhre. Keyserling griff nach seiner Hand und drückte sie sanft.

»Im Ganzen war es gar nicht übel, wenn auch ein bisschen kurz. Immerhin, man hat gelebt. Und schön war's manchmal auch. --- Aber dass gleich der ganze Kerl in die Binsen soll, weil so ein Paar Lungenflügel nicht richtig --- wirtschaften? Will mir partout nicht in den Kopf. --- Vielleicht wird nur eine neue Schüttung gemacht? Wenn der Weizen auf dem Speicher --- weißt du, wenn der Weizen stockig geworden ist, lässt man ihn durchschaufeln. Dann ist er wieder --- wieder börsenfähig. Wer weiß, am Ende werden wir da drüben auch nur mal so durchgeschaufelt, pro forma --- und kommen wieder frisch auf den Markt?«

Er schloss erschöpft die Augen, atmete ruhiger. Keyserling wischte ihm mit dem Tuch Schweiß von der Stirn.

»Und noch etwas, Edchen«, flüsterte er. »Geh zum Silvesterball der Curonia und grüß die Alten Herren von mir. Und die Damen –––, na, du weißt schon –––«

Dann schien er eingeschlafen zu sein. Keyserling schlich auf Zehenspitzen hinaus.

»Ist er –––, ich meine, wie geht es ihm?«, fragte Henriette, die vor der Tür gewartet hatte.

»Er schläft.«

»Was hat er gesagt?«

»Dass ich mich vor den Damen in Acht nehmen soll.«

Sie sah ihn ungläubig, auch etwas enttäuscht an. »Ach komm schon, Edchen, das ist doch nicht dein Ernst?«

Der Graf starb am nächsten Tag um die Mittagszeit. Als die weitläufige Verwandtschaft endlich eingetroffen war, lag der Tote schon im Kaminzimmer aufgebahrt, von weißen Kerzen beschienen, schmal und starr in seinem altmodischen Gesellschaftsanzug, eine Chrysantheme im Knopfloch. Die Blume duftete nicht und verströmte eine merkwürdig kalte Pracht. Elise saß am Fenster und schrieb Tagebuch, auf dass die Trauer für alle Ewigkeit konserviert bliebe.

Auf dem Familienfriedhof hatten zwei Knechte schwer daran gearbeitet, im gefrorenen Boden die Grube auszuheben. Anna Jeanette, die Schwester, die gegen den Willen ihres Vaters eine Gesangsausbildung genossen hatte, aber im Schloss nur außer Hörweite des Grafen singen durfte, sang am offenen Grab das *Ave Maria*.

22

Die Kerzen strahlten in den Kronleuchtern. Ihre Lichter reflektierten wie Kristall in den Wandspiegeln und ließen das frisch gebohnerte Parkett glänzen. Der Saal im Conventsquartier der Curonia prunkte, summte und brummte von angeregtem Geplauder, Gläserklirren, Gelächter. Im Hintergrund wurden die Instrumente des Orchesters gestimmt. Es roch nach teurem Parfüm und edlen Zigarren.

Zum Silvesterball waren die aktiven Chargierten zumeist im Salonwichs erschienen, bestehend aus schwarzem Anzug, Deckel, weißen Handschuhen und Schärpe, während sich mancher der Alten Herren sogar noch in den Frack geworfen hatte. Da roch es dann auch ein bisschen nach Mottenkugeln. Bei der Damenwelt regierten nicht nur die Farben, sondern auch allerlei Extravaganzen und modische Wagnisse, weiße Spitzenkleider mit Veilchen im Dekolleté, roter Samt, stahlblauer Atlas wie eine Rüstung, griechische Ärmel, unterbundene Büste auf venezianische Art, schwarze Seide an nackten Schultern, viel wehender Chiffon und zarter Tüll, viel weiße Haut unterm Netz aus Bobinet. Nicht alles war formvollendet, nicht jede Garderobe zeugte von Geschmackssicherheit, nicht jede Figur war wohlproportioniert, nicht jedes Gesicht makellos.

Und dennoch, dachte Keyserling, der mit ein paar Freunden zusammenstand, die Zigaretten rauchten, Champagner süffelten und sich allerlei maliziösen Klatsch, gepflegte Sottisen und ätzende Sticheleien über die jeweils neu Eintreffenden zuraunten, und dennoch muss man ihnen Achtung zollen. Wenn nämlich jeder mittelmäßig begabte Künstler mit so viel Sorgfalt ans Werk gehen würde wie die Frauen, die sich zurechtmachten mit Reispuder, künstlichen Haarteilen, Nagellack, die sich in teure Stoffe warfen, die ihre Hälse, Ohren und Handgelenke mit Schmuck verzierten, und wenn diese Möchtegernkünstler so auf Nuancen, Details und die Subtilität des Ausdrucks achten würden wie die Damen auf den Strich ihrer Augenbrauen, das Rouge ihrer Wangen, die Tönung ihrer Lippen, die Haut ihrer Hände ––– dann könnte jeder Maler ein William Turner werden, jeder Skribent ein Tolstoi.

»Frauen«, sagte er, »sind große Künstler. Leider sind ihre Werke vergänglich.«

Seine Freunde lachten so laut, dass Keyserling wusste, nicht verstanden worden zu sein. Aber vielleicht lachten sie auch über etwas anderes?

»Da kommt ja auch der Alte Fritz«, sagte Richard Arronet und nickte in Richtung des Eingangsportals.

Beim Alten Fritz handelte es sich um Friedrich von Cray, einen aus Riga stammenden Berufsoffizier, der am Hof des russischen Zaren Karriere gemacht und es bis zum Generalmajor gebracht hatte. Bei verschiedenen Expeditionen zur Vermessung und Kartierung Sibiriens hatte er sich so große Verdienste erworben, dass Zar Alexander II. ihn in den Adelsstand erhoben und mit einem Landgut vor den Toren Dorpats beschenkt hatte.

»Mit seiner jungen O-O, seiner Ordonnanz«, bemerkte absichtlich stotternd Löwenstern.

Keyserling kannte Friedrich von Cray bereits von einigen Chargierten-Conventen, Saufgelagen, an denen gelegentlich auch Alte Herren der Curonia teilnahmen. Dass er mit einer jungen, angeblich bildschönen Frau verheiratet sein sollte, hatte er raunen gehört, aber bevor er einen Blick auf sie erhaschen konnte, verschwand das Paar bereits hinter Zimmerpalmen und zwischen plaudernden Gästen.

»Und diese O-O«, sagte Vietinghoff durchaus respektvoll, wenn nicht gar neidisch, »die ist Großstadt. Die ist so was von Grandmonde, das muss man schon sagen.«

»Und dabei so was von jung«, sagte Arronet neckisch.

»*So* jung nun auch wieder nicht«, befand Löwenstern. »Aber vierzig Jahre jünger als der Alte Fritz. Und der ist siebzig.«

»Und a. D.«, sagte Vietinghoff.

»Die arme O-O«, sagte Arronet.

»Was hat Cray denn geritten, dass er sich dergleichen Jugendlichkeit noch gewachsen fühlt?«, erkundigte sich Keyserling.

Die jungen Herren grinsten verständnisinnig.

»Geritten ist gut«, sagte Löwenstern. »Wer könnte denn angesichts so einer Rassestute die Contenance wahren? Vernunft? Lebensklugheit? Es gibt nun mal Beautés, die einen geradezu zu Dummheiten zwingen! Er hat sie in Sankt Petersburg kennengelernt, an einem Theater. O-O soll angeblich auch singen können.«

»Das muss ich mir dann ja wohl mal aus der Nähe ansehen«, sagte Keyserling.

»Lass dich aber nicht zu Dummheiten hinreißen!«, rief Löwenstern ihm im Gelächter der Freunde nach.

Durch den Saal schlendernd, grüßte Keyserling nach links und rechts, wechselte im Vorbeigehen das eine oder andere Wort mit Bekannten, verweilte auch, wo die Höflichkeit es gebot, zu kurzer Konversation, die in ihrer ritualisierten Hohlheit die Geisteshaltungen der Beteiligten verschleierte. Um diese nicht bloßzustellen, musste man tunlichst vermeiden, das Gesprächsniveau zu heben. Als Keyserling auf die Gruppe zusteuerte, in der Friedrich von Cray und seine Frau standen, winkte ihm der Alte Fritz einladend zu.

»Schön, Sie zu sehen, Keyserling«, sagte Cray und schüttelte ihm energisch die Hand. »Traurige Sache, das mit Ihrem Herrn Vater. Hat mich kolossal erschüttert. Nun ja, das Leben geht weiter. Kennen Sie eigentlich schon meine Frau? Nicht? Dann darf ich bekannt machen. Ada ---«

Er wandte sich seiner Frau zu, die den Federfächer, hinter dem ihr Gesicht halb verborgen gewesen war, sinken ließ.

»Das, meine Liebe, ist Eduard Graf Keyserling, einer der Söhne des unlängst ver ---, also gestor ---, ähm. Guter Mann aus bestem Stall. Als Kassier, als Schatzmeister also, der wichtigste Mann im Corps. Und das, lieber Graf, ist Ada, meine Angetraute.«

Die regelmäßigen Züge wirkten feierlich, vielleicht auch leicht blasiert, hohe Wangenknochen, üppiges schwarzes Haar, im Nacken geflochten und hochgebunden, dessen Scheitel das Gesicht wie in einen Ebenholzrahmen einschloss. Grüngraue katzenhafte Augen mit feinen schwarzen Kajalstrichen unter den Lidern musterten ihn mit skeptischer Gründlichkeit. Sie reichte ihm die Hand, er beugte sich darüber, roch ihr nach schweren Rosen und Lavendel duftendes Parfüm und hauchte die Andeutung eines Handkusses auf die schwarzen Spitzen des bis zu den Ellbogen reichenden Handschuhs.

»Meine Verehrung, Madame«, sagte er.

»Sehr erfreut, Graf.« Ihre Stimme klang etwas heiser.

Er richtete sich wieder auf, lächelte verkrampft, hielt aber ihrem Blick stand, bis auch sie die Andeutung eines Lächelns zeigte und den Fächer wieder bis knapp unter die Augen hob. Ihr schulterfreies Ballkleid mit einem herzförmigen Ausschnitt war die stoffgewordene Kombination von Unschuld und Raffinesse. Das Unterkleid aus goldenem Lamé schaute hervor und gab dem Kleid etwas Verruchtes, das die Grenze der Anständigkeit ahnen ließ, aber nicht überschritt. Der Überwurf aus schimmernder grüner Seide war über der Brust gerafft. Auch unter der Seidenschleppe blitzte gerüschter Goldlamé wie eine neckische Indiskretion.

Löwensterns Bemerkung, dass man angesichts Ada von Crays Erscheinung die Contenance verlieren konnte, war nicht aus der Luft gegriffen. Keyserling atmete tief durch, und als ein Kellner ihm eine Champagnerschale reichte, merkte er, dass seine Hände zitterten. Er griff zu einer Zigarette, ließ sich vom Kellner Feuer geben, inhalierte, atmete den Rauch stoßweise aus. Das beruhigte ihn. Es beruhigte ihn auch, dass er nicht gefordert war, Ada gegenüber kluge oder witzige Konversation zu machen, weil der Alte Fritz sich gern nach seinen sibirischen Abenteuern fragen ließ, von denen er allerdings auch ungefragt ausschweifend zu erzählen pflegte.

Lydia von Port wünschte sich darüber belehren zu lassen, warum die Nächte in Russland so hell seien.

»Das«, murmelte der Weitgereiste, der in naturwissenschaftlichen Details weniger weit bewandert war, »dürfte etwas mit dem –––, ähm, dem Sonnenstand zu tun haben.«

»Sibirien«, sagte Lydia, »stelle ich mir schrecklich vor, auch wenn es nachts hell bleibt. All dieser Schnee? Und dann erst diese langweiligen Kilometer. Das Land muss doch voll sein davon, nicht wahr?«

»Nun ja«, sagte Cray, »Entfernungen lassen sich nicht gut vermeiden. Es ist ja auch ein riesiges Land. Und ohne Damen wäre man dort völlig verloren.«

»Wie das?«, erkundigte sich Doktor Lundelius von der Universitätsmedizin.

»Ja, sehen Sie«, fuhr Cray fort, »das hängt wiederum mit der Größe zusammen, mit den Kilometern sozusagen. Ehe man sich's versieht, ist man da ganz allein. Man reist Tage und wenn's sein muss, auch Nächte, immer allein. Man kommt vielleicht an einen Gutshof oder in ein Dorf, und das nächste Dorf ist noch weiter weg. Man geht auf die Jagd, nichts als Steppe –––«

»Nennt man es dort nicht Taiga?« Die Port lieferte wieder einmal einen Beweis ihrer soliden Halbbildung.

»Weiter nördlich heißt es Tundra«, klärte Cray auf. »Aber menschenleer ist es da wie dort. Nachts schläft man auf einem der großen Heuhaufen. Um einen herum alles weit und still, über einem das Farma –––, das Ferm –––, ähm, der Himmel. Tja, da fühlt man sich dann selbst so weit und leer wie –––, wie eine große Blase sozusagen. Und da kommen nun die Damen ins Spiel. Die machen es wieder gemütlich eng und warm.«

»Hört, hört«, murmelte Lundelius.

Keyserling warf Ada einen Blick zu. Es schien, als würde sie hinter ihrem Fächer das Gesicht verziehen. Lächelnd? Peinlich berührt?

»Hach, ist das romantisch«, seufzte die dumme Port. »Das muss doch sehr charmant sein bei Nacht auf so einem Heuhaufen.«

»Durchaus«, befand der Alte Fritz, »wenn nur der starke Heuduft nicht wäre. Man wacht mit Kopfschmerzen auf, als hätte man die Nacht durchgezecht.«

»Na, dann lassen Sie uns darauf mal trinken«, sagte der Baron von Port und hob sein Glas, vermutlich, um weitere Fragen seiner Frau zu unterbinden.

Die Port hatte jedoch noch etwas auf dem Herzen. Mit

Sibirien hatte es zwar nichts zu tun, dafür aber mit der Nacht. »Warum singt die Nachtigall eigentlich bei Nacht?«

»Da bin ich überfragt.« Generalmajor von Cray kapitulierte.

»Wohl weil sie bei Tage Besseres zu tun hat«, vermutete Agnes Lundelius.

»Oh nein, meine Liebe«, korrigierte ihr Mann sie. »Das Nachtigall-Männchen singt des Nachts, um Weibchen anzulocken.«

»Könnte es nicht auch umgekehrt sein?«, fragte Keyserling mit gespielter Naivität. »Dass das Weibchen die Sängerin ist, und die Männchen erliegen ihr dann?«

Während die Runde schweigend über diese Möglichkeit nachzudenken schien, platzte aus Ada ein heftiges Kichern heraus, das in lautes Lachen überging. Es tönte metallisch und schien weniger für Salons als vielmehr für die Bühne gemacht, klang aber nicht wie eingeübtes Bühnengelächter. Sie ließ den Fächer sinken und warf Keyserling einen amüsierten Blick zu, in dem auch eine gewisse Verwunderung, wenn nicht gar Neugier mitschwang. Im selben Moment setzte das Orchester mit der *Champagner-Polka* ein, als nähme es das Echo von Adas Lachen in sich auf.

Die Tanzfläche füllte sich schnell mit Studenten und ihren Fräuleins. Die Paare wirbelten im Zweivierteltakt vorüber, während die älteren Herrschaften sich noch zurückhielten.

»Mein Mann wartet auf die langsamen Walzer«, sagte Lydia von Port wie entschuldigend.

»Der meine auch«, sagte Ada hinter ihrem Fächer.

Keyserling wandte sich ihr zu. Wieder schien sie ihn aus ihren Katzenaugen zu taxieren, als fragte sie sich, was von diesem jungen Grafen zu halten wäre. Für ein paar

Sekunden standen sie sich am Rand der Tanzfläche gegenüber wie zwei Königskinder, die nicht beisammenkommen konnten. Ihre Schönheit schien auch etwas Kaltes, Abweisendes auszustrahlen, aber vielleicht bildete er sich das nur ein, weil er fürchtete, abgewiesen zu werden, wenn er sie um den Tanz bäte, und deshalb wagte er es nicht, sondern stand nur stumm da.

Dann kam der langsame Walzer, und der Alte Fritz nahm seine junge Frau bei der Hand und führte sie gemessenen Schritts aufs glänzende Parkett. Keyserling mischte sich wieder unter seine Kommilitonen, lachte über schlechte Scherze und zotige Zweideutigkeiten, trank, rauchte, tanzte lustlos einen Rheinländer mit einer Benigne, einen Walzer mit einer Fastrade und eine Mazurka mit einer Mareile. Im Vorbeitanzen blinzelte er manchmal zu Ada hinüber, die inzwischen mit ihrem Mann an einem der Tische Platz genommen hatte, zur Mazurka aber von einem schneidigen Leutnant aufgefordert wurde und mit ihm so leidenschaftlich tanzte, als wollte sie dem zwischen Staunen und unerklärlicher Eifersucht schwankenden Keyserling etwas demonstrieren.

Die bis zu den hohen Stuckdecken reichenden Kachelöfen, die Kerzen in den Kronleuchtern, die Lampen auf den Tischen, die Tabakschwaden und die von Wein und Tanz und Berührungen erhitzten Körper ließen im Saal eine so schwüle Atmosphäre entstehen, wie sie an manchen Augusttagen über dem Park von Schloss Tels-Paddern brütete. Keyserling ging durch die angelehnte Flügeltür auf die Terrasse hinaus, um frische Luft zu schnappen. An der Balustrade zum Garten standen einige Ballbesucher und schauten in die sternkalte Winternacht hinaus. Er steckte sich eine Zigarette an, trat, die Schultern fröstelnd hochgezogen, von einem Fuß auf den anderen und wollte bereits wieder in den Saal zurückkehren, als plötzlich Ada neben ihm stand. Sie hatte sich eine Nerzstola über die Schultern gelegt, stieß wie unabsichtlich gegen sein Handgelenk.

»Haben Sie auch eine Zigarette für mich, lieber Graf?«

»Selbstverständlich, Madame, mit Vergnügen«, stammelte er, offerierte ihr die geöffnete Dose und gab ihr Feuer mit vor Kälte zitternder Hand. Vor Kälte?

Sie blies den Rauch in die Nacht. Die Wolke mischte sich mit ihrem gefrierenden Atem und ließ sie weicher und weißer anschwellen.

»Was Sie da vorhin gesagt haben, das mit dem Gesang der Nachtigall, das hat mir sehr gefallen«, sagte sie.

»Das ist schön«, sagte er steif. »Und dass Sie darüber so lachen konnten ---«

»Nun ja. Die meisten Witze, die man hier zu hören bekommt, sind nicht gerade zum Lachen. Da freut man sich natürlich über die Ausnahmen.«

»Ich weiß, was Sie meinen«, sagte er.

»Dann sind wir uns ja einig«, sagte sie lächelnd, und nach einer kurzen Pause: »Und Sie sind also der Schatzmeister der Curonia? Das ist doch bestimmt eine sehr verantwortungsvolle Aufgabe, nicht wahr?«

»Ach Gottchen, wie man's nimmt. Einnahmen und Ausgaben verbuchen, Soll und Haben sozusagen. Mit dergleichen Prosa will ich Sie lieber nicht langweilen.«

»Natürlich nicht, nein. Und nun ist mir auch kalt geworden. Lassen Sie uns hineingehen.«

»Nein, ich meine«, stammelte er, »ich wollte Sie noch fragen, ob ---«

»Später, mein Lieber, später.« Sie wandte sich wieder der Saaltür zu. »Man bildet schon die Formationen für die Mitternachtsquadrille.«

Bei der Quadrille tanzte er geistesabwesend, wie traumwandlerisch mit. Hatte sie wirklich »mein Lieber« gesagt? Und war das nur eine Allerweltsfloskel oder eine Botschaft an ihn? Einmal tanzte sie mit ihrer Formation an seiner vorbei, schaute aber in eine andere Richtung.

Kurz vor Mitternacht strömte alles auf die Terrasse, um das Feuerwerk zu genießen und das Jahr 1878 willkommen zu heißen. Die Kälte nüchterte Keyserling aus. Glichen seine Fantasien, die schöne Ada könnte sich zu ihm, dem hässlichen Edchen, hingezogen fühlen, nicht den Raketen, die bunt flimmernd im Nachthimmel zu Schall und Rauch zerplatzten?

Eine halbe Stunde nach Mitternacht begann das Orchester wieder zu spielen, und die gute Gesellschaft Dorpats walzte mit *Wiener Blut* ins neue Jahr. Anschließend bat der Dirigent die applaudierenden Herrschaften um Ruhe und ihre geschätzte Aufmerksamkeit für eine sensationelle Neujahrsüberraschung. Auf Wunsch einiger kunstsinniger Damen und Herren habe sich Madame Ada von Cray, die Gattin des verehrten Generalmajors von Cray, ausnahmsweise bereit erklärt, eine Gesangseinlage zu geben.

Geraune, Getuschel, Staunen erst, rauschender Beifall dann, als Ada die drei Stufen der Orchesterempore hinaufstieg und dem Dirigenten, der den Taktstock hob, zunickte.

> »Trinke, Liebchen, trinke schnell,
> trinken macht die Augen hell.
> Sind die schönen Äuglein klar,
> siehst du alles licht und wahr.«

»Herrschaften, Herrschaften«, stöhnte Löwenstern.

Keyserling stand gebannt, das Champagnerglas so fest

umklammert, dass es hätte zerspringen können wie ---,
ja, wie denn? Sein Herz? Sein Verstand?

> *»Siehst', wie heiße Lieb' ein Traum,*
> *der uns äffet sehr,*
> *siehst' wie ew'ge Treue Schaum,*
> *so was gibt's nicht mehr!«*

Arronet stieß Keyserling an und deutete mit einem Kopfnicken zum Alten Fritz, der übers ganze glänzende Gesicht vor Besitzerstolz strahlte und sich immer wieder
über den Schnauzbart strich.

»Die dümmsten Jäger erlegen das schönste Wild«,
raunte Arronet in Keyserlings Ohr.

> *»Flieht auch manche Illusion,*
> *die dir einst dein Herz erfreut,*
> *gibt der Wein dir Tröstung schon*
> *durch Vergessenheit!*
> *Glücklich ist, wer vergisst,*
> *was doch nicht zu ändern ist.*
> *Kling, kling, sing, sing, sing,*
> *trink mit mir, sing mit mir,*
> *lalala, lalala ...«*

Der Ballsaal stand kopf, jedenfalls der männliche Teil.
»Bravo!« und »Bravissimo!«.

»Dass sie Talente haben muss, kann man sich ja denken«, sagte Löwenstern augenzwinkernd. »Aber dass sie
tatsächlich singen kann ---«

»Pst« machte es und »Also bitte!«.

Ada spielte mit dem Federfächer ein kokettes Versteck-
spiel. Und sang.

»Ein Falter schwirrt ums Licht,
an der Flamme bleibt er hängen,
und Rettung gibt es nicht,
weil die Strahlen ihn versengen.
Sei nicht erpicht – gib acht, Gesell,
ein schön' Gesicht bezaubert schnell!«

Bei der letzten Zeile faltete sie den Fächer zusammen und deutete damit auf den Dirigenten, der wiederum aufs Orchester deutete. Beide verbeugten sich zum Beifallssturm. Und dann führte Ada die von schwarzer Spitze umhüllten Finger der rechten Hand zu ihren rot glänzenden Lippen und warf drei Kusshände ins Publikum.

Keyserling war sich sicher, dass sie bei der dritten Kusshand an allen vorbei oder durch alle hindurchgeschaut und *ihn* fixiert hatte.

Einzig ihn.

23

In der glühenden Vernarrtheit, die ihm auf dem Silvesterball das Herz entflammt und den Verstand vernebelt hatte, suchte er vergeblich nach irgendeinem Vorwand, um mit Ada Kontakt aufzunehmen, ohne dass der Alte Fritz Wind davon bekäme. Die Idee, ihr einfach einen Brief zu schreiben, verwarf er, weil er sich ausmalte, dass Cray in ständiger Eifersucht und chronischem Misstrauen den Schriftverkehr seiner Frau kontrollierte. Umgekehrt wäre es für Ada problemloser und unverfänglicher gewesen, *ihm* ein entsprechendes Billett zuzuspielen oder einen einschlägigen Wink zu übermitteln. Denn angesichts ihres Lachens über seinen Witz, ihrer Plauderei auf der Terrasse, während der sie ihn immerhin ›mein Lieber‹ genannt hatte, angesichts auch und besonders der ihm zugeworfenen Kusshand schien es ihm vorstellbar, dass auch sie Gefallen an ihm gefunden haben könnte und Schönheit und Hässlichkeit damit auf geradezu märchenhafte Weise zueinandergefunden hätten. Doch als die Tage und Wochen ohne Billett oder Wink vergingen, musste er sich widerwillig eingestehen, dass diese Hoffnungen nichts als beschwipste Illusionen einer rauschenden Ballnacht gewesen waren.

Traditionell zu Ostern veranstaltete die Curonia einen Chargierten-Convent, an dem sich auch Friedrich von Cray die Ehre gab. Irgendwann im Verlauf des feuchtfröhlichen Abends standen Keyserling und er noch aufrecht, wenn auch schon bedenklich schwankend, in der Toilette nebeneinander an der Pissrinne.

»Sagen Sie mal, Eduard«, knarrte Cray, ohne die glühende Zigarre aus dem Mund zu nehmen, »wie firm sind Sie im Französischen?«

»Wie meinen?«

»In der Sprache natürlich.« Cray grinste und knöpfte sich die Hose zu. »Was dachten Sie denn?«

»Tja, ähm ---«, stotterte Keyserling, der die Frage befremdlich fand. »In der Schule, also im Abitur, hatte ich ein ›Sehr gut‹ in Französisch. Und zu Hause in Paddern hatten wir Mademoiselles, die mit uns Kindern Französisch sprachen. Bei den jungen Herren waren die auch aus anderen Gründen sehr beliebt.«

Cray lachte knatternd. »Na, dann sind Sie vermutlich gut geeignet. Kleine Gefälligkeit, nichts Besonderes. Beehren Sie uns demnächst mal zum Tee auf Gut Embach.«

»Ja, natürlich, sehr liebenswürdig, Herr Generalmajor. Aber worum geht es ---«

»Französischunterricht«, sagte der Alte Fritz, »bisschen Nachhilfe sozusagen.«

Da Friedrich von Cray von Landwirtschaft rein gar nichts verstand und überdies viel Zeit des Jahres in Sankt Petersburg verbrachte, hatte er die Ländereien des Landguts, das der Zar ihm geschenkt hatte, mitsamt den eigentlichen Wohn- und Wirtschaftsgebäuden an einen benachbarten Großgrundbesitzer verpachtet. Der Generalmajor wohnte mit seiner jungen Gattin jenseits des kleinen Parks in einer Villa, die sich einer der Vorbesitzer als Altersruhesitz erbaut hatte. Park und Villa machten einen etwas vernachlässigten Eindruck, aber das lag wohl auch an der Witterung des trüben, nasskalten Apriltags, an dem Keyserling sich in einer Mietdroschke nach Gut Embach kutschieren ließ.

Eine ältliche Hausdame mit einer zum Wetter passenden griesgrämigen Miene öffnete und führte ihn durch eine dämmrige Zimmerflucht. Über dem schweren dunklen Mobiliar schwebte eine Aura des Verlassenen und Verschollenen. Es roch nach staubigem Holz und ranzigem Bohnerwachs. Das Parkett knackte und knarzte, als fügte ihm jeder Schritt Schmerzen zu.

»Wenn Sie bitte einen Moment warten wollen«, murmelte die Haushälterin, öffnete die Tür zu einem viel helleren Zimmer und durchquerte es.

Die Wände waren mit einer japanischen Seidentapete bedeckt, auf mattblauem Grund ein Zug filigraner silbergrauer Kraniche. Ein Chippendale-Sekretär stand am Fenster, daneben ein Bücherregal, ein Sideboard, zwei zierliche Sessel, ein blau gerahmter Spiegel über einer fliederfarbenen Chaiselongue, auf der ein lindgrüner Morgenrock mit persischem Muster lag. Eine doppelflügelige Glastür wies auf eine Veranda und den träge dahinströmenden Fluss Embach, dem das Gut seinen Namen verdankte. In krassem Kontrast zur düsteren Zimmerflucht war dieser Raum durchdacht und harmonisch komponiert bis zu dem Morgenrock, der wie absichtslos hingeworfen wirkte, vielleicht auch wirken sollte.

Ihr Boudoir, dachte er und spürte sein Herz schneller pochen.

Die Haushälterin klopfte an eine angrenzende mit Leder gepolsterte Tür. »Graf Keyserling ist angekommen, gnädige Frau.«

»Ich komme schon, ich komme!« Adas leicht metallische, durch die Tür wattig gedämpfte Stimme.

Dann öffnete sich die Tür, hinter der ihr Schlafzimmer liegen musste, da ein mit Draperien versehenes Himmelbett zu erkennen war. Ada ging katzenäugig lächelnd auf ihn zu. Sie trug ein schlichtes, ebendeshalb elegantes Hauskleid, das durch einen Bordürenbesatz dezent an estnische Trachten anspielte.

Sie reichte ihm die rechte Hand, und indem er sich, den Handkuss andeutend, darüberbeugte, sagte sie: »Ich freue mich –––, Fritz und ich freuen uns, Sie wiederzusehen, lieber Graf.«

»Es ist mir eine Ehre.« Sein Mund war so trocken, dass er meinte, seine Stimme müsste knistern.

»Wenn Sie mir bitte folgen wollen«, sagte sie und führte ihn durch einen breiten Flur, an dessen Wänden würdevoll verstaubte Ahnenporträts und allerlei Landschafts- und Marinemalerei hingen.

Erst als er das geräumige Kaminzimmer betrat, Cray sich aus einem ausladenden Ledersessel erhob, ihn willkommen hieß und ihm die Hand drückte, schoss es Keyserling durch den Kopf, wie ungewöhnlich, wenn nicht gar unerhört es war, dass ihn nicht der Alte, sondern Ada zuerst begrüßt hatte, und zwar nicht im Vestibül oder Salon, sondern ––– in ihrem Boudoir mit Blick in ihr Schlafzimmer.

Die graue Haushälterin servierte grünen Tee.

»Der ist weit gereist. Kommt ganz aus China.«

Cray schmunzelte über seine eigene Bemerkung. Vermutlich hatte er sie sich vorher zurechtgelegt.

Keyserling lächelte verbindlich. Der Generalmajor bot ihm eine Zigarre an, gab ihm Feuer und kam dann zur Sache. Im Herbst werde er, im Auftrag Seiner Kaiserlichen Hoheit des Zaren, die Ehre haben, an einer diplomatischen Mission in Paris teilzunehmen, eine Konferenz, über deren Sinn und Zweck er jedoch einstweilen nichts preisgeben dürfe. Da diese Sache sich Wochen, wenn nicht gar Monate hinziehen könne, werde seine geliebte Gattin ihn begleiten. Bei diesen Worten legte er seine schwere Hand wie eine Bärentatze auf Adas Handgelenk, was sie mit einem schmalen Lächeln quittierte.

Ein Raubtier und seine Beute, dachte Keyserling.

»Und in Paris hat man bekanntlich Französisch zu sprechen«, fuhr Cray fort, »*comme il faut,* sozusagen. Nun spreche ich zwar fließend Französisch, aber ich spreche es leider fließend falsch. Und das ist dem Franzosen ein Gräuel. Auch Adas Konserven –––, ähm, Konversationskünste könnten ein bisschen aufpoliert werden. Man will in Paris schließlich eine gute Figur machen, nicht wahr, mein Schatz?«

Sie nickte, lächelte, nippte am Tee.

»Langer Rede kurzer Sinn: Hätten Sie gelegentlich Lust und Zeit, mit uns ein wenig zu parlieren, als unser privater –––, wie sagt man doch noch gleich, ›Hauslehrer‹?«

»*Précepteur*«, sagte Keyserling mit der Andeutung einer Verbeugung. »*Avec plaisir, mon général.*«

»Wie schön«, hauchte Ada.

»Sie sollen das natürlich nicht für Gotteslohn tun«, sagte Cray. »Ich werde Ihnen ein angemessenes Salär –––«

»Aber nein«, sagte Keyserling hastig, »ich bitte Sie, es ist mir doch eine Ehre –––«

»Ehre ist gut und schön«, fiel Cray ihm ins Wort. »Aber für die Ehre kann man sich nichts kaufen, Eduard. Umsonst gibt's nichts auf dieser Welt. Vielleicht ist das Leben umsonst, aber am Ende kostet es doch den Tod.«

Wieder lachte er über das Bonmot, das er irgendwo aufgeschnappt haben musste. Keyserling lachte höflich mit.

»Préférence ist ja auch ein französisches Wort«, sagte Cray und kniff dabei verschwörerisch ein Auge zu. »Wer da mitspielt, braucht manchmal ein paar Rubelchen mehr, nicht wahr?«

Cray hatte natürlich recht. Dass er von seinen chronischen Spielschulden wusste, überraschte Keyserling zwar nicht, aber es ärgerte ihn, dass er im Beisein Adas darauf anspielte.

Als hätte sie seine Gedanken erraten, sagte Ada: »Sie zu bitten, lieber Herr Graf, war übrigens meine Idee. Und ich bin entzückt, dass Sie ›Ja‹ sagen.«

»Sagen Sie bitte nicht Herr Graf zu mir, Madame. Sagen Sie Eduard.«

»*Avec plaisir, mon cher Eduard. Et moi, je m'appelle Ada.*«

»Darauf muss man doch anstoßen«, befand der Alte Fritz, betätigte die Tischklingel und wies die Haushälterin an, Sherry zu servieren. »Den ältesten.«

Der Mai kam mit seiner grünblauen Helligkeit und schwelgte in zarter Blütenpracht. Keyserling sah und fühlte den Überfluss des Lebens, staunte über die Schönheit dieser verschwenderischen Fruchtbarkeit. An den Sonntagen erschien er nun auf Gut Embach zu Tee und französischer Konversation. Obwohl es belanglose Plaudereien im Korsett hüftsteifer Konventionen waren, enthüllten sie unfreiwillig das Wesen dieser seit fünf Jahren bestehenden Ehe.

Für den verwitweten Generalmajor war es durchaus eine Liebesheirat gewesen, ein spätes Aufflackern von Sinnlichkeit, als hätten Adas Reize noch ein letztes Mal in die Glut geblasen, die jedoch inzwischen unter der Asche des Alters erstickt war. Cray behandelte sie dominierend, aber respektvoll, manchmal auch milde herablassend wie ein alternder Vater die erwachsene Tochter, obwohl er selbst wie ein Kind war, das begeistert vor einem Spielzeug steht, das es sich lange gewünscht, aber nicht mehr damit gerechnet hat, es jemals zu bekommen.

Für Ada, die aus kleinen Verhältnissen stammte, war es eine Vernunftehe, eine Sache des Kalküls. Als er sie heiratete, war sie fünfundzwanzig und hatte in ihrer Welt der Bühnen, Sänger und Künstler allerlei Verehrer und Liebhaber, aber keine gute Partie in Aussicht, die ihr finanzielle Sicherheit und gesellschaftlichen Aufstieg geboten hätte. Über beides verfügte der Alte Fritz. Sie hatte ihn sogar zu Audienzen beim Zar begleiten dürfen, und auf den Festen und Bällen der besseren und besten Gesellschaft wurde sie wohlwollend akzeptiert. Hinter vorgehaltenen Händen und Fächern zirkulierten zwar allerlei Gerüchte über ihre Vergangenheit, doch die spitzen Lästerzungen gehörten den Damen, die auf Adas aparte Schönheit und ihren selbstbewussten Charme eifersüchtig waren. Sie wurde mit Komplimenten überhäuft, an deren Ehrlichkeit sie manchmal zweifelte, doch zweifelte sie kaum daran, dass die Komplimente zutrafen. Ihre Eitelkeit war wie ein ständiger Blick in einen imaginären Spiegel.

Keyserling wusste, dass seine Verliebtheit bar jeder Vernunft und völlig hoffnungslos war, aber ebendeshalb erfasste sie ihn vollkommen und wurde von Woche zu Woche durch die Pikanterie der Situation noch gesteigert. Da saß er ihr gegenüber, sprach banale französische Worte und wusste genau, dass sie wusste, dass er verrückt nach ihr war. Und sie sah ihm in die Augen, sprach nichtssagende französische Worte und wusste, dass sie der Grund seiner Hoffnungslosigkeit war. Eine stillschweigende Demütigung, gewiss, vielleicht gemildert durch ein unausgesprochenes Bedauern, dass die Situation nun einmal war, wie sie war.

Wusste oder ahnte Friedrich von Cray, was für ein stummes Spiel seine Frau und dieser junge, merkwürdig hässliche Mensch unter seinen Augen spielten? Ließ er sich nichts anmerken, weil er die bequeme Sicherheit seiner Stellung auf diesem unsichtbaren Schachbrett kannte?

An einem Sonntag im Juli, als der Sommer zu glühen begann und weiße Nächte die Zeit stillzustellen schienen, führte die Haushälterin ihn nicht ins düstere Kaminzimmer, in dem sonst die Konversationsstunden verbracht wurden, sondern durch das Boudoir mit den silbergrauen Kranichen hinaus auf die Veranda. Ada lag dort in einem Liegestuhl, die Augen geschlossen, eine Hand auf dem Mund, die Haare leicht zerzaust. Blau und träge strömte der Fluss durch die Nachmittagshitze.

»Graf Keyserling ist da, Madame«, sagte die Haushälterin.

Ada gähnte wie selbstvergessen, räkelte sich mit matten, schläfrigen Gesten, schlug die Augen auf und lächelte Keyserling zu, der, den eleganten Strohhut und den Spazierstock mit der Nymphe in Händen, etwas verlegen vor ihr stand. Sie zupfte das schneeweiße Batistkleid mit Spitzenbordüren an Ärmeln und Ausschnitt zurecht und reichte ihm, ohne sich aus dem Liegestuhl zu erheben, die Hand.

Er nahm in einem der weißen Korbsessel Platz. Die Haushälterin brachte ein Tablett mit Waldmeisterbowle, stellte es auf ein Beistelltischchen und zog sich wieder zurück.

»Sie fragen sich wohl, wo Fritz ist«, sagte sie.

Keyserling nickte. »In der Tat.«

»Er musste zur Vorbereitung der Pariser Konferenz kurzfristig nach Sankt Petersburg reisen und wird dort zwei Wochen bleiben.«

Keyserling spürte sein Herz heftiger schlagen. Der Alte Fritz ließ es zu, dass Ada hier allein mit ihm Konversation trieb? Schweißtropfen traten ihm auf die Stirn. Er tupfte sie mit seinem Einstecktuch weg.

»Ja, die Hitze«, sagte sie. »Wie wär's mit einer kleinen Promenade. Unten am Fluss ist es kühler, und man kann sogar die Füße ins Wasser halten.«

Von der Veranda führte ein schmaler Weg hinunter zum Fluss. Der weiße Kies knirschte unter ihren Schritten. Dann verengte sich der Weg zu einem von Moos überwucherten Pfad, der sich zwischen Pappeln, Birken und Buschwerk am Ufer entlangschlängelte. Das Laub stand bewegungslos in der stillen Luft, der Himmel reflektierte blau, von Sonnenflecken golden durchbrochen, auf dem Wasser. Im Gebüsch hörte man das Huschen leichter Flügelschläge. Manchmal schob Keyserling mit vor Aufregung zitternden Händen Zweige für Ada beiseite und berührte dabei mit dem Knie ihren Oberschenkel.

Hinter einer Biegung des Flusses erreichten sie einen Steg. Sie schlüpfte aus ihren Pumps, zog den Kleidsaum bis zu den Knien hoch, setzte sich und ließ die Füße ins Wasser baumeln.

»Herrlich ist das«, sagte sie. »Herrlich kühl ---«

Er stand wie erstarrt, spürte, wie der Anblick ihrer nackten Waden seine Augen noch stärker hervortreten ließ als sonst.

»Worauf warten Sie denn, Eduard?«

Ja Gott, worauf wartete er eigentlich? Das Warten machte ihn nur zum Narren. Man wartet und wartet, dachte er, man tut dies und das, aber die große Sache, der Höhepunkt, das, was das Leben lebenswert macht, das soll erst noch kommen. Und die Zeit vergeht, und nichts kommt, und man bleibt der Dummkopf, der immer darauf wartet, worauf er eigentlich wartet. Den Augenblick ergreifen muss man, zugreifen muss man, bevor ---

»Eduard?«

»Ja«, brachte er aus staubtrockenem Mund hervor, »ja doch ---«

Er zog sich das Samtsakko, Schuhe und Strümpfe aus und krempelte die Hosenbeine hoch. Aus dem stillen Wasser blickte ihm sein Spiegelbild entgegen, und in diesem Augenblick begriff er, warum Friedrich von Cray keine Bedenken hatte, ihn mit Ada allein zu lassen: Er war so hässlich, wie sie schön war. Er setzte sich neben sie und zerstieß mit den Füßen sein Spiegelbild.

»Ach Eduard«, sagte sie seufzend, »wie schön das doch ist. Und wie sonderbar ---« Sie lehnte sich an seine Schulter, sodass sich der dünne Stoff ihres Kleids knisternd an seinem Leinenhemd rieb. »Es ist nicht recht von mir, es ist einfach nicht recht. Ich muss verrückt sein, dass ich ---, dass ich mich Ihnen ---«

Er wusste nicht, wie ihm geschah. Sie brachte ihr Gesicht nah an seins, schloss die Augen. So sah sie ihn nicht, als er sie küsste. Libellen wiegten sich in der heißen Luft. Unter den Weiden am jenseitigen Ufer saßen Schwäne, weiß, stolz und regungslos.

»Komm morgen, mein kleiner Graf, morgen am Vormittag«, flüsterte sie an seinem Hals. »Die Haushälterin hat ihren freien Tag, und das Dienstmädchen schicke ich zum Einkaufen in die Stadt.«

Die Sonne fiel schon flacher durchs Blattwerk. Über die Holzplanken des Stegs zitterten leuchtende Flecken, als hätten Kolibris im Flug ihre Federn verstreut. Vom Fluss schien etwas Besänftigendes auszugehen. Moosduft hing in der Luft. Es war ganz still.

In dieser Nacht fand er kaum Schlaf, malte sich aus, was und wie es am nächsten Vormittag geschehen würde, überlegte, ob er ihr ein Geschenk mitbringen sollte, ein Bouquet vielleicht oder belgische Pralinés. Er wurde auch von kleinlichen, unangenehmen Gedanken gezwickt, die ihn mit hässlichen Worten wie Ehebruch, Heimlichtuerei, Lüge, Betrug behelligten, die ganze schmuddelige Buchführung einer Affäre, die noch gar nicht richtig begonnen hatte. Und darüber schlief er endlich ein.

Sie hatte ihn gebeten, nicht am Eingangsportal zu klingeln, sondern auf der Rückseite der Villa über die Veranda zu kommen und dort an die Glastür zu klopfen. Aber als er dort ankam, stand die Glastür offen, und so betrat er ihr Boudoir, an dessen Tapete der helle Widerschein des Flusses entlangflutete. Die Tür zur Zimmerflucht und die Tür zu ihrem Schlafzimmer waren geschlossen.

»Ada?«, rief er halblaut.

»Ich komme sofort«, hörte er sie durchs Lederpolster der Tür. »Mach's dir bequem.«

Er zog das Sakko aus, warf es auf einen der zierlichen Sessel, setzte sich auf die Chaiselongue, fragte sich, warum sie ihn warten ließ. Er atmete hastig, beklommen, griff zu seinen Zigaretten. Die Dose rutschte ihm aus den Händen.

Dann öffnete sich das Schlafzimmer. Sie trat an die Verandatür und zog die Vorhänge zu. Das Licht im Zimmer wurde diffus, verlief wie auf einem Aquarell. Sie trug ein Kleid aus Sommermusselin, gelbrot wie trockene Rosenblätter, zusammengehalten von einem Gürtel aus Silberfäden. Sie kam lächelnd auf ihn zu. Als er aufstehen wollte, um sie zu begrüßen, drückte sie sanft gegen seine Schulter, bis er auf dem Rücken lag. Er wollte etwas sagen, doch sie legte einen Finger auf seine Lippen. Dann löste sie mit einer raschen Bewegung die Gürtelschnalle, die zu Boden klirrte, und im Niedergleiten rauschte leise der Musselin, unter dem sie nackt war. Für einen Augenblick kam sie ihm vor wie eine antike Herrscherin, die sich bedenkenlos vor einem Sklaven auszieht, weil sie ihn nicht für einen Menschen hält, sondern für eine Sache. Sie reckte die Arme und verharrte ein paar Augenblicke wie eine Statue, deren Ebenmaß bewundert werden musste. Dann beugte sie sich zu ihm nieder, drückte ihren Mund auf seine Lippen, ein Siegel der Verschwiegenheit, und er, bleich, bebend und fiebernd vor unfassbarem Glück, schloss die Augen, bedeckt, begraben unter kühler Haut, dem Duft nach Rosen und Lavendel und einer Flut schwarzen Haares.

Nach einem letzten, tiefen Seufzer lag er schließlich da, schläfrig, aber nicht satt. Hier endete das ewige Habenwollen nicht in der Ödnis des Gehabthabens, wie bei den Bauernmädchen, Wirtshausbekanntschaften und Prostituierten, sondern in der unstillbaren Gier des Nocheinmals. Aus den Augenwinkeln sah er zu, wie sie nackt durch die wässrige Dämmerung des Raums huschte und den Vorhang ein wenig von der Glastür zog. Mittagslicht durchschnitt den Raum wie ein glühendes Messer. Sie ging ins Schlafzimmer. Als sie nach wenigen Augenblicken ins Boudoir zurückkehrte, hatte sie den Morgenrock mit dem persischen Muster übergeworfen und brachte auf einem Tablett Gläser und eine in einem Eiskühler stehende Flasche Champagner. Er hob die Zigarettendose vom Boden auf. Sie stießen mit den Gläsern an, tranken und rauchten schweigend.

»Wie soll das weitergehen?«, sagte er irgendwann, als er das Schweigen nicht mehr ertrug. »Ich meine, mit uns. Mit dir und mir? Und mit deinem Mann?«

Sie zuckte mit den Schultern. »Um den musst du dir keine Sorgen machen.«

»Aber er liebt dich doch.«

Sie machte eine wegwerfende Handbewegung. »Na ja, soweit er das noch kann.« Sie lachte leise. »Sagen wir mal so: Er verehrt mich. Und er ist stolz auf mich, auf seine Eroberung. Aber er ist ein alter Geizhals.«

Keyserling wunderte sich. »Hält er dich kurz?«

»Er hält mich aus«, sagte sie. »Er kauft mir alles, was ich will, und manchmal noch mehr. Es geht aber nicht um mich. Es geht um meinen Bruder«, ihre Stimme bekam etwas Brüchiges, »meinen einzigen Bruder Nicolai.«

»Was ist mit ihm?«

»Nicolai ist Kapitän bei einer Danziger Reederei. Auf einer Fahrt nach Afrika hat er sich eine seltene Krankheit zugezogen, eine Tropenkrankheit. Der Arzt ist ratlos, aber er sagt, dass es in Hamburg Spezialisten für dergleichen gibt. Nicolai müsste also nach Hamburg reisen, und zwar so schnell wie möglich, morgen, übermorgen, spätestens in einer Woche, aber ---«

Sie begann leise zu schluchzen, zog ein Seidentüchlein aus der Tasche des Morgenrocks und wischte die Tränen weg.

Er tätschelte ihre Hand. »Aber was?«

»Wer soll das bezahlen? Nicolai kann nicht mehr arbeiten, also verdient er auch nichts. Zu allem Unglück hat er auch noch Schulden. Und weil das Spielschulden sind, weigert mein Mann sich, Nicolai zu helfen. Fritz beharrt nämlich auf dem altmodischen Standpunkt, dass man nur um solche Einsätze spielen darf, die man selber decken kann. Er glaubt nicht, dass Nicolai das Geld für einen Hamburger Arzt nutzen wird, sondern dass er es gleich wieder verspielt.«

»Ich verstehe«, sagte Keyserling nachdenklich, und er verstand es in der Tat gut, zumal ihn selbst wieder einmal Spielschulden plagten.

»Ich wusste, dass du es verstehen würdest«, flüsterte Ada und küsste sein Ohrläppchen. »Und ich frage mich, ob du vielleicht meinem armen Bruder aushelfen kannst? Ich meine, du bist schließlich ein Graf.« Dabei küsste sie seinen Hals.

»Graf, ja, ha! Und wieder mal pleite«, knurrte er. »Für den Titel bekommt man nichts. Um welche Summe geht es denn überhaupt?«

»Vierhundert Rubel.«

Sie fuhr mit der Zunge über sein Schlüsselbein.

»Vier ――― hundert! Das ist ―――, ich meine, das ist viel Geld. Wer würde es denn zurückzahlen, wenn es sich überhaupt auftreiben ließe?«

»Ich natürlich«, flüsterte sie. »Von Fritzchen bekomme ich nur ein Taschengeld, aber ich habe Schmuck. Zum Geburtstag, zu Weihnachten, als Mitbringsel von seinen Reisen oder einfach nur so zwischendurch – weil ihm nichts Besseres einfällt, schenkt Fritzchen mir ständig Schmuck. Teure, sehr teure Sachen, die mir oft gar nicht gefallen oder nicht zu meinem Stil passen. Das Collier, die Brosche, den Ring, den ganzen Firlefanz trage ich ein-, zweimal und dann nie wieder. Und Fritzchen hat längst vergessen, was er mir alles geschenkt hat. Ich lasse jetzt einige Teile zu Geld machen. In Dorpat geht das natürlich nicht. Dorpat ist ein Dorf, in dem sich das sofort herumspräche. Deshalb habe ich die Sachen einer Freundin in Königsberg gegeben, die über gute Beziehungen verfügt. Ich rechne damit, dass ich bald tausend Rubel bekomme, vielleicht mehr. Aber Nicolai braucht das Geld sofort, besser heute als morgen. Du sollst es mir nur vorstrecken.«

»Ich müsste es mir leihen«, sagte er, »zu horrenden Zinsen.«

»Ach was, Zinsen ---« Sie küsste seinen Nabel. »Du bist doch der Kassenwart, nicht wahr? Der Drache, der über den Schatz der Curonia wacht. Leih dir das Geld aus. Vorübergehend. Das merkt doch keiner und schadet niemandem. Sobald ich mein Geld aus Königsberg habe, gebe ich es dir und du legst es wieder zurück.«

Sie öffnete den Morgenrock, ließ ihn zu Boden gleiten und flüsterte: »Und ich zahle immer in bar.«

24

In der kurzen, durchsichtigen Dunkelheit der weißen Nacht schlich er aus seinem Zimmer in die Bibliothek des Conventsquartiers. Hinter dem ausladend gerahmten Gemälde, das den Einzug der Studenten beim Hambacher Fest zeigte, befand sich der Tresor. Er nahm das Bild von der Wand und versuchte, den Schlüssel ins Schloss zu stecken, aber im Zwielicht zitterte seine Hand so stark, dass es ihm misslang.

Er fluchte lautlos in sich hinein. Was tat er hier wie der sprichwörtliche Dieb in der Nacht? Wie tief war er gesunken, dass er sich an Geld vergreifen wollte, das ihm zu treuen Händen anvertraut war? Hatte er denn keine Ehre mehr im Leib? Er wollte es ja nicht stehlen, beruhigte er sich, nur leihen für eine kleine Weile, und er wollte es nicht einmal für sich selbst, sondern für den unschuldig in Not geratenen Kapitän, aus christlicher Nächstenliebe sozusagen, ein Akt der Barmherzigkeit. Und außerdem wäre die Tat gegenüber Ada ein Liebesbeweis – aus Liebe überschritt er Grenzen, hinter denen die düsteren Regionen der Ehrlosigkeit lagen. Geld geisterte in vielen Gestalten umher, als nacktes Bargeld, als Wechsel, als Geschenk, als Mitgift, als Unterhalt auch. »Er hält mich aus«, hatte Ada von Cray gesagt. Und im Gegenzug musste sie ihn aushalten, indem sie ihn ertrug. Das Gerede von platonischer Liebe war eine fromme Lüge; es gab sie so wenig, wie es vegetarische Tiger gab. Es war nicht Zweck der Liebe, platonisch zu sein. Die

Liebe war eine wilde Angelegenheit, die wahnsinnig machen konnte und den Verstand zum Körper werden ließ. Warum sollte ausgerechnet in der Liebe das Geld fehlen? Ausgerechnet, ha! Wer liebt, zahlt. War es nicht immer schon so gewesen?

Das Zittern seiner Hände ließ nach. Er klemmte sich das *Pince-nez* auf die Nase, entzündete eine Kerze, hielt sie mit der linken Hand hoch und stieß mit der rechten den Schlüssel ins Schlüsselloch, schloss auf, zog die Kasse heraus, eine Kassette aus Eschenholz, mit Eisenbändern verstärkt und mit einem Schloss versehen. Der Schlüssel drehte sich leise schnalzend, einmal, zweimal. Dann klappte Keyserling den Deckel hoch, entnahm Gold- und Silbermünzen, die im Kerzenschein schimmerten, und zählte mit lautlosen Lippenbewegungen vierhundert Rubel ab. Derartige Summen lagen normalerweise nicht in der Kasse, aber einige Alte Herren hatten kürzlich Geld für bevorstehende Renovierungen des Gebäudes gespendet. Wenn die Handwerker zu bezahlen wären, würden die vierhundert Rubel längst wieder in der Kasse liegen, als wäre nichts geschehen. Er verstaute die Münzen in einer Börse aus schwerem Brokat. Dann schob er die Kassette zurück in den Tresor, hängte das Hambacher Fest wieder an seinen angestammten Platz, löschte die Kerze und verließ auf Zehenspitzen die Bibliothek, durch deren Fenster eine bleiche, misstrauische Dämmerung kroch.

Die Haushälterin öffnete, führte ihn aber nicht ins Kaminzimmer oder zu Adas Räumen, sondern nur bis ins Vestibül. »Bitte warten Sie hier. Die gnädige Frau kommt sofort«, sagte sie und verschwand.

Als Ada nach einigen Minuten erschien, ging er auf sie

zu, um sie zu umarmen, aber sie machte eine abwehrende Geste, legte einen Finger auf den Mund und reichte ihm dann die Hand wie einem Fremden.

»In diesem Haus haben die Wände Ohren, und die Türen und Fenster haben Augen«, flüsterte sie. »Die Haushälterin ist da, die Zofe ist da, sogar der Gärtner mit seinem Gehilfen. Also bitte, mein Lieber, Contenance.«

»Aber Ada, ich –––, ich meine wir –––«

»Pst«, zischte sie. »Oder willst du etwa einen Skandal machen?«

»Natürlich nicht –––«

»Hast du es?«, fragte sie hastig. »Hast du das Geld?«

Er zog die prall gefüllte Brokatbörse aus seinem Sakko und gab sie ihr.

Sie wog sie in der Hand, flüsterte: »Vierhundert?«

Er nickte.

»Ich wusste, dass ich mich auf dich verlassen kann, mein Lieber«, sagte sie. »Aber du musst jetzt gehen, bevor das Personal Wind von unserem kleinen Geheimnis bekommt.«

»Ja, gewiss«, sagte er, »aber wenn es so eilig ist, wie du sagst, wie kommt das Geld dann so schnell nach Danzig?«

Sie lachte lautlos, sah ihn spöttisch an, drohte ihm mit dem Finger wie einem ungezogenen Kind. »Vertraust du mir etwa nicht? In einer Stunde holt ein Bankier vom Kurmärkisch-Ritterschaftlichen Kreditinstitut das Geld ab. Er kabelt eine telegrafische Depesche zu seinem Danziger Kontor, dass man dort die Summe in Goldmark umrechnen und auszahlen soll. Und dann bringt ein Bote das Geld zu Nicolai.«

»Ich verstehe«, sagte er. »Aber wann –––, ich meine, wann sehen wir uns wieder?«

»Am Sonntag natürlich. Das ist doch der Termin für

unser Konversationsstündchen, nicht wahr? Das Personal werde ich schon irgendwie wegschicken.«

»Aber – – –, bis dahin sind es noch fünf Tage. Fünf Tage ohne dich.«

»Ach, Eduard«, seufzte sie. »Fünf Tage sind ja auch fünf Tage Vorfreude.«

Zum Abschied warf sie ihm eine Kusshand zu.

Wie eine durchsichtige Glocke lag die Hitze schwer und brütend über dem Land und nahm von Tag zu Tag zu. In den Gärten roch es nach Pflaumen und Himbeeren, und die Stockrosen und Gladiolen, Fingerhüte und Georginen, Rittersporn und Hortensien krümmten sich, als hätten sie eine Last zu tragen. Rosenblüten schmolzen wie Wachs, und sogar die Sonnenblumen neigten erschöpft die Köpfe. Auf den ausgetrockneten Weiden brüllte das Vieh nach Wasser, und die Gutsherren und Bauern fürchteten um die Ernte.

Dem Sonntag fieberte Keyserling entgegen wie ein Schwerkranker dem Arzt mit der erlösenden Medizin. Als er endlich auf Gut Embach ankam und auf die Villa zuging, glitzerte der Kiesweg wie flüssiges Silber. Jenseits des Flusses zogen Wolken auf, und von sehr weit her rollte Donner. Er stellte es sich herrlich vor, in dieser elektrisch geladenen Atmosphäre mit Ada auf der Chaiselongue zu liegen, unter Blitz und Donner wohlig zu erschauern und nach der Entladung dem sehnlich herbeigewünschten Regen zu lauschen. Er betätigte den Klingelzug. Der Ton verhallte im Innern. Wie würde sie ihn empfangen? Im lockenden Sommermusselin? Im persischen Morgenrock? Oder gar – – –

Die Tür öffnete sich, und er schrak zusammen, als sähe er ein Gespenst. Vor ihm stand die Haushälterin mit dem grauen zerknitterten Gesicht und den streng nach hinten gebundenen schmutzig blonden Haaren.

»Die Herrschaften erwarten Sie im Kaminzimmer«, sagte sie teilnahmslos und ging voraus.

Die Herrschaften? Was sollte das? War der Alte denn nicht in Sankt Petersburg? Und die Haushälterin? Wollte Ada die nicht wegschicken, damit niemand das Schäferstündchen störte?

Breitbeinig, die Hände auf dem Rücken verschränkt, stand Generalmajor a. D. Friedrich von Cray im Kaminzimmer am geöffneten Fenster und beobachtete den sich schnell verdüsternden Himmel. Als Keyserling eintrat, drehte er sich um und schüttelte ihm kräftig die Hand.

»Das ist eine Überraschung, nicht wahr?«, dröhnte er jovial.

»In der Tat«, murmelte Keyserling verstört, »wir dachten ---, ich meine, ich wähnte Sie ---«

»In Sankt Petersburg, versteht sich«, sagte Cray. »Aber die Angelegenheit dort ließ sich so rasch klären, dass meine Anwesenheit nicht länger erforderlich war. Ich bin schon seit gestern wieder daheim, *chez soi,* wie der Franzose sagt.«

»Das ist ja ---«, stammelte Keyserling, »das ist ja sehr erfreulich.«

»Das will ich meinen«, sagte der Alte. »Aber nehmen Sie doch Platz und bedienen sich mit der Limonade. Ada wird auch gleich da sein.«

Keyserling nickte stumm, bekam weiche Knie, empfand ein Schwindelgefühl. Im Zimmer war es still. Ein paar Fliegen umschwirrten den Kronleuchter. Als er sich setzte, knarrte der Stuhl.

»Ist Ihnen nicht gut?«, fragte Cray. »Sie sehen so blass aus. Trinken Sie doch einen Schluck.«

Draußen zuckte ein Blitz. Keyserling zählte die Sekunden, bis der Donner folgte.

»Das Wetter«, sagte Keyserling tonlos, »diese schwülen Tage machen einen ganz krank.«

»In Petersburg war es nicht so – – –, ach, da kommt ja auch meine Ada.«

Sie kam nicht im Sommermusselin und auch nicht im persischen Muster, sondern in einem kornblumenblauen Leinenkleid, in dem sie fast mädchenhaft wirkte. Unschuldig.

»*Bonjour, Monsieur le Comte*«, sagte sie lächelnd.

Das Lächeln war verkrampft, und schwang da nicht leise Ironie in ihrer Stimme? Warum nun *Monsieur le Comte*? Warum nicht mehr *Cher Eduard*? Ihr Blick schien durch ihn hindurchzugehen, als wäre er aus Luft.

»*Bonjour, Madame*«, brachte er mühsam heraus.

Ein Windstoß ließ die offen stehenden Fensterflügel erzittern, trieb Luft in den Raum, brachte aber keine Abkühlung. Der Donner kam näher, die Dunkelheit nahm zu. Das Schweigen lastete wie Blei. Cray sah Ada fragend an, dann Keyserling, dann wieder Ada. Lag da Misstrauen in seinen Blicken? Ahnte er etwas?

»Was ist denn los?«, sagte er schließlich. »Heute keine Konversation?«

»Ich bitte um Nachsicht, Herr Generalmajor«, sagte Keyserling, »aber ich fühle mich nicht – – –, ich fühle mich unpässlich.«

Cray nickte wohlwollend. »Sie sehen ja auch aus wie, wie – – –, also fast wie 'ne Leiche, wenn man das mal so scherzhaft sagen darf.«

Ada sah ihn an. »Eduard«, sagte sie, »ich – – –«, aber mehr sagte sie nicht.

Keyserling stand auf. »Ich danke Ihnen für Ihr Verständnis«, sagte er matt und verbeugte sich. »Wenn ich mich dann empfehlen dürfte ---«

Den Ausgang fand er ohne die Haushälterin. Im Vestibül riskierte er, halb skeptisch, halb ängstlich, einen Blick in den Spiegel und erschrak: Wie eine Leiche, in der Tat. Über den Kiesweg ging er zu den Stallungen des alten Gutshofs, wo die Droschke auf ihn wartete. Ein Blitz zerschnitt den schwarzen Himmel wie ein Säbelhieb, der Donner folgte wie ein Pistolenschuss, und schlagartig goss es wie aus Kübeln. Als er in die Droschke stieg, war er nass bis auf die Haut.

25

An diesem Haus war ihm alles zuwider, neben dem polierten Messingschild mit dem eingravierten Namenszug *Isakson* der Glasknopf der Türglocke, ihr schriller, alarmartiger Klang, der dämmrige Flur, in dem es nach Gewürzen und heißer Suppe roch. Isaksons Tochter Hannah empfing ihn, ein apartes Mädchen mit schwerem schwarzem Haar.

»Bitte, treten Sie näher, Herr Graf«, sagte sie fast feierlich und öffnete die Tür zum Salon, den Keyserling nun, bei seinem dritten Besuch, schon recht gut kannte. Die Möbel mit blauem Ripsbezug, die Bilder und Teppiche, die silbernen Leuchter und Kristallvasen – sie hatten sich seinem Gedächtnis eingebrannt, wie es eben nur Dinge tun, die den peinlichen Augenblicken des Lebens als Kulisse dienen müssen.

»Nehmen Sie bitte Platz. Mein Vater ist gleich für Sie da.« Hannah verschwand hinter einem grünen Vorhang und ließ ihn allein.

Keyserling setzte sich auf einen der Biedermeiersessel und betrachtete das über dem Sofa hängende Ölgemälde, ein Ostseehafen mit Segelschiffen in der Abenddämmerung. Er hatte die Boote mit ihrer filigranen Takelage, den Dunst über dem Wasser und die sinkende Sonne schon zweimal zuvor betrachtet, als er ungünstige Wechsel zu überhöhten Zinsen unterschrieben hatte, und er hatte sich geschworen, nie wieder in die Verlegenheit zu kommen, vor diesem Bild sitzen zu müssen. Aber was blieb ihm anderes übrig? Außer David Isakson gab es in Dorpat niemanden, der in so kurzer Zeit so viel Bargeld beschaffen konnte und bereit gewesen wäre, es an den notorisch von Spielschulden geplagten Keyserling zu verleihen.

Nachdem sich am Sonntag das heiß ersehnte Schäferstündchen in eine missglückte Konversationsstunde verwandelt und mit Donner, Blitz und Wolkenbruch geendet hatte, war er wie ein begossener Pudel mit sprichwörtlich eingezogenem Schwanz abgezogen. Crays plötzliche Rückkehr war eine böse Überraschung gewesen. Noch unangenehmer und quälender war jedoch das vage Gefühl, der Alte könnte von der Affäre etwas wissen oder sie jedenfalls wittern. Und dies Unbehagen hatte sich unerträglich gesteigert, als Löwenstern, der Erste Chargierte der Burschenschaft, ihm vorgestern die Hiobsbotschaft überbrachte, Friedrich von Cray verlange eine Prüfung der Curonia-Kasse. Er begründete das mit den Zuwendungen, die er und andere Alte Herren für die Renovierungsmaßnahmen erbracht hatten, aber Keyserling musste natürlich befürchten, dass sich hinter Crays Ansinnen ein ganz anderes Motiv verbarg. Jedenfalls blieben Keyserling nur zwei Tage Zeit, das Geld aufzutreiben, das er der Kasse entnommen und Ada gegeben hatte.

Der grüne Vorhang raschelte wieder. Isakson erschien in einem abgetragenen Hausrock und bestickten Pantoffeln, machte ein sorgenvolles Gesicht und begrüßte Keyserling mit einem schlaffen Händedruck.

»Das Geld ist da«, sagte er. »Es war nicht leicht, es in so kurzer Zeit aufzutreiben.«

Er seufzte wie unter einer schweren Last, ging zu seinem Geldschrank, holte ein Wechselformular heraus, legte Feder und Tinte auf den Tisch, setzte sich und begann zu schreiben.

»Ich kann Ihnen nicht die gleichen Bedingungen wie beim letzten Mal einräumen«, sagte er bedauernd, traurig fast. »Die Summe ist zu groß, und wenn Sie mir die Bemerkung gestatten wollen: Der Herr Graf ist zwar weiterhin kreditwürdig, gilt aber nicht unbedingt als pünktlicher Schuldner.«

Keyserling nickte matt. Widerspruch war sinnlos. »An welche Bedingungen haben Sie denn gedacht, Isakson?«

»Der Zinssatz mag bleiben wie beim letzten Mal.«

Und das war bereits Wucher, dachte Keyserling bitter, sagte jedoch: »Das ist sehr liebenswürdig von Ihnen.«

»Aber ich benötige eine zusätzliche Sicherheit«, sagte Isakson. »Ich habe hier ein Schriftstück aufgesetzt, dass mir für den Fall, selbstverständlich ein völlig unwahrscheinlicher Fall, dass mir also für den Fall, dass der Herr Graf den Kredit nicht fristgerecht bedient, ein Teilstück des Walds von Tels-Paddern zufällt. Bitte sehr.«

Er schob Keyserling das Schriftstück hin, tunkte die Feder ins Tintenfass und reichte sie ihm. Keyserling rückte den Kneifer auf der Nase zurecht und blickte auf das Bild. Schiffsmasten wurden aus Bäumen gemacht, ganze Wälder fuhren zur See. Vielleicht hatten Bäume, die einst in den Keyserling'schen Forsten gestanden hatten, als Schiffsmasten das Kap der Guten Hoffnung umrundet und die Südsee durchquert? Das war eine schöne, eine romantische Vorstellung. Aber die meisten Bäume aus den kurländischen Wäldern fuhren nicht zur See, sondern wurden verheizt in den Hochöfen deutscher Industriebarone, in Fabriken – – –

»Herr Graf?« Isakson sah ihn fragend an. »Haben Sie Einwände?«

»Ich – – –, ähm, nein, nein.«

Mit drei fahrigen Zügen setzte Keyserling seine Unterschrift unter das Dokument, ohne es überhaupt gelesen zu haben.

Isakson schlurfte in seinen Pantoffeln zum Geldschrank, entnahm ihm einen Umschlag mit Banknoten und zählte sie langsam und aufmerksam auf den Tisch, zwanzig Scheine à zwanzig Rubel. Keyserling legte sie ins Kuvert zurück, schob es in die Innentasche seines Sakkos und erhob sich.

Er reichte Isakson die Hand, war dem Mann dankbar und spürte dennoch mit einem gewissen Widerwillen dessen schlaffe Hand in seiner. »Ich danke Ihnen, Herr Isakson. Und ich bin mir sicher, dass Sie unseren Wald nicht antasten müssen.«

Isakson sah ihn kummervoll an, vielleicht auch mitfühlend. »Man darf nie die Hoffnung aufgeben, Herr Graf.«

Keyserling erschien bereits eine Stunde vor dem anberaumten Termin in der Bibliothek des Conventsquartiers, wo die Kassenprüfung stattfinden sollte. Es war still und stickig. Wie Bäume bei Hitze nach Harz dünsten, atmeten die Bücher ein leicht säuerliches Aroma aus. In den Wandvertäfelungen und im Parkett knackte manchmal die staubige Trockenheit.

Er nahm die Kassette aus dem Wandtresor, schloss sie auf und legte die Banknoten hinein. Er überlegte, ob er den kompletten Inhalt herausnehmen und als Münz- und Papiergeld sortiert auf dem Tisch präsentieren sollte, verschloss die Kassette jedoch wieder, weil es vielleicht einen besseren Eindruck machen würde, wenn er sie vor Zeugen öffnete. Dann überflog er noch einmal die Einträge im Kassenbuch, die er allesamt penibel und korrekt vorgenommen hatte und die mit dem Kassenstand exakt übereinstimmten. Aus welchem Grund auch immer der Alte

Fritz auf einem Kassensturz bestehen mochte – Keyserlings Buchführung war über jeden Zweifel erhaben und stimmte bis auf die letzte Kupferkopeke. Crays Misstrauen würde, wenn es sich denn überhaupt gegen Keyserling richtete, ins Leere laufen.

Die Turmuhr der Johanniskirche schlug vier. Zusammen mit dem Generalmajor betraten die drei Chargierten der Curonia, die der Überprüfung beizuwohnen hatten, die Bibliothek, nämlich Otto von Löwenstern als Senior, Rudolph Arronet als Consenior und Paul Baron Vietinghoff als Oldermann. Cray begrüßte Keyserling mit einem Handschlag, der ihm übertrieben kernig vorkam.

»Ich darf Sie bitten, diesen Vorgang nicht als Misstrauen auszulegen, Eduard. Ich handele hier auch nicht als Privatperson, sondern im Auftrag des Convents der Alten Herren, die so großzügig gespendet haben. Es geht lediglich darum, hinsichtlich der bevorstehenden Bauarbeiten –––, nun ja, Löwenstern hat Ihnen das ja wohl schon alles erklärt, nicht wahr?«

Keyserling nickte. »Jawohl, Herr Generalmajor.«

»Wie ich sehe, sind Sie bereits bestens vorbereitet«, fuhr Cray fort und deutete auf die Kassette und das Kassenbuch auf dem Tisch. »Vorzüglich, vorzüglich. Nehmen wir also Platz.«

Die Herren setzten sich. Während Cray zum Kassenbuch griff und darin einigermaßen wahllos blätterte, schloss Keyserling die Kassette auf.

Cray murmelte »aha, aha« und »so, so, so« vor sich hin, legte das Kassenbuch wieder ab und sagte: »Na, da haben wir ja ein hübsches Sümmchen zusammenbekommen.«

Er beugte sich über die Kassette, nahm die Geldscheine heraus, schien zwischen den Münzen nach irgendetwas Bestimmtem zu suchen, nahm wieder die Zwanzig-Rubel-

Scheine in die Hand und schüttelte schließlich verwundert den Kopf.

Löwenstern, Vietinghoff, Arronet und Keyserling wechselten fragende, auch belustigte Blicke untereinander, deuteten Schulterzucken an, grimassierten ironisch und zogen die Augenbrauen hoch. Was in drei Teufels Namen wollte der Alte Fritz überhaupt? Wonach suchte er?

Endlich schien Cray mit seiner Prüfung fertig zu sein. Er lehnte sich im Stuhl zurück, steckte sich eine Zigarre an, blies den Rauch gegen die Balkendecke der Bibliothek.

»Meine Herren«, knarzte er dann, »ich bin hocherfreut über den Kassenstand. Und die tadellose Buchführung. Da die Verantwortung für die Finanzen in den Händen unseres geschätzten Grafen Keyserling liegt«, Cray deutete gegenüber Keyserling eine Verbeugung an, »war auch, ehrlich gesagt, mit nichts anderem zu rechnen.«

Keyserling atmete tief durch, sehr tief und unendlich erleichtert. Was hatte Cray denn eigentlich erwartet? Dass die Kasse einen Fehlbetrag von vierhundert Rubeln aufweisen würde? Das war ja lachhaft. Keyserling konnte nur mit Mühe ein süffisantes Lächeln unterdrücken, steckte sich eine Zigarette an und dachte an Ada, die sich über diese Farce gewiss amüsieren würde, wenn er ihr beim nächsten Rendezvous davon erzählte.

»Allerdings frage ich mich«, sagte Cray nach einer kurzen Pause, und nun klang seine Stimme plötzlich strenger, bedrohlicher, »woher diese Banknoten im Wert von vierhundert Rubeln stammen. Von uns Spendern jedenfalls nicht, weil unsereiner diesem bunt bedruckten Papier nicht traut. In unseren Kreisen zahlt man, wie es sich gehört, solide in Kurant mit Silber- und Goldrubeln.«

Keyserling verschluckte sich, hustete Zigarettenrauch,

blickte hilflos fragend in die Runde. Worauf wollte der Alte Fritz hinaus?

»Wahrscheinlich ist das Geld irgendwann einmal umgewechselt worden«, vermutete Arronet.

»In der Tat, so sieht es aus«, knurrte Cray und fixierte Keyserling scharf. »Aber *warum* ist es gewechselt worden? Und für wen? Und warum gibt es darüber keinen Beleg und keinen Eintrag im Kassenbuch?«

Keyserling dämmerte, dass Cray mehr wusste, als er zu wissen vorgab, und suchte fieberhaft nach einer Ausrede, aber ihm fiel keine ein. »Es ist ---, es war ---«, stammelte er, »ich meine, die Kasse stimmt doch. Kurantmünzen oder Banknoten, was spielt denn das für eine Rolle?«

»Es könnte ja sein, dass diese Summe entnommen wurde, um sie zu verleihen«, sagte Cray. »Und anschließend wurde dann in Papiergeld zurückgezahlt.«

Der Alte Fritz hatte ins Schwarze getroffen, und er hatte offenbar genau gewusst, wo das Schwarze anvisiert werden musste. Keyserling schnappte nach Luft. Hatte Ada ihn verraten? Dann hätte sie sich selbst verraten, hätte Cray auch die Affäre mit ihm eingestehen müssen. Warum, in drei Teufels Namen, sollte sie das tun?

»Und da nur Graf Keyserling Zugriff auf die Kasse hat«, hörte er Crays Stimme wie durch Nebel, »kann nur Graf Keyserling erklären, wie es zu dieser geheimnisvollen Wandlung von Metall zu Papier gekommen ist.«

Spielschulden!, schoss es Keyserling durch den Kopf. Natürlich! Jeder am Tisch wusste, dass er chronisch von Spielschulden geplagt war, und Spielschulden waren Ehrenschulden. Selbst Cray, der gegenüber Glücksspielen zurückhaltend, wenn nicht gar ablehnend war, musste für dies Motiv Verständnis aufbringen. Das Ganze wäre dann zwar eine Unkorrektheit, aber eine, die man unter Ehrenmännern augenzwinkernd durchgehen lassen konnte. Ein Kavaliersdelikt im besten Sinn war es sowieso, bedachte man, zu welchem barmherzigen Zweck das Geld verliehen worden war.

»Ja«, sagte er leise, »ich habe mir das Geld geliehen, aber nur kurzfristig, versteht sich, weil ich Spielschulden begleichen musste. Das war nicht völlig korrekt, das ist mir klar, aber die Herren wissen ja selbst, wie es manchmal so geht.«

Ja, das wussten die Herren Chargierten aus eigener Erfahrung, und sie waren sichtlich erleichtert. Es war eine Lappalie, ein verzeihlicher Fehltritt, wie er in den besten Häusern vorkam und den man tunlichst stillschweigend auf sich beruhen ließ.

»Na schön«, sagte Vietinghoff versöhnlich, »dann wäre der Fall ja erledigt, und wir können zum gemütlichen Teil übergehen.«

Keyserling atmete auf. *Draugs tam draugam – Dem Freunde Freund!* Der alte Corpsgeist lebte.

Der Generalmajor hatte allerdings noch einen sehr viel traditionelleren Begriff von Corpsgeist. »So einfach geht das nicht, meine Herren. Dem Comment muss Genüge getan werden. Ich bestehe auf einem Ehrengericht!«, schnauzte er und lief dabei rot an.

»Ach Gott, Herr Generalmajor«, wiegelte Löwenstern ab. »Ehrengericht? Was soll so ein Gericht denn erbringen oder urteilen? Es ist doch niemand geschädigt worden.«

Aber Cray, das wurde plötzlich klar, war nicht auf Ausgleich bedacht, sondern wollte mit Keyserling eine Sache ausfechten, von der die Corpsbrüder nichts ahnten.

»Sie reden von Spielschulden, Graf, von sogenannten Ehrenschulden«, fauchte Cray Keyserling ins Gesicht, »aber wer weiß, was Sie mit dem Geld sonst noch gemacht haben, mit dem Geld, das man Ihnen anvertraut hat? Haben Sie es versoffen im *Coupé?* Oder sind Sie damit in die Carlowastraße gezogen, in den Puff dieser Madame Förster oder wie auch immer diese Person sich schimpft? Und haben Sie da wieder rumgehurt und sich geprügelt, bis Polizei und Pedelle einschreiten mussten?«

Keyserling war leichenblass geworden, Schweiß stand ihm auf der Stirn. Er umklammerte die Armlehnen des Stuhls, auf dem er wie versteinert saß, starrte den völlig außer Rand und Band geratenen Cray an und bemühte sich krampfhaft um Haltung.

»Ich habe Sie etwas gefragt, Keyserling!«, brüllte Cray. »Antworten Sie mir gefälligst! Wird's bald, Sie elender Hurenbock!«

Für einen Moment herrschte Stille, ein betretenes, ratloses Schweigen, das wie Gift durch die schwüle Luft der Bibliothek sickerte. Crays letztes Wort war ein Wort, das nicht mehr akzeptabel war – der Funke am Pulverfass. Alle Anwesenden wussten es, alle Blicke richteten sich wie Messerspitzen auf Keyserling, und alle warteten auf das Wort, das nun unvermeidlich geworden war.

Keyserling wischte sich den Schweiß von der Stirn, stand auf, straffte sich und sagte leise, aber mit fester Stimme: »Ich verlange Satisfaktion.«

Es war heraus. Für einige Sekunden herrschte wieder das fassungslose, ungläubige Schweigen, das Vietinghoff schließlich brach. »Ja Unfug, Unfug«, murmelte er. »Das ist doch der blanke – – –, der blanke Irrsinn.«

»Halten Sie sich da raus«, blaffte der Generalmajor ihn an und wandte sich wieder Keyserling zu. »Ihnen gebührt die Wahl der Waffen.«

Innerlich bebend vor Wut, vielleicht auch vor Angst musste Keyserling nicht lange nachdenken. Weil die Curonia keine schlagende Verbindung war, hatte er keine Erfahrung im Fechten. Aber zu Hause in Paddern war er gelegentlich mit auf die Jagd gegangen, und obwohl ihm das sinnlose Abknallen der Tiere zuwider war, hatte er immerhin Schießen gelernt, wenn auch nur mit der Schrotflinte.

»Pistolen.«

Arronet und Löwenstern, die sich Keyserling als Sekundanten zur Verfügung stellten, verhandelten am nächsten Morgen mit Crays Sekundanten über eine Möglichkeit der gütlichen Beilegung des Konflikts, aber der Generalmajor blieb eisern entschlossen, die Sache auszutragen. Als Ort wurde der Emajögi-Park am Flussufer vereinbart, als Zeitpunkt der Sonntagmorgen um fünf Uhr dreißig.

»Ich fürchte, der Alte will dich tatsächlich umbringen«, sagte Arronet. »Was um alles in der Welt hast du ihm getan?«

»Ich weiß es nicht.« Keyserling zuckte mit den Schultern, dachte jedoch: Ada. Ja, Ada – was denn sonst?

»Vielleicht will er dir auch nur Angst einjagen«, vermutete Löwenstern. »Cray ist als Offizier mit Sicherheit ein besserer Schütze als du, aber die Duellpistolen der Curonia sind uralte Vorderlader mit Schwarzpulver und Bleikugeln. Da kann man schon mal vorbeischießen, ohne das Gesicht zu verlieren. Und wenn ihr dann tapfer aneinander vorbeigeschossen habt, geht ihr nach Hause und frühstückt, und die Sache hat sich erledigt.«

Dann ließen sie Keyserling allein. So einsam war er sich noch nie vorgekommen. Er sollte also sterben, dreiundzwanzig Jahre jung, an einem hellen Sonntagmorgen im Sommer. Und dann? Wie würde es sein, dort draußen im schwarzen Unendlichen? Dort rauschte und wehte es, dort webte und schwebte ein ungeheures Sein, und man verschmolz mit der Finsternis, und vielleicht wäre das ein unendlich wohltuendes, großes Atmen, und etwas, in das man eingeschnürt war, würde sich von einem lösen, würde einfach abfallen, und das, was sich von einem löste, wäre das Ich, das eins mit dem Sein würde. Und konnte so ein Weben und Schweben nicht auch ganz bequem und angenehm sein? Oder würde es sein, wie sein Vater auf dem Sterbebett gesagt hatte? Dass man, wie nasser Weizen, einmal durchgeschaufelt wurde und als neue Schüttung wieder auf den Markt kam?

Aber war er nicht viel zu jung für derlei morbide Gedanken? Vielleicht war das Gegrübel nichts als philosophisch verbrämtes Selbstmitleid. Er lebte ja noch. Er liebte ja noch. Sterben? Wenn er es recht bedachte, verstand er sich nicht aufs Sterben. Inzwischen hatte er sich an sich selbst so gewöhnt, sogar an seine schlechten Eigenschaften, dass er sich gar nicht mehr vorstellen konnte, sich von sich selbst zu trennen. Und dann auch noch in einem Duell sterben? In dieser zwischen Erhabenheit und dünkelhafter Wichtigtuerei schwankenden Sinnlosigkeit? Und am Ende schoss man vorbei, und alles war nichts als Theaterdonner mit vorauseilender Todesangst. Das war die Sache nicht wert, auch wenn er für diejenigen, vor denen er floh, nie wieder satisfaktionsfähig wäre, ein ehrloser Feigling, ein Paria.

Er liebte das Leben, aber *dies* Leben hing ihm längst zum Halse heraus, dies Leben in Konventionen, die so starr wie die Ritterrüstungen waren, die auf den düsteren Fluren von Schloss Tels-Paddern vor sich hin rosteten, dies Leben in Regeln und Comments, die so stickig und verstaubt waren wie die Bibliothek im Conventsquartier und eine lächerliche Dummheit mit gegenseitigem Totschießen bestrafen wollten, dies Leben in arrangierten

Zweckehen, so steif wie die Fischbeinkorsetts der Frauen, dies Leben ohne Liebe und Leidenschaft.

Er setzte einen Brief an Ada auf, in dem er ihr vorschlug, sich mit ihm in Riga zu treffen und dann gemeinsam nach Wien durchzubrennen. Aber er zerriss den Brief und verbrannte die Fetzen im Aschenbecher, weil er fürchtete, dass er Cray in die Hände fallen könnte. Und noch mehr fürchtete er, von Ada missbraucht und verraten worden zu sein. Er fürchtete sich vor der Wahrheit.

Schließlich verfasste er eine kurze Nachricht an David Isakson, dass er seine Schulden zu begleichen gedenke, dass es aber zu Verzögerungen kommen könne, da er in einer dringlichen, unaufschiebbaren Angelegenheit ins Ausland reisen müsse.

Er packte seine zwei Koffer, ließ sich mit einer Droschke zum Bahnhof kutschieren und nahm den Nachtzug nach Riga. Von dort würde er über Warschau nach Wien reisen, um die Schatten der Vergangenheit im Licht hellerer, südlicherer Tage auszulöschen.

Über den Abendhimmel zackten Fledermäuse ihre Spuren wie Risse in altem Porzellan. Oder wie Schriftzeichen von Geschichten, die Keyserling eines Tages schreiben würde.

26

»Ach, kommen Sie, mein Herr,
ach, zu dem süßen Tête-à-Tête,
dass ich gestehe, ach, gestehe,
was längst, ja, längst ---«

Der Beifall des Publikums im Tutzinger Hof prasselt wie ein kräftiger Sommerschauer über Sängerin und Pianisten hinweg, ebbt ab und dringt als fernes Rauschen an seine Ohren. In welchen Traum ist er geraten? Oder erwacht er aus einem Traum, der ihn dreiundzwanzig Jahre gefangen gehalten hat? Die halb hoheitsvolle, halb laszive Geste, mit der die Frau auf der Bühne eine letzte Kusshand in den Applaus wirft, wischt letzte Zweifel beiseite.

Der Saal leert sich. Das Publikum drängt zu den Getränketresen und Stehtischen im Foyer, wo auch Keyserling und Wedekind einen Platz finden. Wedekind bestellt Bier, Keyserling einen doppelten Enzian. Bei der Kellnerin erkundigt er sich, wo die Künstlergarderobe zu finden sei.

»Respekt, Respekt«, staunt Wedekind, »du gehst ja ran, als wärst du zwanzig Jahre jünger. Erst den Schnaps zum Zungelösen und dann ab ins Boudoir der Diseuse.«

Keyserling kippt den Schnaps in einem Zug herunter, verzieht das Gesicht zu einem verkrampften Lächeln.

»Du musst ihr aber Pralinés mitbringen oder ein Bouquet«, sagt Wedekind, »sonst kommst du bei so einer nicht ---«

Aber da hat Keyserling sich bereits abgewandt und strebt durch einen rückwärtigen Korridor der Künstlergarderobe entgegen. Er muss nicht lange suchen, steht doch vor einer der geschlossenen Türen kein Geringerer als Egilhart Ritter von Huntenesch, Manager und Pianist in Personalunion. Wie er dort breitbeinig steht und eine Zigarette raucht, könnte er auch Leibwächter und ein enger, wenn nicht gar intimer Vertrauter der Künstlerin sein.

»Madame erwartet Sie bereits, Herr Graf«, sagt er mit einem irgendwie ironischen, wenn nicht gar süffisanten Lächeln.

»Wie das?«

»Das, sagt sie, will sie Ihnen lieber selbst erzählen, unter vier Augen«, versetzt Huntenesch, öffnet die Tür, lässt Keyserling eintreten und schließt die Tür diskret von außen.

Eine Wolke aus Puder und Parfüm, Zigarettenrauch und Weindunst weht ihm entgegen. Sie sitzt an einer Kommode vor einem großen Schminkspiegel, hat ihm den Rücken zugewandt und blickt ihm, ohne sich umzudrehen, im Spiegel entgegen. Über die Schultern hat sie einen rosa gesteppten Morgenmantel geworfen. Das Gesicht unter den hochgesteckten Haaren ist von weißer Abschminkcreme bedeckt, aus der nur die roten Lippen und die schwarz umrandeten Augen hervorstechen, diese graugrünen Katzenaugen.

»Ich wusste, dass du kommen würdest, Eduard«, sagt sie heiser, die Stimme vom Konzert strapaziert. Sie greift zu einer Rotweinflasche, schenkt zwei Gläser voll.

»Wie konntest du das wissen?«, fragt er und tritt näher.

»Egilhart hat mir erzählt, dass er im Hotel in Feldafing den Dichter Keyserling kennengelernt hat. Ich hatte ja nicht die geringste Ahnung, dass du inzwischen zum

Dichter geworden bist, aber so, wie Egilhart dich beschrieben hat, konntest nur du es sein.«

»So? Wie hat er mich denn beschrieben? Als wandelnden Leichnam, als Lazarus, der –––«

»Ach, Eduard, älter werden wir alle. Natürlich bist du in all den Jahren nicht schöner geworden. Ich leider auch nicht.«

»Dir sieht man es aber nicht an. Auf der Bühne hast du ausgesehen, als wärst du in eine Malerpalette gestolpert, und jetzt bist du glänzend weiß wie –––, wie –––«

»Lass gut sein, *mon cher ami*«, sagt sie und deutet auf die Gläser. »Stoß lieber mit mir auf unser unverhofftes Wiedersehen an.«

Er tritt neben sie, greift zu einem Glas, stößt mit ihr an. Sie trinken. Im Spiegel blickt er in die Maske aus Abschminkcreme, hinter der sich die Falten und Linien verbergen, die das Leben auch in ihr Gesicht gegraben hat. Daneben sieht er seine vorzeitig gealterte, von der Krankheit übel zugerichtete Visage, unter der sich aber immer noch der Jüngling verbirgt, der sich fragt, wie es so weit kommen konnte.

»Roxane von Rönne also«, sagt er und kann ein Grinsen nicht unterdrücken. »Uralter baltischer Adel, nicht wahr?«

Sie kichert krächzend. »Gefällt dir der Name etwa nicht? Das war Egilharts Idee.«

»Ist er dein Liebhaber?«

»Ach Gott, Eduard, mit dem Liebhaben ist es nicht mehr so weit her bei ihm. Egilhart ist mein –––, nun ja, mein Impresario, mein Manager eben.«

»Kennst du ihn schon lange?«

»Schon ewig. Ich kannte ihn bereits in Sankt Petersburg, bevor ich Cray kennengelernt habe.«

Keyserling schaut ins schimmernde Grün ihrer Augen. Sie hält dem Blick stand. Und wie aus einem Abgrund taucht plötzlich ein Zusammenhang auf, den er sich zuvor nicht einmal hätte träumen lassen.

»Ich vermute«, sagt er sanft, wie nach etwas Unsichtbarem tastend, »dass dein edler Ritter Egilhart damals noch anders hieß.«

Sie zuckt mit den Schultern. »Spielt das eine Rolle?«

»Sein richtiger Name spielt in der Tat keine Rolle. Meinetwegen kann er auch Peter der Große oder Casanova heißen. Aber könnte es womöglich sein, dass er für ein paar unvergessliche Tage im Sommer 1878 unter dem hübschen Namen Nicolai segelte? Dieser Kapitän, der angeblich dein armer, kranker Bruder war?«

Sie zögert einen Moment, steckt sich eine Zigarette an, bläst den Rauch gegen den Spiegel, sodass die Konturen ihrer beiden Gesichter verschwimmen, sich aufzulösen scheinen.

»Egilhart brauchte das Geld wirklich dringend«, sagt sie dann. »Er war und ist immer noch ein leidenschaftlicher Spieler. Damals hatte er wieder mal Schulden. Du weißt ja selbst, wie das ist.«

Keyserling schnappt nach Luft. »Dann habe ausgerechnet ich mich also verschuldet, damit dein Liebhaber seine Spielschulden begleichen konnte? Das ist ja, also das ist uner---«

»Ach, Eduard«, fällt sie ihm seufzend ins Wort, »wollen wir die alten Geschichten nicht auf sich beruhen lassen? Es ist doch schon so lange her. Und es tut mir alles furchtbar leid.«

Würde sie sich jetzt ein paar Tränchen abringen, er würde ihr nicht glauben. Aber ihre Worte klingen echt.

»Es muss dir nicht leidtun«, sagt er und schenkt Rotwein nach. »Am Ende war die ganze Affäre für mich der

Anfang des Lebens, das ich führen wollte und führe und hoffentlich noch ein paar Jährchen führen werde.«

»Du bist mir also nicht böse?«, fragt sie, schon wieder etwas kokett.

»Böse? Was heißt schon böse?« Er winkt ab und steckt sich ebenfalls eine Zigarette an. »Ich wüsste aber doch gern, was damals wirklich passiert ist. Wie ist Cray auf die Idee mit der Kassenprüfung gekommen? Du warst doch die einzige Person, die wissen konnte, dass ich das Geld entnommen hatte. Aber hättest du Cray das auf die Nase gebunden, hättest du ihm auch unsere Affäre beichten müssen. Oder etwa nicht?«

Unter der weißen Maske scheint sie zu lächeln.

»Cray hat schon sehr bald gespürt, dass du in mich verliebt warst. Und nach seiner plötzlichen Rückkehr aus Sankt Petersburg, an diesem Nachmittag mit dem schweren Gewitter, da hast du dich so verdächtig aufgeführt, dass Cray fest davon überzeugt war, in dir einen Nebenbuhler zu haben. Und das stimmte ja sogar, jedenfalls für ein paar Tage. Als er mich zur Rede gestellt hat, habe ich ihm unsere Affäre natürlich verschwiegen. Davon hat er nie etwas erfahren, aber er war trotzdem eifersüchtig auf dich und wollte dich loswerden.«

»Aber wieso dann diese Kassenprüfung?«, fragt Keyserling.

»Weil auch ich dich so schnell wie möglich loswerden wollte und musste, verstehst du das nicht? Ich habe Cray erzählt, dass ich dich um den Kredit für meinen, nun ja, meinen Bruder Nicolai gebeten habe ---«

»Also für Egilhart?«

»Ja, aber von Egilhart hat Cray nie etwas erfahren.«

»Wie rücksichtsvoll«, sagt Keyserling. »Und wie ging es weiter?«

»Ich habe Cray erzählt, dass du mir gestanden hättest, das Geld aus der Kasse genommen zu haben. Damit wollte ich ihm einen Vorwand liefern, dich als Hauslehrer rauszuwerfen. Dann wäre er dich losgeworden, ohne dass auch nur der Hauch eines Eheskandals entstanden wäre. Dass es dann fast zu einem Duell gekommen wäre, konnte ich nicht ahnen. Wenn ich mir vorstelle, dass einer von euch beiden dabei –––, dabei umgekommen wäre –––«

Sie spricht den Satz nicht zu Ende, sieht Keyserling an. Im Spiegel kreuzen sich ihre Blicke. So also war das damals. Es ist schon so lange her, dass Wut nicht mehr aufkommen kann, nicht einmal erkaltete Wut. Die pompösen Gefühle sind in der Zeit verdunstet, die hochtrabende Leidenschaft der Jugend verglüht, so wie sich an Sommerabenden die Dämmerung einstellt. Sie löst alles auf. Er erinnert sich, lächelnd, und fragt sich, warum, wozu die großen Erregungen, wenn sie jetzt nicht einmal mehr schmerzen. In ihm regt sich fast so etwas wie Bewunderung für die raffinierte Dramaturgie, mit der sie ihn damals für ihre Zwecke eingespannt hat.

»Respekt, meine Gnädigste«, sagt er. »Und ich bin ja auch nicht umgekommen.«

Sie nickt. »Zum Glück nicht.«

»Und was ist aus dem Alten Fritz geworden?«

»Er hat mir natürlich allerlei Szenen gemacht, hat mit Scheidung gedroht, aber Ehebruch konnte er mir nicht vorwerfen oder jedenfalls nicht nachweisen. Und kurz vor unserer geplanten Reise nach Paris ist er gestorben. Bei einer Treibjagd hat er sich das Genick gebrochen.«

»Glückwunsch«, sagt er. »Dann bist du ihn ja auf elegante Weise losgeworden. Und jetzt bist du bestimmt eine reiche Witwe.«

»Schön wär's«, seufzt sie. »Dann müssten Egilhart und

ich nicht mehr durch die Provinz tingeln, und ich säße jetzt nicht in diesem drittklassigen Etablissement. Nein, nein, der Alte Fritz hat mir nichts als Schulden hinterlassen.«

»Schade«, sagt Keyserling, »wirklich sehr schade. Du schuldest mir nämlich noch vierhundert Rubel, zu schweigen von den Zinsen, die in dreiundzwanzig Jahren aufgelaufen sind.«

Sie überlegt einen Augenblick, schaut ihn lächelnd an und schüttelt dabei den Kopf. »Ich habe dich doch längst bezahlt, noch bevor du mir das Geld gegeben hast. Weißt du das etwa nicht mehr? Ich habe, wie versprochen, bar bezahlt, und zwar in zwei Raten. Die erste Rate kam in einer gelbroten Börse aus Musselin, die zweite in einer mit persischem Muster.«

Sie sieht ihn immer noch an.

Er spürt, wie ihm das Blut in die Wangen schießt, räuspert sich, sagt schließlich: »Ein stolzer Preis.«

»Erstklassige Ware«, antwortet sie.

Er stutzt. Dann kann er nicht anders, muss lachen, und sie fällt mit ihrer heiseren Stimme ein ins Gelächter.

Er hebt sein Weinglas. »Lass uns anstoßen.«

»Worauf?«

»Auf die Korrekturbogen des Lebens.«

Später sitzt er allein auf einer Bank am Seeufer, raucht eine Zigarette und hat das Gefühl, das Mondlicht sei eine Welle, die ihn umspült, durch ihn hindurchgleitet wie eine Sehnsucht, die sich nie mehr verwirklichen lässt, nur noch erinnern, festhalten in Bildern und Geschichten. Die Dorpater Affäre, diese verflogene Leidenschaft, war vielleicht der geheime Sinn seines Lebens, weil sie aus ihm einen Dichter gemacht hat. Und ist Adas fein gesponnene Intrige nicht ein großartiger Stoff für ein Drama, besser noch für einen

Roman? Ach Gott, nein, das ist ja viel zu kompliziert. In einem Roman würde es ausgedacht wirken. Solche melodramatischen Stoffe, solche konstruierten Handlungen mag das Leben schreiben, wie es will. Er hat dafür keinen Bedarf. Er braucht nur das Mondlicht über dem See, jetzt, in dessen Glitzern ein gelebtes Leben aufleuchtet. Und der sanfte Wellenschlag klingt wie das schwächer werdende Echo eines verlorenen Gefühls, das wie der Geist des Nocheinmals zitternd in der Luft schwebt, aber nie mehr in die festen Formen der Wirklichkeit stürzt. Es gibt nur diese Augenblicke, diese kurz aufleuchtenden, vage verwischenden Gesten von Schönheit und Schmerz, von Liebe und Tod. Nur der See ist immer da mit seinem stetigen, schläfrigen Funkeln. Überall blinkt es, überall tönt der sachte Wellenschlag. Alle sprechen von ihm, die wortkargen Fischer ebenso wie der redselige Halbe. Und Corinth will ihn malen, bekommt ihn aber nicht zu fassen. Und der See spricht auch zu Keyserling, atmet Erinnerungen aus. Er braucht ja nur den Artikel auszutauschen, dann wird *der* See *die* See, die Ostsee seiner Kindheit. Wellen gibt es dort wie hier, damals wie heute. Der Duft, der Dunst, das Licht. Und der Augenblick.

Mehr braucht er nicht.

Anmerkungen des Autors

Über Eduard Graf von Keyserlings Münchner Jahre von 1895 bis zu seinem Tod 1918 gibt es einige Erinnerungen und Anekdoten aus Kreisen der Schwabinger Boheme. Seine Kindheit und Jugend sowie seine Studienjahre und sein Aufenthalt in Wien verlieren sich jedoch weitgehend im Dunkeln oder jedenfalls im Zwielicht. Das liegt nicht zuletzt daran, dass auf Keyserlings ausdrücklichen Wunsch sein Nachlass komplett vernichtet wurde. Max Halbe, Keyserlings Freund und Kollege, hat in seinen Memoiren bemerkt, Keyserling sei schon zu Lebzeiten »wenig mitteilsam gewesen, was seine Entwicklungs- und seine junge Manneszeit anging. Manchmal ließ es sich geradezu an, als liege da ein Geheimnis seines Lebens verborgen, das er nicht gern enthüllt sehen wollte.« Der Verdacht scheint also nicht unbegründet, dass Keyserling einige skandalöse Episoden seiner Vergangenheit geheim halten wollte oder musste.

Besonders rätselhaft sind jene Ereignisse, die sich 1877/78 während seines Studiums in Dorpat (heute: Tartu in Estland) zugetragen haben, Ereignisse, die einen Skandal auslösten, zur zwangsweisen Exmatrikulation Keyserlings von der Universität führten und ihn zur Flucht nach Wien zwangen. In Kreisen des baltischen Adels war er damit »unmöglich« geworden.

Als Roman ist *Keyserlings Geheimnis* ein Werk der Fiktion, basiert jedoch auf Fakten der Biografie Keyserlings, soweit diese rekonstruierbar sind. Neben seinen eigenen Werken, die hier, mit aller gebotenen Zurückhaltung, durchaus auch autobiografisch verstanden werden, sind unter den spärlichen Quellen folgende Arbeiten hilfreich gewesen:

Max Halbe: *Jahrhundertwende. Erinnerungen an eine Epoche.* (1935)

Korfiz Holm: *Ich, kleingeschrieben. Heitere Erlebnisse eines Verlegers.* (1932)

Thomas Homscheid: *Eduard von Keyserling. Leben und Werk.* (2009)

Michael Schwidtal / Henning von Wistinghausen: *Aus Eduard von Keyserlings Dorpater Studentenjahren.* (2007)

Otto Freiherr von Taube: *Erinnerungen an Eduard von Keyserling.* (1938)

Lovis Corinths Porträtgemälde Eduard von Keyserlings, das heute in der Neuen Pinakothek in München hängt, wird gelegentlich auf das Jahr 1900 datiert, doch geht aus Max Halbes Memoiren hervor, dass es im Sommer 1901 in Bernried am Starnberger See entstanden ist.

Mein besonderer Dank gilt Bernd Eilert, der mit klugen Ratschlägen und freundschaftlichem Zuspruch an der Konzeption dieses Romans beteiligt war.

Weitere Titel von Klaus Modick
bei Kiepenheuer & Witsch

Weitere Titel von Klaus Modick bei Kiepenheuer & Witsch